As pipas

Romain Gary

As pipas

tradução
Julia da Rosa Simões

todavia

À memória

I

O pequeno museu dedicado às obras de Ambroise Fleury, em Cléry, hoje não passa de uma atração turística menor. A maioria dos visitantes o procura depois de um almoço no Clos Joli, que todos os guias da França são unânimes em celebrar como um dos monumentos do país. Os mesmos guias mencionam a existência do museu com um simples "merece uma passada". Suas cinco salas guardam quase todas as obras de meu tio que sobreviveram à guerra, à Ocupação, às lutas da Libertação e a todas as vicissitudes e lassitudes que nosso povo conheceu. Qualquer que seja o país de origem, as pipas nascem do imaginário popular, o que sempre lhes confere certo ar naïf. As de Ambroise Fleury não constituem exceção à regra; mesmo suas últimas peças, feitas na velhice, guardam esse toque de frescor e inocência. O museu, apesar do pouco interesse que desperta e da modesta subvenção que recebe da municipalidade, não corre o risco de fechar as portas, está ligado demais à nossa história, mas suas salas passam a maior parte do tempo vazias, pois vivemos numa época em que os franceses mais buscam esquecer do que recordar.

A melhor fotografia de Ambroise Fleury encontra-se à entrada do museu. Ele aparece em seu traje de carteiro rural, de quepe, uniforme e grandes borzeguins, a pasta de couro atravessada ao peito, entre a pipa de uma joaninha e a de Gambetta, cujos rosto e corpo formam o balão e o cesto de seu famoso voo durante o cerco de Paris. Existem várias imagens do "carteiro biruta" de Cléry, como ele por muito tempo foi chamado, pois quase todos os visitantes de seu ateliê de La Motte o fotografavam para fazer troça. Meu tio se prestava a isso de bom grado. Ele não tinha medo do ridículo e não se queixava do epíteto de "carteiro biruta" nem do de "dócil excêntrico", e embora soubesse que os moradores da região o chamavam de "velho e louco Fleury", ele parecia ver nisso mais um sinal de estima do que de desprezo. Nos anos 1930, quando a reputação de meu tio começou a crescer, o dono do Clos Joli, Marcellin Duprat, teve a ideia de imprimir cartões-postais que mostravam meu tutor de uniforme, entre suas pipas, com a legenda: *Cléry. O famoso carteiro rural Ambroise Fleury e suas pipas.* Infelizmente, todos os cartões-postais saíram em preto e branco e não revelam a alegria de cores e formas das pipas, a bonomia sorridente e o que eu chamaria de piscadelas que o velho normando lançava aos céus.

Meu pai foi morto durante a Primeira Guerra Mundial, e minha mãe morreu logo depois. A guerra também tirara a vida do segundo dos três irmãos Fleury, Robert; meu tio Ambroise voltou depois que um tiro lhe atravessara o peito. Preciso acrescentar, para a clareza da história, que meu bisavô, Antoine, morrera nas barricadas da Comuna, e creio que esse pequeno resumo de nosso passado e, principalmente, os dois nomes Fleury gravados no memorial aos mortos de Cléry desempenharam um papel decisivo na vida de meu tutor. Ele se tornou muito diferente do homem que havia sido antes da Primeira Guerra, conhecido na região por ser bom de briga. As pessoas se espantavam que um soldado que recebera a medalha militar nunca mais perdesse a ocasião de manifestar suas opiniões pacifistas, defendesse os objetores de consciência e condenasse todas as formas de violência, com uma chama no olhar que, no fim das contas, talvez não fosse mais que o reflexo daquela que arde no túmulo do soldado desconhecido. Fisicamente, ele não tinha nada de dócil. Rosto bem talhado, duro e voluntarioso, cabelos grisalhos, cortados à escovinha, e um desses bigodes densos e compridos chamados "de gaulês", pois os franceses, graças a Deus, ainda se apegam a certas lembranças históricas, ainda que elas venham apenas de seus pelos. Seu olhar era sombrio, que sempre é o melhor fundo para a alegria.

Diziam que ele voltara "baratinado" da guerra; era assim que explicavam seu pacifismo e também a mania que ele tinha de passar todo o seu tempo livre com as pipas: com suas *gnamas*, como as chamava. Ele descobriu essa palavra num livro sobre a África Equatorial, onde aparentemente ela significa tudo aquilo que carrega o sopro da vida, homens, mosquitos, leões, ideias ou elefantes. Ao que tudo indica, escolheu o ofício de carteiro rural porque a medalha militar e as duas menções à Cruz de Guerra que recebeu lhe davam direito a um emprego reservado, ou quem sabe achasse que a atividade cairia bem a um pacifista. Ele costumava me dizer:

— Com um pouco de sorte, meu pequeno Ludo, se trabalhar direito, você um dia talvez consiga um cargo administrativo nos Correios.

Levei anos para reconhecer o que nele vinha de um forte senso de gravidade e fidelidade e o que era fruto de uma veia zombeteira que parecia surgir do fundo comum em que os franceses buscam a si mesmos quando perdidos.

Meu tio dizia que "as pipas precisam aprender a voar, como todo mundo", e, desde os sete anos de idade, eu o acompanhava, depois da escola, ao que ele chamava de "treinamento", ora no campo em frente de La Motte, ora um pouco mais longe, às margens do canal, com uma *gnama* ainda cheirando a cola fresca.

— Você precisa segurar firme — ele explicava —, porque elas puxam e às vezes se soltam, sobem alto demais, partem em busca do céu azul e só voltamos a vê-las quando alguém as encontra, aos pedaços.

— Mas, se eu segurar firme demais, não vou sair voando junto?

Ele sorria, o que tornava seu grande bigode ainda mais bondoso.

— Pode acontecer — ele dizia. — Não se deixe levar.

Meu tio dava nomes afetuosos a suas pipas — Come-Mosca, Folgazão, Solavanco, Rechonchudo, Zigomar, Palpitar, Amável —, mas eu nunca soube o porquê de alguns, por que Titúbio, uma espécie de rã engraçada, com patas que acenavam "bom-dia" ao vento, se chamava assim e não Abano, que era um peixe todo sorridente, que tremelicava nos ares suas escamas prateadas e suas nadadeiras rosadas, ou por que ele soltava Popozinho acima do campo em frente de La Motte e não Mimile, um marciano que eu achava muito simpático, de olhos redondos e asas no formato de orelhas, que começavam a se agitar quando ele subia, gestos que eu treinava e imitava com sucesso, vencendo todos os meus colegas em nossas competições. Quando lançava uma *gnama* com formas que eu não entendia, meu tio explicava:

— Precisamos nos esforçar para que algumas sejam diferentes de tudo o que já se viu e conheceu. Para que sejam realmente novas. Mas é então que precisamos segurá-las na ponta da linha com mais firmeza ainda, porque, quando se soltam, elas partem em busca do céu azul e correm o risco de causar grandes estragos ao cair.

Às vezes eu tinha a impressão de que era a pipa que segurava Ambroise Fleury na ponta da linha.

Por muito tempo, minha preferida foi o valente Rechonchudo, que tinha uma barriga que se enchia surpreendentemente de ar assim que pegava altitude e que, por menor que fosse a brisa, dava cambalhotas batendo comicamente as patas na pança, dependendo de como meu tio puxava ou soltava a linha.

Eu deixava Rechonchudo dormir comigo, pois aqui embaixo uma pipa precisa de muita amizade; ela perde a forma, vive rente ao chão e facilmente se entristece. Ela precisa de altura, ar livre e muito céu ao redor para desabrochar em toda a sua beleza.

Meu tutor passava os dias percorrendo os campos no exercício de sua profissão, levando aos moradores da região a correspondência que buscava pela manhã na agência dos Correios. Mas, quando voltava da escola, depois de uma pernada de cinco quilômetros, eu o encontrava quase sempre vestido com seu uniforme de carteiro no campo de La Motte — as correntes de ar eram mais favoráveis no fim da tarde —, os olhos erguidos para um de seus "pequenos amigos" tremulando acima de nós.

E mesmo assim, quando um dia perdemos nossa magnífica Quatromares, que o vento, enchendo suas doze velas de uma só vez, arrancou de minha mão com carretilha e tudo, meu tio, seguindo com o olhar sua obra que se perdia no azul do céu, me disse, enquanto eu choramingava:

— Não chore. Ela foi feita para isso. Está feliz, lá no alto.

No dia seguinte, um fazendeiro dos arredores nos trouxe, em sua carroça de feno, um amontoado de madeira e papel que era tudo o que restava de Quatromares.

Eu tinha dez anos quando a *Gazette* de Honfleur dedicou um artigo, escrito de maneira irônica, a "nosso concidadão Ambroise Fleury, carteiro rural em Cléry, um simpático excêntrico cujas pipas um dia farão a fama dessa localidade, como as rendas fizeram a glória de Valenciennes; a porcelana, a de Limoges; e as balas de menta, a de Cambrai". Meu tio recortou o artigo, enquadrou-o e o pendurou na parede do ateliê.

— Também tenho minha vaidade, como pode ver — ele me disse, com uma piscada brincalhona.

A crônica da *Gazette*, com a foto que a acompanhava, foi republicada por um jornal parisiense, e logo nosso celeiro, a partir de então chamado de "ateliê", começou a receber não apenas visitantes, mas também encomendas. O dono do Clos Joli, que era um velho amigo de meu tio, recomendava a "curiosidade local" a seus clientes. Um dia, um automóvel parou na frente de nossa fazenda e dele desceu um senhor muito elegante. Fiquei bastante impressionado com seus bigodes, que subiam até as orelhas e se misturavam às suíças, cortando o rosto em dois. Mais tarde tomei conhecimento de que se tratava de um grande colecionador inglês, lorde Howe; viajava com um lacaio e um baú. Quando este foi aberto, descobri, cuidadosamente acomodadas sobre um forro de veludo feito sob medida, magníficas pipas de diversos países — Birmânia, Japão, China e Sião. Meu tio foi convidado a admirá-las, o que fez com toda a sinceridade, pois era totalmente desprovido de chauvinismo. Sua única pequena mania, nesse quesito, era afirmar que a pipa só adquirira seus títulos de nobreza na França, em 1789. Depois de prestar homenagem às peças exibidas pelo colecionador inglês, ele lhe mostrou algumas de suas próprias criações, entre as quais um Victor Hugo carregado pelas nuvens, inspirado na famosa fotografia de Nadar, e que, nos ares, fazia o poeta lembrar o Deus pai. Depois de uma ou duas horas de inspeção e elogios recíprocos, os dois homens caminharam até o campo e, cada um escolhendo a pipa do outro, por cortesia, alegraram o céu normando até que todos os garotos dos arredores acorressem para participar da festa.

A fama de Ambroise Fleury seguiu crescendo, mas não o fez perder a cabeça, nem mesmo quando sua Grande Donzela de Barrete Frígio — ele era republicano até a medula — ganhou o primeiro prêmio da convenção de Nogent, tampouco quando foi convidado por lorde Howe para ir a Londres, onde fez uma demonstração de algumas de suas obras durante um encontro no Hyde Park. O clima político da Europa começava a se anuviar, depois da chegada de Hitler ao poder e da ocupação da Renânia, e aquela foi uma das inúmeras manifestações da aliança franco-britânica que aconteciam à época. Guardei a foto do *Illustrated London News* em que Ambroise Fleury aparece com sua Liberdade Iluminando o Mundo, entre lorde Howe e o príncipe de Gales. Depois dessa consagração quase oficial, Ambroise Fleury foi eleito para a associação Pipas da França, primeiro como membro, mais tarde como presidente honorário. As visitas dos curiosos se tornaram cada vez mais numerosas. Belas senhoras e elegantes senhores que vinham de Paris de automóvel para almoçar no Clos Joli em seguida nos visitavam e pediam ao "mestre" que fizesse uma demonstração de algumas de suas peças. As belas senhoras sentavam-se na grama, os elegantes senhores, charuto na boca, esforçavam-se para manter a seriedade, e todos se deleitavam com o "carteiro biruta", com seu Montaigne ou sua Paz Mundial na ponta da linha, fixando o azul do céu com o olhar agudo dos grandes navegadores. Eu percebia que havia algo de insultante no riso das belas senhoras e nos olhares altivos dos elegantes senhores, e acontecia-me de por acaso ouvir uma observação indelicada ou cheia de piedade. "Parece que não bate bem da cabeça. Na guerra, foi atingido por uma granada." "Ele se diz pacifista e objetor de consciência, mas acho que é um espertalhão que sabe se promover muito bem." "É de morrer de rir!" "Marcellin Duprat tinha razão, a visita vale muito a pena!" "Não acha que parece o marechal Lyautey, com esse cabelo grisalho à escovinha e esse bigode?" "Ele tem algo de maluco no olhar." "Mas é claro, minha cara: é o fogo sagrado!" A seguir, compravam uma pipa como se pagassem pelo ingresso do espetáculo e a atiravam no porta-malas do carro sem o menor respeito. Era ainda mais difícil ouvir essas coisas porque meu tio, completamente entregue à sua paixão, mantinha-se indiferente ao que acontecia a seu redor e não percebia que alguns de nossos visitantes se divertiam às suas custas. Um dia, voltando para casa, furioso com as observações que eu flagrara enquanto meu tutor manobrava pelos ares sua preferida de sempre, uma Jean-Jacques Rousseau com asas no formato de livros abertos que tinham as páginas viradas pelo vento, não pude conter minha indignação. Eu caminhava atrás dele a passos largos, cenho franzido, mãos nos bolsos, batendo os pés com tanta força que minhas meias caíam até os calcanhares.

— Tio, aqueles parisienses zombaram do senhor. Eles o chamaram de velho maluco.

Ambroise Fleury parou. Em vez de ficar zangado, pareceu satisfeito.

— Mesmo? Eles disseram isso?

Lancei-lhe então, do alto de meu um metro e quarenta, uma frase que tinha ouvido dos lábios de Marcellin Duprat a respeito de um casal de clientes do Clos Joli que se queixara da conta:

— São uma gente pequena.

— Não existe gente pequena — disse meu tio.

Ele se inclinou, pousou Jean-Jacques Rousseau delicadamente na grama e se sentou. Instalei-me a seu lado.

— Então fui chamado de louco. Muito bem, fique sabendo que aqueles elegantes senhores e aquelas belas senhoras têm razão. É indiscutível que um homem que dedicou a vida inteira às pipas não está desprovido de um grão de loucura. Trata-se apenas de uma questão de interpretação. Alguns dizem "um grão de loucura", outros preferem "uma centelha sagrada". Às vezes é difícil distinguir uma coisa da outra. Quando realmente ama alguém ou alguma coisa, você dá tudo o que tem, e mesmo tudo o que é, e não se preocupa com o resto...

Seus grandes bigodes tiveram um rápido tremor de alegria.

— Isso é o que precisa saber, Ludo, se quiser se tornar um bom funcionário dos Correios.

2

Nossa fazenda estava na família desde que um dos Fleury a construíra, pouco depois dos "acontecimentos", como ainda se dizia no tempo de meus avós. Quando um dia tive a curiosidade de saber que "acontecimentos" eram aqueles, meu tio me explicou que se tratava da revolução de 1789. Descobri, assim, que a família tinha a memória longa.

— Não sei se é um efeito do ensino público obrigatório, mas os Fleury sempre tiveram uma impressionante memória histórica. Acho que nenhum de nós jamais esqueceu algo que tenha aprendido. Meu avô às vezes nos fazia recitar a Declaração dos Direitos do Homem. Fiquei tão acostumado a recitá-la que até hoje me pego fazendo isso.

Percebi, na mesma época — eu acabara de fazer dez anos —, que minha própria memória, ainda sem esse caráter "histórico", tornava-se uma fonte de espanto e até mesmo de preocupação para meu professor, o sr. Herbier, que nas horas vagas cantava como baixo no coral de Cléry. A facilidade com que eu memorizava tudo o que aprendia, podendo recitar de cor várias páginas de meu livro-texto depois de uma ou duas leituras, bem como minha singular aptidão para o cálculo mental, pareciam-lhe decorrer de alguma malformação do cérebro, e não das capacidades, ainda que excepcionais, de um bom aluno. Ele estava ainda mais inclinado a desconfiar daquilo que nunca chamava de meus dons, mas de minhas "predisposições" — e a ênfase bastante sinistra com que dizia essa palavra fazia com que eu me sentisse quase culpado —, porque, sendo o "grão de loucura" de meu tio reconhecido como tal por todos, eu parecia atingido por algum defeito hereditário que poderia se revelar fatal. A frase que eu mais ouvia da boca do sr. Herbier era: "Moderação acima de tudo". Ele me encarava gravemente ao pronunciar essa verdadeira advertência. Quando minhas predisposições se manifestaram de maneira muito clara, a ponto de eu ser delatado por um colega porque vencera uma aposta e embolsara uma quantia generosa depois de recitar dez páginas de tabelas do Horário Ferroviário de Chaix, fiquei sabendo que o sr. Herbier havia utilizado a expressão "pequeno monstro" para se referir a mim. Eu piorava minha situação dedicando-me, mentalmente, a extrair a raiz quadrada e a fazer a multiplicação de números bastante extensos. O sr. Herbier veio a La Motte, falou com meu tutor por um bom tempo e o aconselhou a me enviar a Paris para ser examinado por um especialista. Com o ouvido colado à porta, não perdi nada da conversa.

— Estamos falando, Ambroise, de uma capacidade que não é normal. Já vimos crianças surpreendentemente dotadas para o cálculo mental mais tarde se tornarem simplórias. São exibidas em palcos de music hall, e nada mais. Uma parte de seu cérebro se desenvolve de maneira fulminante, mas no resto tornam-se verdadeiros imbecis. Em seu estado atual, Ludovic quase seria aprovado no concurso da Politécnica.

— De fato, é curioso — disse meu tio. — Nós, os Fleury, costumamos ser mais dotados para a memória histórica. Tivemos até um fuzilado durante a Comuna.

— Não vejo a relação.

— Mais um que se lembrava.

— Lembrava-se de quê?

Meu tio guardou um momento de silêncio.

— De tudo, provavelmente — acabou dizendo.

— O senhor está insinuando que seu ancestral foi fuzilado por excesso de memória?

— É exatamente o que estou dizendo. Ele devia saber de cor tudo o que o povo francês padeceu ao longo dos tempos.

— Ambroise, você é conhecido na região, desculpe-me por dizer isso, como um... enfim, como um obcecado, mas não vim falar de suas pipas.

— Bem, sim, o que posso fazer, também sou um simplório.

— Vim apenas avisá-lo de que o pequeno Ludovic tem capacidades de memória que não correspondem à sua idade, nem, aliás, a nenhuma idade. Ele recitou de cor o Horário Ferroviário de Chaix. Dez páginas. Multiplicou de cabeça um número de catorze dígitos por outro igualmente comprido.

— Bom, então com ele a coisa foi para os números. Não parece ter sido atingido pela memória histórica. Talvez isso evite um fuzilamento, da próxima vez.

— Que próxima vez?

— Como vou saber? Há sempre uma próxima vez.

— Ele deveria ser examinado por um médico.

— Escute, Herbier, está começando a me incomodar. Se meu sobrinho fosse realmente anormal, ele seria um imbecil. Até logo e obrigado pela visita. Compreendo que veio com boas intenções. Por acaso ele é tão dotado para o estudo da história quanto para o da matemática?

— Mais uma vez, Ambroise, não podemos falar em dom. Nem mesmo em inteligência. A inteligência supõe *raciocínio*. Insisto neste ponto: *raciocínio*. Ora, ele não raciocina nem melhor nem pior que os outros garotos da mesma idade. Quanto à história da França, ele é capaz de recitá-la de A a Z.

Houve um silêncio ainda mais longo, depois do qual ouvi meu tio gritar:

— A Z? Que Z? Já temos um Z em vista?

O sr. Herbier não soube o que responder. Depois da derrota de 1940, quando o Z apareceu com clareza no horizonte, várias vezes me vi pensando nessa conversa.

O único professor que não parecia nem um pouco incomodado com minhas "predisposições" era o professor de francês, o sr. Pinder. Ele pareceu zangado uma única vez, quando recitei *Os conquistadores* e, em meu desejo de superar a mim mesmo, disse o poema de trás para a frente, começando pelo último verso. O sr. Pinder me interrompeu e me ameaçou com o dedo.

— Meu pequeno Ludovic, não sei se é assim que você se prepara para isso que parece ameaçar a todos nós, isto é, para uma vida de ponta-cabeça, num mundo de ponta-cabeça, mas peço que ao menos poupe a poesia.

Foi o mesmo sr. Pinder que mais tarde nos passou um tema de redação que acabou desempenhando um papel importante em minha vida: "Analise e compare as duas expressões: 'saber manter a razão' e 'manter sua razão de viver'. Diga se vê alguma contradição entre as duas ideias".

É preciso reconhecer que o sr. Herbier não estava inteiramente errado ao comunicar a meu tio suas preocupações a meu respeito, por temor de que a facilidade com que eu memorizava tudo não viesse acompanhada de progressos na maturidade, na ponderação e no bom senso. Talvez isso aconteça mais ou menos com todos os que sofrem de um excesso de memória, como alguns anos depois tivemos a prova, quando tantos franceses morreram deportados ou fuzilados.

3

Nossa fazenda ficava depois do povoado de Clos, na orla da floresta de Voigny, onde samambaias e giestas se misturavam a faias e carvalhos e onde havia cervos e javalis. Mais adiante começavam os pântanos, onde reinava a paz dos marrecos, das lontras, das libélulas e dos cisnes. La Motte ficava bastante isolada. Nossos vizinhos mais próximos, a uma boa meia hora de caminhada, eram os Cailleux; o pequeno Jeannot Cailleux era dois anos mais novo que eu e, para ele, eu era "grande"; seus pais tinham uma leiteria na cidade; o avô, Gaston, que perdera uma perna num acidente na serraria, criava abelhas. Mais adiante havia os Magnard: taciturnos, indiferentes a tudo que não fosse vaca, manteiga e pastagens, pai, filho e duas filhas solteironas nunca falavam com ninguém.

— A não ser para dizer ou perguntar o preço de algo — resmungava Gaston Cailleux.

Afora isso, a única coisa entre La Motte e Cléry eram as fazendas dos Monnier e dos Simon, cujos filhos eram meus colegas na escola.

Eu conhecia os bosques dos arredores em seus recantos mais secretos. Meu tio me ajudara a construir, no fundo de uma ravina, num lugar chamado Velha Fonte, um *wigwam* como os dos peles-vermelhas, uma tenda feita de galhos e coberta por uma lona, onde eu me refugiava com os livros de James Oliver Curwood e Fenimore Cooper, para sonhar com apaches e sioux, ou para me defender até o último cartucho quando cercado pelas forças inimigas, sempre "superiores em número", como manda a tradição. Em meados de junho, depois de me empanturrar de morangos silvestres e cochilar, abri os olhos e vi à minha frente uma garotinha muito loira sob um grande chapéu de palha, encarando-me com severidade. Havia luzes e sombras sob os galhos e até hoje, depois de tantos anos, ainda tenho a impressão de que esse jogo de claro-escuro nunca deixou de existir em torno de Lila e de que naquele instante de emoção, cuja razão ou natureza eu não compreendia, de certo modo fui avisado disso. Instintivamente, sob efeito de não sei que força ou fraqueza interna, fiz um gesto cujo caráter definitivo e irrevogável eu estava longe de pressentir: estendi um punhado de morangos a essa aparição loira e severa. Não me saí muito bem. A garotinha veio se sentar a meu lado e, sem prestar a menor atenção à minha oferta, pegou a cesta inteira. E assim foram determinados nossos papéis para todo o sempre. Quando sobraram apenas alguns morangos no fundo da cesta, ela a devolveu para mim e disse, não sem censura:

— Prefiro com açúcar.

Havia uma única coisa a fazer e não hesitei. Levantei-me num salto, fechei os punhos e saí correndo por bosques e campos até La Motte, onde irrompi na cozinha como uma bala de canhão, peguei a caixa de açúcar na prateleira e na mesma velocidade refiz meus passos em sentido contrário. Ela continuava lá, sentada na grama, chapéu pousado ao lado, contemplando uma joaninha no dorso da mão. Estendi-lhe o açúcar.

— Não quero mais. Mas é gentil da sua parte.

— Vamos deixar o açúcar aqui e voltar amanhã — eu disse, com a inspiração do desespero.

— Talvez. Qual o seu nome?

— Ludo. E o seu?

A joaninha saiu voando.

— Ainda não nos conhecemos direito. Talvez um dia eu diga como me chamo. Sou bastante misteriosa, sabe? É provável que nunca mais volte a me ver. O que fazem seus pais?

— Não tenho pais. Moro com meu tio.

— O que ele faz?

Senti vagamente que "carteiro rural" não seria uma boa resposta.

— Ele é mestre artesão de pipas.

Ela pareceu positivamente impressionada.

— O que isso quer dizer?

— Ele é como um grande capitão, mas dos céus.

Ela pensou por um momento, depois se levantou.

— Talvez eu volte amanhã. Não sei. Sou muito imprevisível. Quantos anos você tem?

— Quase dez anos.

— Ah, você é jovem demais para mim. Tenho onze anos e meio. Mas gosto de morangos silvestres. Vou voltar, se não tiver nada mais divertido a fazer.

E ela se foi, depois de me lançar um último olhar severo.

No dia seguinte, devo ter colhido três quilos de morangos. A cada poucos minutos, corria para ver se ela havia chegado. Ela não veio naquele dia. Nem no seguinte, nem dois dias depois.

Esperei-a todos os dias do mês de junho, julho, agosto e setembro. No início, eu contava com os morangos, depois com os mirtilos, depois com as amoras, depois com os cogumelos. Eu só conheceria agonia semelhante entre 1940 e 1944, durante a Ocupação, à espera do retorno da França. Mesmo depois de até os cogumelos me abandonarem, continuei voltando à floresta, ao local de nosso encontro. O ano passou e depois outro e mais outro, e descobri que o sr. Herbier não se equivocara totalmente ao advertir meu tio de que minha memória tinha algo de preocupante. Os Fleury deviam de fato sofrer de alguma enfermidade congênita: não tínhamos a apaziguadora capacidade de esquecer. Eu estudava, ajudava meu tutor no ateliê, mas eram raros os dias em que uma garotinha loira de vestido branco, com um grande chapéu de palha na mão, não viesse me fazer companhia. Tratava-se, sem dúvida, de um "excesso de memória", como sentenciara com muita propriedade o sr. Herbier, que não devia padecer do problema, pois se manteve com cuidado à distância de tudo aquilo que, sob os nazistas, intensa e perigosamente envolvesse a lembrança. Três ou quatro anos depois de nosso encontro, ainda me acontecia de, assim que surgiam os primeiros morangos, encher minha cesta e, deitado sob as faias, as mãos atrás da cabeça, fechar os olhos para encorajá-la a me surpreender. Eu não me esquecia nem da caixa de açúcar. Claro que, com o passar do tempo, tudo crescia em diversão. Eu começava a entender o que meu tio chamava de "a busca do céu azul" e aprendia a zombar de mim mesmo e de meu excesso de memória.

4

Fiz meu exame *baccalauréat* aos catorze anos, graças a uma autorização obtida com a ajuda de uma certidão de nascimento "ajustada" pelo secretário da prefeitura, o sr. Julliac, que me fazia ter quinze. Eu ainda não sabia o que queria fazer da vida. Enquanto isso, meus dons para a matemática incitaram Marcellin Duprat a me confiar a contabilidade do Clos Joli, onde eu trabalhava duas vezes por semana. Eu lia tudo o que me caísse nas mãos, de contos satíricos medievais a obras como *O fogo*, de Barbusse, e *Nada de novo no front*, de Erich Maria Remarque, presentes de meu tio, embora ele raramente me indicasse leituras, pois confiava no "ensino público obrigatório" e, acima de tudo, parece-me, numa coisa que nunca deixou de suscitar debates, antes, durante e depois, mas que Ambroise Fleury parecia ter como certa, a saber, a hereditariedade dos caracteres adquiridos, sobretudo, acrescentava ele, "em nossa gente".

Fazia vários anos que ele deixara o emprego de carteiro rural, mas Marcellin Duprat o aconselhava vivamente a vestir o velho uniforme para receber os visitantes. O dono do Clos Joli tinha o que hoje chamaríamos de agudo senso de "relações-públicas".

— Entenda, Ambroise: você virou uma lenda e precisa conservá-la intacta. Sei que não está nem aí, mas você deve isso a nossa região. Os clientes sempre me perguntam: "E o famoso carteiro Fleury, continua aqui, com suas pipas? Podemos vê-lo?". Você vende suas geringonças e vive delas, no fim das contas. Então, precisa ter uma marca registrada. Um dia, as pessoas vão dizer "carteiro Fleury" como dizem *"douanier* Rousseau". No trato com os clientes, sempre uso o chapéu e a jaqueta de cozinheiro; é assim que querem me ver. Embora Marcellin fosse um velho amigo, o pequeno ardil que ele sugeria não agradava a meu tio. Eles tiveram algumas discussões acaloradas. O dono do Clos Joli se considerava uma espécie de glória nacional, e os únicos que reconhecia como seus iguais eram Point, em Vienne, Pic, em Valence, e Dumaine, em Saulieu. Ele tinha um porte distinto, cabelos que começavam a ralear, olhos claros e azuis como aço; um pequeno bigode lhe dava um ar autoritário. Havia algo de militar em sua postura, que talvez viesse dos anos passados nas trincheiras, entre 1914 e 1918. Nos anos 1930, a França ainda não pensava em refugiar-se em sua grandeza culinária, e Marcellin Duprat julgava-se incompreendido.

— O único que me entende é Édouard Herriot. Outro dia, ao sair do restaurante, ele me disse: "Toda vez que venho aqui, me sinto apaziguado. Não sei o que o futuro nos reserva, mas tenho certeza de que o Clos Joli sobreviverá a tudo. Mas precisará esperar um pouco por sua Legião de Honra, Marcellin. A França ainda goza de riquezas culturais em abundância, o que faz com que alguns de nossos valores mais modestos sejam negligenciados". Foi o que Herriot me disse. Então, Ambroise, faça-me o favor. Em toda a região, somos os únicos conhecidos. Pode acreditar que, vestindo o uniforme de carteiro para a clientela de tempos em tempos, causará uma impressão muito melhor do que com esse veludo cotelê de plebeu.

Meu tio acabava rindo. Eu sempre ficava feliz quando via surgirem em seu rosto as boas e pequenas rugas que se alimentam da alegria.

— Esse Marcellin! A grandeza é um fardo difícil de carregar nos próprios ombros. Mas o que posso dizer? Ele não está completamente errado. Tornar a pacífica arte da pipa mais popular bem vale um pequeno sacrifício de amor-próprio.

Na verdade, não creio que fosse com desprazer que meu tio vestisse o velho uniforme de carteiro rural para ir aos campos, cercado de crianças — das quais duas ou três vinham regularmente a La Motte depois da escola para as sessões de "treinamento".

Como mencionei, Ambroise Fleury foi eleito presidente honorário da Pipas da França, associação da qual pediu seu desligamento, sabe-se lá por quê, depois de Munique. Nunca entendi direito como um pacifista convicto pôde se sentir tão indignado e tão abatido quando a paz, ainda que chamada por alguns de "paz da vergonha", foi mantida em Munique. Era a maldita memória histórica dos Fleury, sem dúvida, que lhe pregava uma peça.

Minha memória também não me dava folga. Todos os verões, eu voltava ao bosque da lembrança. Informara-me junto aos moradores da região e sabia que não fora vítima de uma "aparição", como chegara a acreditar. Elisabeth de Bronicka existia em carne e osso; seus pais eram donos do Solar dos Jars, na estrada de Clos a Cléry, por cujos muros eu passava todos os dias a caminho da escola. Fazia alguns verões que eles não voltavam à Normandia; meu tio descobriu que suas correspondências eram encaminhadas para a Polônia, onde tinham uma propriedade às margens do Báltico, não muito longe da cidade livre de Gdańsk, mais conhecida à época pelo nome de Danzig. Ninguém sabia se eles um dia voltariam.

— Não é nem a primeira, nem a última pipa que você perde na vida, Ludo — dizia meu tio, quando me via voltando do bosque com minha cesta de morangos dolorosamente cheia.

Eu já não esperava mais nada, e embora aquele jogo se tornasse um pouco infantil para um garoto de catorze anos, tinha diante de mim o exemplo de um homem maduro que soubera conservar dentro de si esse quê de ingenuidade que só se transforma em sabedoria quando envelhece mal.

Fazia quase quatro anos que eu não via aquela que eu agora chamava de "minha pequena polonesa", mas minha memória não sofrera perda alguma. Seu rosto de traços delicados dava vontade de guardá-lo nas mãos em concha, e a vivacidade harmoniosa de cada um de seus movimentos me permitira tirar uma nota muito boa no *bac* de filosofia. Eu escolhera estética na prova oral, e o examinador, cansado depois de um dia inteiro de trabalho, decretara:

— Farei uma única pergunta e peço que me responda com uma única palavra. O que caracteriza a graça?

Pensei na pequena polonesa, em seu pescoço, em seus braços, no voo de sua cabeleira, e respondi sem hesitar:

— Movimento.

Tirei dezenove de vinte. Devo meu *bac* ao amor.

Com exceção de Jeannot Cailleux, que às vezes vinha se sentar a um canto e me encarava com tristeza — um dia, ele me disse, com inveja: "Você ao menos tem alguém" —, eu não me relacionava com ninguém. Tornara-me quase tão indiferente a tudo que me cercava quanto os Magnard. Às vezes cruzava com eles na estrada, balançando numa carroça, pai, filho e filhas, com seus caixotes, a caminho do mercado. Eu sempre lhes dava bom-dia e eles nunca respondiam.

No início de julho de 1936, sentado na grama ao lado de minha cesta de morangos, eu lia os poemas de José María de Heredia, que me parece, até hoje, injustamente esquecido. À minha frente havia um túnel luminoso entre as faias, pelo qual o sol rolava até o chão como um gato voluptuoso. De um pântano vizinho elevavam-se alguns chapins em fuga.

Ergui os olhos. Ela estava ali, diante de mim, uma jovem tratada pelos quatro anos transcorridos com uma piedade que era como um tributo a minha memória. Congelei, depois de um baque no coração que me deixou com um nó na garganta. E então a emoção passou e eu larguei o livro com tranquilidade. Ela se atrasara um pouco para voltar, só isso.

— Fiquei sabendo que está me esperando há quatro anos... Ela riu.

— E não se esqueceu nem do açúcar!

— Nunca me esqueço de nada.

— Eu me esqueço de tudo com muita facilidade. Não me lembro nem do seu nome.

Deixei-a fazer seu jogo. Se sabia que eu a procurara por toda parte, devia saber quem eu era.

— Espere um pouco, deixe-me pensar... Ah, sim, Ludovic. Ludo. O filho do famoso carteiro Ambroise Fleury.

— Sobrinho.

Passei-lhe a cesta de morangos. Ela experimentou um, sentou-se a meu lado e pegou meu livro.

— Meu Deus, José María de Heredia! Mas que coisa mais antiquada! Deveria ler Rimbaud e Apollinaire.

Só havia uma coisa a fazer. Recitei:

De celle qu'il nommait sa douceur angevine
Sur la corde vibrante erre l'âme divine
Quand l'angoisse d'amour étreint son cœur troublé

Et sa voix livre aux vents qui l'emportent loin d'elle
Et le caresseront, peut-être, l'infidèle
*Cette chanson qu'il fit pour un vanneur de blé.**

Ela pareceu lisonjeada e satisfeita.

---

* "Daquela que chamava sua doçura angevina/ Sobre a corda vibrante erra a alma divina/ Quando a angústia do amor fere seu coração atormentado// E sua voz confia aos ventos que o carregam para longe dela/ E que talvez o acariciem, infiel/ Essa canção que ele fez para um joeirador de trigo." [N. T.]

— Nossos jardineiros me disseram que você os enchia de perguntas para saber se eu voltaria. Loucamente apaixonado, enfim.

Entendi que, se não me defendesse, estaria perdido.

— Sabe, às vezes a melhor maneira de esquecer uma pessoa é voltar a vê-la.

— Ui! Não se ofenda. Estou brincando. E é verdade o que dizem por aí, que vocês são todos assim?

— Assim como?

— Que não esquecem?

— Meu tio Ambroise diz que os Fleury têm uma memória tão boa que alguns morreram por causa dela.

— Como a memória pode matar alguém? Que bobagem.

— Ele também acha, e é por isso que se tornou carteiro rural e tem horror à guerra. Ele só se interessa por suas pipas. Elas são muito bonitas de ver, quando estão no céu, mas ao menos podem ser presas a uma linha, e mesmo quando escapam e caem, no fim das contas não passam de papel e pedaços de madeira.

— Eu queria que você me explicasse como a memória pode matar alguém.

— É complicado.

— Não sou completamente estúpida. Talvez consiga entender.

— Eu quis dizer que é complicado de explicar. Parece que todos os Fleury foram vítimas do ensino público obrigatório.

— Do quê?!

— Do ensino público obrigatório. Aprenderam coisas bonitas demais que memorizaram bem demais, nas quais acreditaram totalmente, que foram transmitidas de pai para filho pela hereditariedade dos caracteres adquiridos e...

Eu sentia que não estava conseguindo me explicar e quis acrescentar que havia em tudo isso um grão de loucura, também chamado de centelha sagrada, mas, com aquele olhar azul e severo sobre mim, eu me afundava cada vez mais e me limitava a repetir obstinadamente:

— Aprenderam coisas bonitas demais, nas quais acreditaram; chegaram a ser mortos por causa delas. Por isso meu tio se tornou pacifista e objetor de consciência.

Ela balançou a cabeça e fez "*pfff*".

— Não entendi nada dessa sua história. O que seu tio diz não faz sentido.

Tive então uma ideia que me pareceu bastante engenhosa.

— Venha nos visitar em La Motte e ele explicará tudo pessoalmente.

— Não tenho a menor intenção de perder meu tempo com histórias da carochinha. Sou leitora de Rilke e Thomas Mann, não de José María de Heredia. Além disso, você mora com ele e parece não ter conseguido entender nada.

— É preciso ser francês para entender.

Ela se zangou.

— Que bobagem. Por acaso os franceses têm uma memória melhor que os poloneses?

Comecei a entrar em pânico. Aquele não era nem um pouco o tipo de conversa que eu esperava ter com ela, depois de uma trágica separação de quatro anos. Por outro lado, eu não podia de jeito nenhum perder o controle da situação, embora não tivesse lido nem Rilke, nem Thomas Mann.

— Estou falando da memória histórica — eu disse. — Há muitas coisas das quais os franceses se lembram e não conseguem se esquecer, e isso dura a vida toda, a não ser para aqueles que têm lapsos de memória. Já expliquei que é por causa do ensino público obrigatório. Não vejo o que pode ser tão difícil de entender.

Ela se levantou e me lançou um olhar de pena.

— Isso porque você acha que só vocês, os franceses, têm essa "memória histórica"? Que nós, os poloneses, não temos uma? Nunca ouvi tamanha asneira. Só nos últimos cinco séculos, os

Bronicki sofreram cento e sessenta mortes, a maioria em condições heroicas, e temos documentos para prová-las. Adeus. Nunca mais você me verá. Ou melhor, você me verá sim. Tenho pena de você. Faz quatro anos que vem aqui para me esperar e, em vez de simplesmente confessar que está loucamente apaixonado por mim, como todos os outros, difama meu país. A propósito, o que sabe da Polônia? Vamos, diga, estou ouvindo.

Ela cruzou os braços sobre o peito e ficou esperando.

Havia tanta diferença entre o que eu vivia e o que eu havia esperado e imaginado ao sonhar com ela que lágrimas me vieram aos olhos. Era tudo culpa de meu velho e louco tio, que me enfiara na cabeça um monte de coisas que deveria ter se contentado em colocar em suas queridinhas de papel. Fiz tanta força para não chorar que ela acabou ficando preocupada.

— O que foi? Ficou verde.

— Amo você — murmurei.

— Não é motivo para ficar verde, ao menos ainda não. Precisa me conhecer melhor. Tchau. Até logo. Nunca mais tente dar lições de memória histórica a um polonês. Promete?

— Juro que não estava tentando... Tenho a Polônia em grande conta. É um país conhecido por...

— Pelo quê?

Fiquei calado. Percebi com horror que a única coisa que me vinha à mente a respeito da Polônia era a expressão "bêbado como um polonês".

Ela riu.

— Bom, tudo bem. Para quatro anos, não está tão ruim. Pode melhorar, obviamente, mas leva tempo.

E tendo enunciado o óbvio com ar grave, ela me deixou para trás, um vulto branco e vivaz se afastando pelas faias, entre luzes e sombras.

Arrastei-me até La Motte e fui para a cama, nariz virado para a parede. Sentia como se tivesse arruinado minha vida.

Não conseguia entender como nem por que, em vez de declarar meu amor, deixara-me levar àquela discussão insana sobre a França, a Polônia e suas respectivas memórias históricas, que não me interessavam nem um pouco. Era tudo culpa de meu tio, com todos os seus Jaurès com asas de arco-íris ou seu jovem Arcole, do qual só restava, ele me explicava, bem ou mal, o nome de uma ponte.

Ao anoitecer, ele subiu para me ver.

— O que você tem?

— Ela voltou.

Ele sorriu afetuosamente.

— E aposto que mudou bastante — ele me disse. — É sempre mais seguro quando nós mesmos as construímos, com belas cores, linha e papel.

5

No dia seguinte, por volta das quatro horas da tarde, quando eu começava a pensar que tudo estava perdido, que precisaria realizar esse esforço que é às vezes o mais sobre-humano do mundo e que consiste em esquecer, um imenso carro azul conversível parou na frente de casa. O motorista, de uniforme cinza, anunciou-nos que eu fora convidado para um lanche no "solar". Corri a engraxar os sapatos, vesti meu único paletó, que estava pequeno, e me sentei ao lado do motorista, que descobri ser inglês. Ele me informou que Stanislas de Bronicki, o pai de "mademoiselle", era um financista de gênio; sua mulher fora uma das maiores atrizes de Varsóvia, que se consolava de ter abandonado o teatro fazendo grandes cenas.

— Eles têm propriedades imensas na Polônia e um castelo onde o senhor conde recebe chefes de Estado e celebridades do mundo inteiro. Ah, é um figurão, pode acreditar, *my boy*. Se ele gostar de você, sua vida não acabará nos Correios.

O Solar dos Jars era uma grande casa de madeira, de três andares, com varandas de balaustradas esculpidas, torreões e balcões com treliças; não se parecia com nada da região. Era a cópia exata da casa que a família Ostrorog, primos dos Bronicki, tinha no Bósforo, em Istambul. Construída nos fundos de um grande jardim, cujas alamedas avistávamos através da grade, figurava em lugar de destaque entre os cartões-postais vendidos no café e tabacaria Le Petit Gris, na Rue du Mail, em Cléry. Tinha sido construída em 1902 pelo pai de Stanislas de Bronicki, no estilo turco muito em voga à época, em homenagem a seu amigo Pierre Loti, que se hospedara ali muitas vezes. A passagem do tempo e a umidade haviam conferido à madeira uma pátina enegrecida que Bronicki não permitia ser retirada, por questões de autenticidade. Meu tio conhecia bem o solar e me falara dele muitas vezes. Quando ainda era carteiro, visitava-o quase todos os dias, pois os Bronicki recebiam mais correspondência que todos os habitantes de Clos e de Cléry juntos.

— Os ricos não sabem mais o que inventar — ele resmungava. — Construíram uma casa turca na Normandia e aposto que construíram um solar normando na Turquia.

Estávamos no fim de junho, e o jardim estava glorioso. Eu conhecia a natureza sobretudo em sua simplicidade original; nunca a tinha visto tão bem cuidada. As flores estavam tão bem alimentadas que pareciam recém-saídas do Clos Joli de Marcellin Duprat.

— Eles têm cinco jardineiros trabalhando em tempo integral — disse o motorista.

Ele me deixou sozinho na frente da varanda.

Tirei a boina, molhei os cabelos com um pouco de saliva e subi os degraus. Assim que apertei a campainha e a porta foi aberta por uma criada sobressaltada, entendi que chegava em péssima hora. Uma senhora loira, vestida com o que me pareceu uma confusão de panos azuis e rosa, estava semideitada numa poltrona, soluçando; o dr. Gardieu, apreensivo, media seu pulso com o grande relógio de bolso na mão. Um homem de estatura um tanto baixa, mas de constituição vigorosa, vestido com um roupão que brilhava como uma armadura de prata, percorria o salão de uma ponta a outra, seguido passo a passo em suas idas e vindas por um mordomo com uma bandeja cheia de bebidas. Stas de Bronicki tinha abundantes cachos loiro-bebê e suíças que chegavam ao meio da bochecha, um rosto ao qual se poderia dizer que faltava nobreza, se esta pudesse ser percebida a olho nu, sem recurso a documentos comprobatórios. Era um rosto redondo, de bochechas pesadas e levemente rosadas; era fácil imaginá-lo debruçado no balcão de um açougue; um bigode fino que mais parecia uma penugem ornava os lábios de uma boca apertada e pequena, como se fizesse beicinho, conferindo-lhe um ar contrariado, particularmente manifesto no momento de minha chegada. Ele tinha olhos grandes e de um azul desbotado, levemente saltados, com uma fixidez e um brilho que lembravam as garrafas na bandeja do mordomo e deviam ter alguma relação com seu conteúdo. Lila estava tranquilamente sentada a um canto, esperando que um poodle miniatura se erguesse sobre as patas traseiras para ganhar um torrão de açúcar. Um sujeito com cara de ave de rapina, vestido todo de preto, estava sentado a uma escrivaninha, debruçado sobre uma pilha de papéis que ele parecia inspecionar com o nariz, tanto este era comprido e inquisidor.

Aguardei timidamente, boina na mão, que alguém se interessasse por mim. Lila, que me lançara um olhar distraído, finalmente recompensou o poodle, veio até mim e me pegou pela mão. Nesse momento, a bela senhora foi sacudida por soluços ainda mais dilacerantes, recebidos pelos presentes com total indiferença. Lila me disse:

— Não é nada. É o algodão, de novo.

Como meu olhar devia estar cheio de incompreensão, ela acrescentou, explicando-se:

— Papai mais uma vez foi se meter com algodão. Ele não consegue evitar.

E acrescentou, com um leve dar de ombros:

— Estávamos muito melhor com o café.

Eu ainda não sabia que Stanislas de Bronicki ganhava e perdia fortunas na Bolsa com tanta rapidez que ninguém sabia dizer com certeza se estava arruinado ou rico.

Stanislas de Bronicki — Stas para os amigos de jogo, de pistas de corrida e para as moças do Le Chabanais e do Le Sphinx — estava com quarenta e cinco anos. Eu sempre ficava surpreso e um pouco desconfortável com o contraste entre seu rosto maciço e pesado e seus traços pequeninos, que, como dizia a condessa de Noailles, "precisavam ser procurados". Havia algo de incongruente em seus cabelos loiro-bebê cacheados, em sua tez rosada e em seus olhos azul-claros — toda a família Bronicki, com exceção do filho Tadée, parecia feita de azul, amarelo e rosa. Especulador e jogador, ele apostava seu dinheiro com tanta desenvoltura quanto seus ancestrais lançavam seus soldados nos campos de batalha. A única coisa que ele não havia perdido no jogo eram seus títulos de nobreza: pertencia a uma das quatro ou cinco grandes linhagens aristocráticas da Polônia, ao lado dos Sapiecha, dos Radziwill e dos Czartoryski, que por muito tempo dividiram a Polônia entre si, até que o país passou para outras mãos e sofreu outras partilhas. Observei que seus olhos giravam nas órbitas com insistência, como se o movimento de todas as bolas que ele seguira na roleta tivesse se transferido para eles.

Lila me levou até seu pai, mas ele, com a mão na testa e o olhar no teto, de onde aparentemente vinha sua ruína, não me deu a mínima atenção. Então, fui puxado até a sra. De Bronicka. Ela havia parado de chorar e me lançou um olhar no qual vi mais cílios do que jamais contemplara em um olho humano, afastou o lenço dos lábios e me perguntou com uma vozinha ainda sofrida:

— De onde saiu esse daí?

— Encontrei-o na floresta — disse Lila.

— Na floresta? Meu Deus, que horror! Espero que não esteja com raiva. Todos os animais andam pegando raiva ultimamente. Li no jornal. Quem for mordido precisa passar por um tratamento muito doloroso... Tome cuidado...

Ela se inclinou, pegou o poodle e o abraçou, olhando para mim com desconfiança.

— Por favor, mamãe, acalme-se — disse Lila.

Foi assim que conheci a família Bronicki em seu elemento natural, ou seja, em pleno drama. Genia de Bronicka — aprendi mais tarde que o "de" desaparecia quando a família voltava para a Polônia, onde a partícula não tinha uso, e ressurgia na França, onde eles eram menos conhecidos — tinha uma beleza que, como se dizia antigamente, devastava corações, expressão hoje fora de moda, sem dúvida devido ao aumento de devastações que o mundo vem conhecendo. Muito magra, mas de uma magreza que fazia um desvio respeitoso pelos quadris e pelo peito, era uma dessas mulheres que não sabem o que fazer com tanta beleza.

Fui definitivamente dispensado com um movimento do lenço. Lila, ainda segurando minha mão, me fez atravessar um corredor e subir as escadas. Havia três andares entre o grande hall de entrada, onde o drama do algodão se desenrolava, e o sótão, mas creio que ao longo dessa breve ascensão aprendi mais detalhes a respeito de certas coisas estranhas que acontecem entre mulheres e homens do que jamais ouvira falar em toda a minha vida. Tínhamos acabado de subir alguns andares quando Lila me informou que o primeiro marido de Genia se suicidara na noite de núpcias, antes de entrar no quarto do casal.

— Ansiedade de desempenho — explicou Lila, sempre me segurando firmemente pela mão, talvez temendo que eu saísse correndo.

O segundo marido, em contrapartida, morrera de um excesso de confiança em si mesmo.

— De exaustão — informou Lila, olhando-me direto nos olhos, como para me deixar em alerta, e eu me perguntei o que ela queria dizer com aquilo.

— Minha mãe foi a maior atriz da Polônia. Tinha um criado só para receber as flores que nunca paravam de chegar. Foi mantida pelo rei Afonso XIII, pelo rei Carlos da Romênia. Mas a vida toda amou um único homem, não posso dizer seu nome, é segredo...

— Rudolph Valentino — disse uma voz.

Tínhamos acabado de entrar no sótão e, virando-me na direção desse comentário em tom sarcástico, vi um garoto sentado no chão, embaixo de uma janela em mansarda, com as pernas cruzadas e um atlas aberto sobre os joelhos, ao lado de um globo terrestre. Ele tinha um perfil de águia, com um nariz que presidia o restante do rosto como se fosse o senhor da face e de suas feições; tinha cabelos pretos e olhos castanhos, e embora fosse apenas um ou dois anos mais velho que eu, a finura de seus lábios parecia já ter sido moldada pela ironia; não dava para saber se sorria ou se nascera assim.

— Preste muita atenção nas palavras de minha irmãzinha, pois elas nunca carregam um pingo de verdade e têm muita imaginação. Lila sente tanta necessidade de mentir que não podemos culpá-la. É uma vocação. Eu, de minha parte, tenho o espírito científico e racionalista, algo totalmente ímpar nessa família. Me chamo Tad.

Ele se levantou e trocamos um aperto de mão. Nos fundos do sótão havia uma cortina vermelha e, atrás dela, alguém tocava piano.

Lila não pareceu nem um pouco incomodada com as palavras do irmão e me observou com uma expressão um tanto zombeteira.

— Acredita em mim ou não? — perguntou-me.

Não hesitei.

— Acredito.

Ela lançou ao irmão um olhar triunfante e foi se sentar numa grande poltrona surrada.

— Ah, bom, vejo que já é amor — constatou Tad. — Nesse caso, a razão não tem mais nada a dizer. — Vivo com uma mãe completamente louca, um pai capaz de perder a Polônia no jogo, se surgisse a ocasião, e uma irmã que considera a verdade uma inimiga pessoal. Vocês se conhecem há muito tempo?

Eu ia responder, mas ele levantou a mão.

— Espere, espere... Desde ontem?

Fiz que "sim" com a cabeça.

Confessar-lhe que vira Lila uma única vez, quatro anos antes, e que nunca mais deixara de pensar nela, só me exporia a alguma ironia mordaz.

— Foi o que pensei — disse Tad. — Ontem ela perdeu o poodle, Mirliton, e tratou de substituí-lo.

— Mirliton voltou hoje de manhã — anunciou Lila.

O irmão e a irmã estavam visivelmente acostumados àquela pequena esgrima verbal.

— Bom, espero que não o dispense, então. E se o transformar num burrico, venha me procurar. Sou muito bom no dois e dois são quatro. Mas, se quiser um conselho, salve-se enquanto puder!

Ele voltou para o seu canto, sentou-se no chão e mergulhou na leitura do atlas. Lila, a cabeça apoiada no espaldar da poltrona, olhava para cima com indiferença. Hesitei um pouco e caminhei em sua direção, instalando-me numa almofada a seus pés. Ela puxou os joelhos até o queixo e me encarou pensativa, como se se perguntasse que partido tirar de sua nova aquisição. Abaixei a cabeça sob esse exame, enquanto Tad, de cenho franzido, seguia com o dedo, no globo terrestre, algum percurso do Níger, do Volga ou do Orinoco. Eu levantava os olhos, encontrava o olhar meditativo de Lila e logo voltava a baixá-los, temendo ouvir-me dizer: "Não, você não é mesmo para mim, me enganei". Eu sentia que estava num momento decisivo de minha vida e que o mundo tinha um centro de gravidade diferente daquele que aprendera na escola. Eu estava dividido entre a vontade de ficar ali, a seus pés, até o fim de meus dias, e a de fugir; ainda hoje não sei se venci na vida porque não fugi ou se a desperdicei porque fiquei.

Lila riu e tocou meu nariz com a ponta dos dedos.

— Está com uma cara completamente transtornada, meu pobre menino — ela disse. — Tad, ele me viu duas vezes em quatro anos e já perdeu a cabeça. Mas o que é que eu tenho, afinal? Por que todos ficam loucamente apaixonados por mim? Olham para mim e na mesma hora se torna impossível manter uma conversa inteligente. Ficam me encarando, fazendo "hmm" e "mmm" de tempos em tempos.

Tad, com o dedo no globo para não se perder na exploração do deserto de Gobi ou do Saara e morrer de sede, lançou à irmã um olhar gélido. Tad Bronicki, aos dezesseis anos, parecia ter um conhecimento tão vasto do mundo que a única coisa que lhe restava era fazer algumas pequenas retificações na história e na geografia do planeta.

— Essa menina sofre de um excesso de si mesma — ele disse.

Durante todo esse tempo, o piano atrás da cortina nos fundos do sótão continuou tocando; o músico invisível devia estar a léguas de distância, levado por sua melodia a lugares remotos que não podiam ser alcançados nem por nossas vozes, nem, sem dúvida, por algum eco das coisas deste mundo. Então a música parou, a cortina se abriu e vi um rosto muito afável sob uma cabeleira revolta e um olhar que ainda parecia seguir as notas que tinham voado até não sei que reino desconhecido. O resto era um grande corpo de adolescente que devia ter quinze ou dezesseis anos, encurvado e como que oprimido por seu tamanho. Pensei que estivesse olhando para mim, mas, quanto mais Bruno parecia nos encarar com atenção, menos ele nos via, e mais a realidade material do mundo, "esse artigo de primeira necessidade", como dizia Tad, inspirava-lhe uma indiferença cheia de espanto.

— Isto é Bruno — anunciou Lila, com a palavra "isto" num tom entre carinhoso e cheio de orgulho de proprietário. — Um dia ele vai tirar o primeiro lugar no concurso de piano do conservatório. Ele me prometeu. Vai ser famoso. Aliás, em poucos anos, seremos todos famosos. Tad será um grande explorador, Bruno será aclamado em todas as salas de concerto, eu serei a nova Garbo e você…

Ela me estudou de alto a baixo. Fiquei vermelho.

— Bom, não importa — ela disse.

Abaixei a cabeça. Os esforços que fiz para esconder minha humilhação devem ter sido inúteis, pois Tad se ergueu num salto, se aproximou da irmã, e os dois adolescentes trocaram em polonês o que devia ser uma chuva de insultos, totalmente esquecidos da minha presença, o que fez com que eu me acalmasse um pouco. Nisso, um criado de casaco branco, que logo reconheci como o sr. Julien, garçom do Clos Joli, seguido por uma camareira, entraram no sótão com duas bandejas pesadas repletas de doces, pratos, xícaras e bules; uma toalha foi estendida no chão e o chá foi servido ali mesmo, coisa que primeiro tomei por um costume polonês, mas que, na verdade, explicou-me Tad, era "para trazer um pouco de simplicidade a esta casa, com seus intoleráveis hábitos de luxo".

— Aliás, sou marxista — ele acrescentou, palavra que eu ouvia pela primeira vez e que me pareceu se referir àquela maneira de se sentar no chão para comer.

Descobri, durante o chá, que Tad não tinha a menor intenção de se tornar um explorador, como sua irmã queria, mas que se atribuíra a meta de "ajudar os homens a mudar o mundo" — ao anunciá-la, fez um gesto na direção do globo terrestre perto da janela. Bruno era filho de um falecido mordomo italiano que os Bronicki tinham tido a seu serviço na Polônia; o conde descobrira no menino dons extraordinários para a música e decidira adotá-lo, dando-lhe seu sobrenome e ajudando-o a se tornar "um novo Rubinstein".

— Mais um investimento — disse Tad. — Meu pai quer se tornar seu empresário e ganhar muito dinheiro.

Também descobri que a família inteira deixaria a Normandia no final do verão.

— Quer dizer, se os credores deixarem papai ir embora e se ele não tiver vendido nossa propriedade na Polônia — comentou Lila. — Mas nada disso tem importância. Mamãe vai nos tirar dessa de novo. Ela sempre encontra um amante riquíssimo para salvar tudo no último minuto. Há três anos, foi Basil Zaharoff, o maior negociante de armas do mundo, e no ano passado foi o sr. Gulbenkian, que é chamado de "senhor cinco por cento" porque ele ganha cinco por cento de todos os rendimentos das companhias de petróleo inglesas na Arábia. Mamãe adora meu pai, e toda vez que ele se arruína e ameaça se suicidar, ela... enfim... como dizer?

— Ela se sacrifica — resumiu Tad, brevemente.

Eu nunca tinha ouvido filhos falando assim de seus pais e minha estupefação deve ter transparecido porque Tad me deu um tapinha amigável no ombro:

— Ora, vamos, está vermelho como um pimentão. O que queria? Nós, os Bronicki, somos um pouco decadentes. Você sabe o que é decadência?

Fiz que "sim" com a cabeça, em silêncio.

Mas, por mais que vasculhasse a famosa "memória histórica" dos Fleury, não encontrei essa palavra.

6

Voltei para casa decidido a me tornar "alguém" no menor prazo possível, de preferência antes da partida de meus novos amigos, o que resultou numa febre alta: precisei ficar de cama por vários dias. Durante meu delírio, descobri em mim o poder de conquistar galáxias e colhi dos lábios de Lila um beijo de agradecimento. Lembro-me de voltar de um planeta particularmente hostil, depois de uma expedição em que fiz cem mil prisioneiros núbios — eu ignorava o sentido da palavra núbio, mas ela me parecia convir admiravelmente bem àqueles predadores interestelares —, e para oferecer meu novo reino em homenagem a Lila, vesti um traje com tantas pedrarias que houve um verdadeiro pânico entre as estrelas mais brilhantes, diante do fulgor que vinha de uma terra que até então ocupara um lugar muito modesto entre os anos-luz.

Minha doença chegou ao fim da maneira mais doce. Meu quarto estava muito escuro; as venezianas estavam fechadas e as cortinas puxadas, pois temíamos que o sarampo se manifestasse abruptamente depois daqueles dias de hesitação e, na época, uma das indicações do tratamento era manter o doente na escuridão, para proteger seus olhos. O dr. Gardieu estava bastante preocupado porque eu já estava com catorze anos e o sarampo chegava com atraso. Devia ser meio-dia, a julgar pela luz que entrou no quarto quando a porta se abriu e Lila apareceu, seguida pelo motorista, o sr. Jones, que carregava uma enorme cesta de frutas; atrás dela vinha meu tio, que advertia mademoiselle do risco fatal de contágio. Lila parou à porta por um momento e, apesar de minha extrema agitação, não deixei de perceber a premeditação de sua pose sobre aquele fundo claro, em que mexia a cabeleira com uma das mãos. Embora eu estivesse no centro daquela visita, tratava-se acima de tudo de um momento teatral, em que a jovem apaixonada se debruça sobre o leito do moribundo, o que não excluía o amor e a morte, mas os transformava em meros acessórios. Lila manteve a pose por mais alguns segundos, enquanto o motorista colocava a cesta de frutas exóticas em cima da mesa. Depois, ela atravessou o quarto rapidamente, debruçou-se sobre mim e me roçou a bochecha com um beijo, embora meu tio mais uma vez lembrasse a mademoiselle da força penetrante e nefasta dos micróbios que meu corpo talvez carregasse.

— Mas você não vai morrer de doença, vai? — ela me perguntou, como se esperasse de mim alguma maneira completamente diferente e admirável de deixar o planeta.

— Não me toque, você pode se contaminar.

Ela se sentou na cama.

— De que serve amar alguém, se temos medo de contaminação?

Uma agradável onda de calor subiu até minha cabeça. Meu tio alisava o bigode, o sr. Jones montava guarda ao lado da cesta exótica cheia de lichias, papaias e goiabas que mais evocavam uma Paris de luxo do que uma paisagem tropical. Ambroise Fleury expressou com palavras distintas o reconhecimento que, segundo ele, meu estado de fraqueza me impedia de manifestar. Lila abriu as cortinas e as venezianas, tornando--se toda luz; ela se debruçou sobre mim nas ondulações de sua cabeleira, onde o sol, que sabia o que era bom, vinha se servir livremente.

— Não quero que fique doente, não gosto de doenças, espero que isso não se torne um hábito. Você pode se permitir um pequeno resfriado, de vez em quando, e só. Já há bastante gente doente no mundo sem você. Algumas até morrem, e não de amor, mas de coisas terríveis. Entendo que seja possível morrer de amor, porque ele às vezes é tão forte que a vida não aguenta e cede. Você vai ver, vou lhe dar uns livros em que isso acontece.

Meu tio, ciente dos hábitos eslavos, ofereceu-lhe uma xícara de chá; o sr. Jones lançou olhares discretos ao relógio e se "permitiu lembrar a mademoiselle que ela era esperada para a aula de música", mas Lila não estava com pressa de ir embora. Ela gostava de se ver em meu olhar de muda adoração. Ela reinava, eu era seu reino. Sentada na beira da cama, carinhosamente debruçada sobre mim, ela se deixava amar. De minha parte, só voltei a mim depois de sua partida, e dessa breve meia hora perfumada em que me chegaram ao rosto as primeiras baforadas de feminilidade de minha vida, minha primeira proximidade carnal, tive mais consciência quando ela chegou ao fim do que enquanto durou. Depois que Lila se foi, esperei um quarto de hora para me levantar e saí da cama de costas, para que meu tio não percebesse o estado de exaltação em que me encontrava. Durou o dia inteiro. Vesti-me e passei a tarde caminhando pelos campos, mas nada adiantou, até que, naquela noite, durante o sono, a benevolente natureza se encarregou de me aliviar.

O Packard azul conversível vinha me buscar todos os dias, e meu tio começou a resmungar.

— Eles o convidam para mostrar que não têm preconceitos, que têm a mente aberta e que permitem a amizade da filha com um pequeno camponês. Outro dia encontrei a sra. Bronicka em Cléry. Sabe o que estava fazendo? Visitando seus pobres, como na Idade Média. Você é um garoto inteligente, mas não mire tão alto. Ainda bem que eles vão embora, porque você acabaria adquirindo maus hábitos.

Empurrei meu prato para longe.

— Seja como for, não quero ser funcionário dos Correios — eu disse. — Quero ser alguém totalmente diferente. Não tenho a menor ideia do que quero fazer porque o que quero fazer é grande demais, talvez ainda nem exista, vou precisar inventá-lo.

Falei numa voz forte e confiante, e ergui orgulhosamente a cabeça. Não pensava em Lila. Nem eu mesmo sabia que, naquilo que dizia, naquela vontade de me superar, de chegar muito alto e de realizar grandes coisas, havia uma garota, sua respiração em meus lábios e sua mão em minha bochecha.

Voltei à sopa.

Meu tio parecia satisfeito. Piscou levemente um olho e alisou o bigode para esconder um sorriso.

7

A alguns quilômetros de La Motte, depois do lago Maze, entre freixos e bétulas, havia uma ravina. Antigamente explorada para a Marinha de Colbert, essa floresta tornara-se um lugar selvagem; carvalhos-vermelhos e um emaranhado de arbustos e samambaias cresciam onde o machado outrora fizera seu trabalho. No fundo dessa ravina é que meu tio me ajudara a construir meu *wigwam*, ao lado de uma fonte de água que, de tão velha, perdera a força e a voz. Graças a não sei que movimento das correntes de ar, as pipas empinadas na beirada da ravina subiam com uma facilidade explicada doutamente por meu tutor, mas que a mim parecia dever-se a uma amigável benevolência dos céus por minha pessoa. Cerca de quinze dias antes da partida dos Bronicki, eu estava ali, o nariz erguido para a última criação de Ambroise Fleury, chamada Bastoche, uma fortaleza dividida em duas partes e cercada por um mar de homenzinhos que se remexiam como se adentrassem suas muralhas. Eu desenrolava a linha para lhe dar um pouco mais de liberdade lá no alto, onde ela se sentia em casa, quando fui subitamente empurrado e agredido. Sem soltar a carretilha, vi-me no chão, enquanto meu agressor colocava sobre mim todo o peso de seu corpo. Percebi logo que não havia nem força nem habilidade em suas intenções belicosas e, embora eu só estivesse com uma mão livre, não tive dificuldade de me livrar dele. Lutou bravamente, com grandes socos desordenados, e quando eu caí sobre seu peito, imobilizando um braço com o joelho e o outro com a mão, ele tentou me dar cabeçadas, cujo único resultado foi o de me causar espanto, pois era a primeira vez que eu despertava em alguém sentimentos tão intensos. Tinha os traços frágeis, um rosto quase feminino, longos cabelos loiros e se debatia com uma energia que não conseguia compensar a estreiteza de seus ombros e a fraqueza de suas mãos. Por fim, exausto, permaneceu imóvel, recuperando as forças, e então voltou a espernear, enquanto eu me limitava a mantê-lo no chão, sem soltar minha pipa.

— O que quer? O que deu em você?

Ele tentou me dar uma cabeçada na barriga, mas só conseguiu machucar a nuca numa pedra.

— De onde você saiu?

Ele não respondia. Comecei a ficar impressionado com aqueles olhos azuis que me fixavam com uma espécie de fúria límpida.

— O que foi que eu fiz a você?

Silêncio. Seu nariz sangrava. Eu não sabia o que fazer com a minha vitória e, como sempre acontecia quando me sentia em vantagem, tive vontade de poupá-lo e até de ajudá-lo. Levantei-me num pulo e recuei.

Ele ficou no chão por mais um instante e se pôs de pé.

— Amanhã, na mesma hora.

Dizendo isso, deu-me as costas e se afastou.

— Ei, você! — gritei. — O que foi que eu fiz?

Ele parou. Sua camisa branca e suas belas calças de golfe estavam manchadas de terra.

— Amanhã, na mesma hora — ele repetiu e, pela primeira vez, notei seu sotaque estranho, gutural. — Se não vier, é um covarde.

— Estou perguntando: o que foi que eu fiz?

Ele não disse nada e se foi, uma mão no bolso, o outro braço dobrado, o cotovelo contra o corpo, numa atitude que me pareceu de extrema elegância. Segui-o com os olhos até que tivesse desaparecido entre as samambaias, puxei Bastoche de volta à terra e passei o resto do dia quebrando a cabeça para tentar entender os motivos daquela agressão da parte de um garoto que eu nunca vira. Meu tio, a quem contei a aventura, expressou a opinião de que meu agressor quisera se apoderar de nossa pipa, não tendo podido resistir à visão daquela obra-prima.

— Não, acho que era alguma coisa comigo.

— Mas se você não fez nada a ele?

— Talvez eu tenha feito alguma coisa sem saber.

Comecei de fato a me sentir culpado do mais cruel de todos os erros: aquele do qual não fazemos a menor ideia. Por mais que eu quebrasse a cabeça, a única crítica que encontrava a mim mesmo era ter seguido uma sugestão de Lila e soltado uma cobra durante a missa, alguns dias antes, causando nos presentes o efeito esperado. Eu aguardava com impaciência o momento de reencontrar meu adversário para obrigá-lo a dizer de onde vinha aquele rancor vingativo por minha pessoa e que mal eu lhe causara.

No dia seguinte, eu tinha acabado de chegar ao *wigwam* quando ele apareceu. Devia estar à minha espera atrás das amoreiras, na orla da ravina. Ele usava um casaco listrado azul e branco — um blazer, como vim a saber quando adquiri os hábitos da alta sociedade —, uma calça de flanela branca e, dessa vez, em lugar de saltar sobre mim, colocou um pé à frente e, erguendo os punhos, pôs-se na postura de boxe inglês. Fiquei impressionado. Não conhecia nada de boxe, mas tinha visto a mesma pose numa fotografia do campeão Marcel Thil. Ele deu um passo na minha direção, depois outro, movimentando os punhos como se saboreasse o golpe fulminante que me daria. Quando chegou bem perto, começou a saltitar e a dançar ao meu redor, às vezes tocando a própria bochecha com o punho, ora se aproximando, ora dando um pequeno salto para trás ou para o lado. Ele dançou assim por algum tempo, depois se atirou sobre mim e veio chocar-se contra meu punho, que recebeu no meio do rosto. Caiu de bunda no chão, mas logo se levantou e recomeçou a dançar, às vezes esticando o braço e me tocando o corpo com um ou dois socos que mal senti. Por fim, cansei-me daquilo e dei-lhe, com as costas da mão, uma boa bofetada normanda. Devo ter batido forte demais sem querer, pois ele voltou a cair, dessa vez com os lábios sangrando. Eu nunca tinha visto um garoto tão frágil. Ele fez menção de se levantar, mas eu o mantive pregado ao solo.

— Vai se explicar ou não?

Ele ficou quieto e me encarou fixamente, com ar de desafio. Senti-me incomodado. Não podia dar-lhe uma surra: era realmente frágil demais. A única maneira de vencê-lo seria pelo cansaço. Mantive-o no chão por meia hora, mas não adiantou. Ele não abriu a boca. Eu não podia ficar o dia inteiro sentado em cima dele. Estava com medo de machucá-lo. O coitado tinha coragem e determinação. Quando finalmente o soltei, ele se levantou, arrumou as roupas e a longa cabeleira loira e se virou para mim.

— Amanhã, na mesma hora.

— Vá se foder.

Refiz meu exame de consciência e, não conseguindo encontrar nada de errado que eu pudesse ter feito a quem quer que fosse, concluí que meu tenaz adversário me confundia com outra pessoa.

À tarde, fui tirado da leitura do volume de Rimbaud, que Lila tinha me dado, pelo familiar som da buzina do Packard na frente de casa, e logo corri para a rua. O sr. Jones piscou para mim e disse o ritual e amigavelmente zombeteiro: "O senhor foi convidado para o chá".

Subi para lavar o rosto, vesti uma camisa limpa, molhei os cabelos e, julgando o resultado pouco satisfatório, busquei a cola no ateliê e usei-a como gel. Instalei-me solenemente no banco de trás, com um cobertor escocês sobre os joelhos, mas, para grande aborrecimento do sr. Jones, saltei do carro que acabara de arrancar e subi correndo a meu quarto: tinha esquecido de engraxar os sapatos.

8

Havia muita gente no salão dos Bronicki, e a primeira pessoa em quem pus os olhos foi meu misterioso agressor: estava ao lado de Lila e não manifestou a menor hostilidade quando minha amiga o pegou pelo braço e o conduziu até mim.

— Este é meu primo Hans — ela disse.

Ele se inclinou levemente.

— Encantado — ele disse. — Acho que já nos vimos antes e que logo voltaremos a nos ver.

E se afastou, indiferente.

— O que foi? — espantou-se Lila. — Você está com uma cara estranha. Espero que sejam amigos. Vocês têm ao menos uma coisa em comum: ele também me ama.

A sra. De Bronicka estava de cama com uma enxaqueca, e Lila desempenhava com desenvoltura o papel de dona da casa, apresentando-me a todos os convidados.

— Este é nosso amigo Ludo, o sobrinho do famoso Ambroise Fleury.

A maioria das personalidades parisienses que ali estavam nunca tinha ouvido falar de meu tio, mas se faziam de entendidas para não ser pegas em flagrante delito de alguma monstruosa ignorância. Todas se vestiam com uma elegância que me deixava embasbacado, um impressionante conjunto de joias, chapéus, coletes, polainas e casacos que eu só vira na clientela do Clos Joli. Eu não me sentia à vontade com meus sapatos velhos, as manchas brilhantes de meu casaco e a boina saindo para fora do bolso. Lutei bravamente contra meu senso de inferioridade tentando imaginar esse ou aquele convidado — calças rígidas, casaco xadrez e gravata amarela — flutuando nos ares na ponta de uma linha que eu segurava e conduzia para lá e para cá. Era a primeira vez que eu usava a imaginação como arma de defesa, e nada se tornaria mais salutar em minha vida. Sem dúvida, eu estava longe de uma tomada de consciência social, mesmo que incipiente, mas entreguei-me a uma atividade que, guardadas as devidas proporções, não deixava de ter um quê subversivo, se não revolucionário. Um homem corpulento, de rosto glabro e extremamente bem servido em gordura, com um nariz de boneca acima dos lábios carnudos, chamado Oustric, quando soube por Lila que eu era sobrinho do "famoso Ambroise Fleury", disse-me com um aperto de mão:

— Parabéns. A França precisa de muitos homens como seu tio.

Vislumbrei no rosto de Lila o lampejo de malícia com que eu começava a me familiarizar.

— O senhor sabia — ela disse — que ele é cogitado para o cargo de ministro dos Correios do próximo governo?

— Um grande homem! Um grande homem! — apressou-se em dizer o sr. Oustric, inclinando levemente o tronco na direção de um petit-four já ao alcance de seus lábios.

Senti a súbita vontade de salvar o petit-four do destino que o aguardava. Era como se, diante de toda aquela gente abastada que me dava a sensação de ser reduzido a pó, a única maneira possível de afirmar minha existência aos olhos de Lila fosse entregar-me a alguma ação escandalosa.

Retirei delicadamente o petit-four da mão rechonchuda do sr. Oustric e o levei à boca. Foi muito difícil, meu coração batia bem rápido; eu ainda não era capaz de me igualar a meu ancestral Fleury morto nas barricadas de 1870 nem de comandar minhas próprias tropas num ataque a Berlim, para prender Hitler e impressionar Lila, mas ao menos podia mostrar-lhe que tinha tutano.

Quando o sr. Oustric viu o doce desaparecer em minha boca, a expressão de estupor que surgiu em seu rosto foi tão grande que me fez perceber subitamente toda a ousadia de meu ato. Mais morto que vivo, pois ainda não tinha a força de caráter dos verdadeiros revolucionários, virei-me para Lila. Colhi certo ar de ternura brincalhona. Ela me pegou pela mão, levou-me para trás de um biombo e me beijou.

— Muito polonês isso que acaba de fazer, sabia? Somos um povo atrevido. Você teria feito um belo cavaleiro sob Napoleão e teria chegado a marechal. Tenho certeza de que fará grandes coisas na vida. Vou ajudar.

Decidi testá-la. Queria saber se me amava por mim mesmo ou apenas em função de todos os feitos que eu realizaria por ela.

— Sabe, assim que tiver idade, espero conseguir um bom emprego administrativo nos Correios.

Ela balançou a cabeça e acariciou minha bochecha com um gesto quase maternal.

— Você ainda não me conhece — ela disse, como se eu tivesse falado de sua vida, e não da minha. — Venha.

Naquele dia, a casa dos Bronicki recebia algumas das personalidades mais fulgurantes da alta sociedade da época, mas seus nomes me eram tão desconhecidos quanto o de meu tio para elas. Um único homem demonstrou um amigável interesse por mim. Era um famoso aviador, Corniglion-Molinier, que, acompanhado do inglês Molisson, acabara de fracassar de maneira muito corajosa em sua tentativa de travessia Paris-Austrália. A *Gazette* comentara o revés da seguinte maneira: "Molisson e Molinier nunca farão um raide!". Pequeno sulista de olhos lânguidos e longos cílios quase femininos, ele respondeu de bom humor quando Lila me apresentou, sem deixar de acrescentar: "É o sobrinho do famoso Ambroise Fleury".

— Seu tio me deu uma de suas pipas, depois de meu revés, talvez para me incitar a uma mudança de carreira...

Depois de percorrer todo o salão, pude enfim me juntar aos demais jovens na sala vizinha, em torno de uma mesa servida por um garçom de luvas brancas. Mal toquei nos doces, sorvetes, cremes e frutas exóticas servidos em bandejas de prata com a insígnia da loba vermelha dos Bronicki. Senti-me ainda menos à vontade naquele ambiente de luxo e elegância por estar na frente do primo de Lila, meu frágil porém intrépido atacante silvestre. Hans von Schwede mantinha-se muito ereto, levantava a xícara de chá com o cotovelo colado ao corpo, as pernas cruzadas. Seu rosto — ele tinha cabelos quase tão loiros e compridos quanto os de Lila — tinha uma delicadeza que eu, naquele estágio de minha vida, ainda não sabia chamar de aristocrática, pois ignorava a relação dessa palavra com a estética. Ele não demonstrou nenhuma hostilidade para comigo e em momento algum tentou tirar algum proveito zombeteiro da diferença entre nossas aparências, entre seu blazer de botões prateados e sua calça de flanela branca e meu velho paletó apertado, que não combinava em absoluto com o meio onde me encontrava. Ele simplesmente agia como se eu não existisse, e eu me consolava notando as incontestáveis marcas de minha existência em seu rosto: lábios levemente inchados e um olho roxo. Ele esculpia distraidamente seu sorvete de cassis com a colherinha, tentando deixá-lo no formato de uma rosa. Tad lançava olhares frios aos convidados daquela reunião, daquele *raout*, palavra que vivia seus últimos anos de uso na língua francesa. A finura de seus lábios se prestava com facilidade àquilo que, muitos anos depois, acabei chamando de "ironia terrorista", também encontrada na célebre escultura do rosto de Voltaire feita por Houdon. Com um braço que pendia para trás da cadeira que ocupava, ele observava as mesas em torno das quais os convidados dos Bronicki encarnavam à perfeição o bom-tom dos anos 1930, em que a Côte d'Azur ainda não existia no verão e seus hotéis só abriam no inverno, e em que Cabourg ainda não adquirira o "antiquado encanto" que confere nobreza ao mau gosto do passado. Bruno, por sua vez, mantinha-se quieto, sempre um pouco encurvado, um pouco ausente, sob o matagal de seus cachos emaranhados, nos quais já se percebiam, embora ele tivesse apenas dezesseis anos, alguns fios grisalhos. Certos rostos muito suaves parecem feitos para a maturidade e para essas neves de juventude. Os três rapazes se levantaram com a chegada de Lila, que me fez sentar a seu lado. Lembro-me de estar terrivelmente consciente de minhas calças curtas, que deixavam meus tornozelos à mostra acima das meias. Foi assim, naquela tarde memorável, nos últimos dias de julho de 1935, que acabamos todos reunidos pela primeira vez e que os sorvetes de fruta, os bolos e demais doces nunca mais derreteram ou estragaram em minha memória.

— Observem — disse Tad — com que desespero os costureiros, alfaiates, maquiadores e cabelereiros lutam contra a ausência de expressão, a vulgaridade espiritual e a miséria intelectual da fina flor da sociedade. E o exterior corresponde ao interior, pois que um raio me caia na cabeça se não estiverem falando da Bolsa ou de corridas e festas, enquanto a guerra civil se espalha pela Espanha, Mussolini usa gás contra as populações etíopes e Hitler exige a Áustria e os Sudetos... Aquele senhor muito magro, dono de uma calvície e de uma cabeça que lembraria um ovo de avestruz se El Greco não o tivesse enobrecido em seu *O enterro do conde de Orgaz*, não é um fidalgo espanhol, mas um agiota que empresta dinheiro a meu pai com juros de vinte por cento... O homem de fraque e colete cinza é um advogado que tem acesso a todos os ministros e usa a mulher como cartão de visita. Quanto a nossos queridos pais, estremeço diante da ideia do que se tornariam se nossa árvore genealógica não os protegesse tão bem. Meu pai perderia o ar aristocrático e pareceria um açougueiro, e minha mãe, se ela não pudesse mais pagar a srta. Chanel, o cabeleireiro Antoine, o massagista Julien, a maquiadora Fernande e o gigolô Nino, começaria a parecer uma camareira míope que perdeu o ferro de passar...

Lila mordiscava um éclair.

— Tad é anarquista — ela me explicou.

— O que significa que tem uma natureza de elite — observou Hans.

Fiquei feliz de constatar que ele tinha um sotaque alemão. Como a França e a Alemanha eram inimigas hereditárias, senti que, qualquer que fosse o motivo de sua agressão, eu fizera bem em dar-lhe uma surra.

Bruno parecia pesaroso.

— Parece-me, Tad, que você olha para todas essas pessoas com tantos preconceitos quanto os que atribui a elas. É possível fazer o mesmo com a natureza, achar que os pássaros parecem estúpidos, que os cães são ignóbeis porque lambem o próprio traseiro e que as abelhas são tolas porque perdem tempo fazendo mel para os outros. Cuidado. Tudo começa com uma maneira de olhar, depois se torna uma maneira de viver. De tanto distorcer tudo, a visão se distorce.

Tad se voltou para mim.

— Acabou de ouvir, meu jovem senhor, a voz de uma pera suculenta com vocação para ser comida. É o que chamamos de um idealista.

— Quero saber por que chamou nosso amigo de "senhor" — perguntou Lila.

— Porque ele ainda não é meu amigo, se é que um dia o será. Aos dezessete anos, não me lanço mais às cegas em amizades, nem em qualquer outra coisa, aliás. Posso ser polonês, mas "às cegas" não é meu forte. Era bom para nossos ancestrais cavaleiros, que levavam dentro de si essa útil estupidez do cacete.

— Peço que não utilize essa linguagem na presença de uma senhorita — rebateu-lhe Hans.

— Pronto, o junker prussiano acordou — suspirou Tad. — A propósito, onde arranjou esse rosto? Num duelo?

— Eles brigaram por meus belos olhos — declarou Lila. — Os dois estão loucamente apaixonados por mim e, em vez de entender que isso deveria uni-los, eles se enfrentam. Mas vai passar quando entenderem que amo os dois e que, portanto, não farei com que um tenha ciúme do outro.

Eu ainda não dissera nada. Sentia, no entanto, que chegara o momento de me manifestar, de um jeito ou de outro, pois eu não podia esquecer que era o sobrinho de Ambroise Fleury e que, portanto, tinha a quem puxar. Eu não sabia nada da arte de brilhar em sociedade, embora desejasse ardentemente demonstrar a Lila alguma superioridade estrondosa que os deixasse confusos. Se houvesse justiça, eu teria recebido naquele momento o poder de voar, de me ver face a face com um leão, ao qual eu garantiria um destino nefasto, ou de vencer o título de campeão em todas as categorias no ringue, ao lado do qual Lila estaria sentada. Mas a única coisa que consegui fazer foi perguntar:

— Qual a raiz quadrada de duzentos e setenta e três mil seiscentos e setenta e oito?

Devo dizer que ao menos consegui surpreendê-los. Os três rapazes me encararam fixamente, depois trocaram alguns olhares. Lila pareceu fascinada. Ela tinha horror à matemática, pois achava que os números tinham a infeliz tendência de proclamar que dois e dois são quatro, o que para ela parecia ser contra o próprio espírito da Polônia.

— Bom, como não sabem, vou dizer — declarei. — É quinhentos e vinte e três vírgula catorze mil duzentos e quarenta e dois!

— Imagino que tenha decorado isso antes de vir para cá — disse Hans com desdém. — Chamo isso de tomar precauções.

Nada tenho contra os saltimbancos, aliás, que cortam as mulheres pela metade, tiram coelhos da cartola; é uma maneira de ganhar a vida... para quem precisa.

— Então escolha um número você mesmo — eu disse. — Direi sua raiz quadrada na mesma hora. Ou qualquer multiplicação. Ou recite-me uma lista de cem números e eu os repetirei na ordem que forem ditos.

— Qual a raiz quadrada de sete milhões cento e noventa e oito mil quatrocentos e oitenta e nove? — perguntou Tad.

Levei alguns segundos a mais do que o habitual, pois estava agitado; era uma questão de vida ou morte.

— Dois mil seiscentos e oitenta e três — proclamei.

Hans deu de ombros.

— Para que isso? Não podemos verificar.

Mas Tad tirou uma caderneta e um lápis do bolso e fez o cálculo.

— Está certo — ele disse.

Lila aplaudiu.

— Eu disse que ele era um gênio — ela declarou. — Era óbvio, aliás, mesmo sem esse exercício de cálculo mental perfeitamente supérfluo. Não escolho qualquer um.

— Mesmo assim, ele precisa ser examinado um pouco mais de perto — murmurou Tad. — Confesso que fiquei interessado. Talvez aceite se submeter a novas provas...

Foi difícil, mas enfrentei-as sem cometer erro algum. Durante meia hora, repeti de memória listas numéricas que me eram ditadas, extraí raízes quadradas de números intermináveis e resolvi multiplicações tão astronômicas que teriam feito empalidecer de inveja os espaços interestelares. Por fim, não apenas consegui convencer os presentes daquilo que minha amiga logo chamou de meus "poderes", como Lila também se levantou, foi buscar o pai e disse-lhe que eu era um *wunderkind* da matemática que merecia sua atenção. O conde Bronicki veio a meu encontro; deve ter pensado que bastaria despertar alguma adormecida análise combinatória em algum ponto de meu cérebro para ganhar na roleta, no bacará e na Bolsa. Era um homem que acreditava profundamente em milagres, na forma de dinheiro. Fui convidado a ir para o meio do salão, diante de uma plateia que contava com alguns dos maiores especuladores da época, irresistivelmente atraídos pelos números. Eu nunca me dedicara ao cálculo mental com uma vontade tão desesperada de triunfar. É verdade que ninguém naquela família me chamara de camponês ou me fizera sentir inferior socialmente. A família Bronicki era de uma aristocracia tão antiga que chegava a sentir pelo povo a atração e a nostalgia um tanto tristes inspiradas pelas coisas inacessíveis. Mas basta imaginar um garoto de quinze anos, criado nos campos normandos, de calça apertada e camisa desbotada, boina no bolso, cercado por aproximadamente cinquenta senhoras e senhores vestidos com um esplendor que parecia indicar seu pertencimento a um mundo que, segundo Ravachol — à época ainda desconhecido por mim —, "só pode ser acessado quando destruído", para que se compreenda com que fervor trepidante e com que ansiedade me entreguei a essa batalha pela honra. Vivi o suficiente para me ver num mundo em que a expressão "batalha pela honra" não evoca mais que uma absurda afetação de um outro tempo, no máximo motivo de zombaria; mas a única coisa que isso significa é que o mundo foi para um lado e eu para outro, e que não cabe a mim decidir qual dos dois seguiu o caminho errado.

Parado no assoalho brilhante, um pé à frente, braços cruzados ao peito, bochechas em fogo, multipliquei, dividi, extraí raízes quadradas de números extensos, recitei de memória uma centena de números da lista telefônica, cabeça sempre erguida sob o metralhar dos números, até que Lila, preocupada, veio me socorrer, pegou-me pela mão e disse a todos, com a voz trêmula de raiva:

— Chega! Ele está exausto.

Ela me puxou até a copa atrás do aparador, onde a criada dos Bronicki finalizava os bolos decorados, sorvetes e sorbets que chegavam do Clos Joli. Não sei por quê, senti-me derrotado e humilhado, embora tivesse saído vitorioso de meu confronto. Foi Tad, que apareceu com Bruno, afastando a cortina de veludo que nos separava da alta sociedade, quem explicou o motivo de meu desconforto.

— Peço que nos desculpe — ele disse. — Minha irmãzinha deveria saber que nosso pai não perderia a ocasião de divertir seus convidados. Você tem um dom bastante impressionante. Tente não se tornar um cão de circo.

— Não preste atenção em Tad — disse Lila, que, para meu horror, fumava um cigarro. — Como todos os garotos muito inteligentes, ele não suporta a genialidade. É inveja. Na verdade, com esse tipo de disposição, meu querido irmão, poderia trabalhar nos banhos públicos: gosta tanto de atirar baldes de água fria nas pessoas!

Tad beijou-a na testa.

— Amo você. Pena que seja minha irmã!

— Eu sou apenas seu primo, então talvez tenha uma chance! — emendou uma voz de inconfundível sotaque germânico.

Hans apareceu, com uma garrafa de vinho do Porto na mão. Eu sentia dificuldade de sair de meu estado de tensão cerebral e nervosa, mas a visão daquele belo rosto delicado e loiro me ajudou a recuperar os sentidos. Eu sabia que seria ele ou eu, e como ele tinha bebido e me media de alto a baixo desafiadoramente, comecei a desejar uma guerra imediata entre a França e a Alemanha, para que o destino nos separasse. Eu detestava a elegância afetada, a rigidez, a mão no bolso e o cotovelo colado ao corpo daquele pretensioso, que talvez fosse um descendente dos conquistadores teutônicos e dos barões bálticos, mas que eu conseguira surrar com uma só mão.

— Belo número — ele me disse. — O senhor tem um grande futuro pela frente.

— Não o chame de "senhor" — protestou Lila. — Vamos ser todos amigos...

— Tem uma bela carreira pela frente, sr. Fleury — insistiu Hans —, pois o futuro sem dúvida está nos números. Com o fim da cavalaria, o mundo aprendeu a contar e só piora. Vamos assistir ao desaparecimento de tudo o que não pode ser numerado, como a honra, por exemplo.

Tad o observava com ar risonho. O irmão de Lila tinha uma vocação quase física para a displicência: era como se procurasse atenuar o que havia de excessivo e apaixonado em sua natureza com uma atitude desapegada e um pouco cansada. Eu sentia que ele tinha uma réplica feroz na ponta da língua, mas, como eu mesmo constatara ao longo de nossos dois "embates", Hans era um garoto a quem se tinha vontade de poupar. Aos catorze anos, era o mais jovem de nós e também o mais frágil. Preparava-se, no entanto, para uma carreira militar, como todos os Von Schwede. Ouvi de Lila que havia certa analogia entre seu destino e o meu, e embora à época não me ocorresse falar em "destino" a respeito dos Fleury, a palavra "sina" era a única que eu jamais ouvira quando se tratava dos meus. O pai dele fora morto durante a Primeira Guerra, e sua mãe, como a minha, morrera pouco depois de seu nascimento; ele fora criado por uma tia no castelo de Kremnitz, na Prússia Oriental, a poucos quilômetros da propriedade dos Bronicki na Polônia.

Enquanto trocávamos palavras mais ou menos amenas, Bruno se mantinha à parte, dedilhando uma melodia imaginária no tampo de uma mesa.

— Vamos passear de barco — sugeriu Lila. — Vai chover. Talvez caia uma tempestade, com raios... Um *acontecimento*! Ela ergueu os olhos para o céu, que não passava, como costuma acontecer, de um teto.

— Ó meu Deus — ela exclamou —, dê-nos uma bela tempestade e, se estiver a seu alcance, um vulcão que traga um fim súbito a toda essa placidez normanda! Tad pegou seu braço com gentileza.

— Irmãzinha, embora não faltem vulcões de nomes exóticos no mundo, os fogos latentes da Europa são muito mais perigosos e não devem nada às entranhas da terra, mas devem tudo às dos homens!

Algumas gotas de chuva caíam quando chegamos ao lago, que era uma criação do mestre paisagista inglês Sanders, cujos triunfos florais se espalhavam pela Europa. O pai de Lila gastara milhões para embelezar a propriedade, na esperança de vendê-la a um preço cinco ou seis vezes maior a algum novo-rico deslumbrado. Os Bronicki sempre beiravam a catástrofe financeira "derradeira", como dizia Tad, não sem esperança; a opulência do modo de vida que levavam ocultava desastres e situações quase desesperadas, daquelas que só podem ser dissimuladas por sinais externos de riqueza.

Começamos a remar; Lila se recostou langorosamente em algumas almofadas. Havia uma garoa suficiente para atestar a bondade dos céus, que nos poupavam do aguaceiro. As nuvens pesadas poderiam ter chegado rápido, mas o vento não tinha pressa. Os pássaros que antecedem a chuva voavam preguiçosamente. Ouvimos um trem apitando ao longe, sem muita nostalgia porque era apenas o Paris-Deauville, que não evocava grandes viagens. Era preciso remar com cuidado, para não perturbar os nenúfares. A água tinha um cheiro bom, de frescor e lodo, e os insetos pousavam nos lugares certos, criando algumas ondulações. Não era a estação de minhas amigas libélulas.

Um grande e aborrecido zangão às vezes vinha nos incomodar. Lila, em seu vestido branco, deitada entre seus remadores, cantarolava um lamento polonês, os olhos voltados para o afortunado céu. Eu era o mais forte dos remadores, mas ela nem percebia, e de todo modo eu precisava seguir o ritmo dos demais. Era preciso evitar alguns galhos muito bem cuidados, para que não perdessem suas flores. Havia, é claro, uma pequena ponte admiravelmente desenhada e coberta de lamparinas brancas, especialmente vindas da Ásia. Mas aquele era o único vestígio confesso de premeditação, pois todo o restante das aglomerações florais fora cuidadosamente estudado para parecer selvagem.

Lila parara de cantar e brincava com os cabelos; seus olhos, tão azuis que deviam custar caro ao céu, tinham adquirido a gravidade que nela sempre parecia uma homenagem ao ato de sonhar.

— Não tenho certeza de que queira ser uma segunda Garbo, não quero ser segunda em nada. Ainda não sei o que farei, mas serei *única*. Claro, não estamos mais na época em que uma mulher podia mudar a cara do mundo, mas é preciso ser um homem, um pobre homem, para querer mudar a cara do mundo. Não serei uma atriz, porque atrizes só se tornam pessoas diferentes por uma noite, e eu preciso mudar o tempo todo, de manhã à noite; não há nada mais triste do que ser apenas o que se é, uma pequena obra criada pelas circunstâncias... Tenho horror ao que é definitivo...

Eu remava, ouvindo religiosamente Lila "sonhar consigo mesma", como dizia Tad; Lila atravessava o Atlântico sozinha a bordo, como Alain Gerbault; Lila escrevia romances traduzidos para *todas* as línguas; Lila tornava-se advogada e salvava vidas humanas com prodígios de eloquência, e aquela cabeça loira, deitada em almofadas do Oriente, entre seus quatro remadores, não chegava sequer a desconfiar que já era, para mim, uma criatura muito mais extraordinária e perturbadora do que todas as que evocava em sua ignorância de si mesma.

O cheiro forte das águas estagnadas subia a nosso redor a cada movimento dos remos; plantas frondosas acariciavam meu rosto; às vezes, entre arbustos, surgiam falsos horizontes de uma selva tão habilmente pensada que era preciso manter a frieza para lembrar que se tratava de um simples jardim à inglesa.

— Ainda posso fracassar em tudo — dizia Lila —, sou bastante jovem. Quando envelhecemos, nossas chances de fracassar se tornam cada vez menores porque não temos mais tempo, e podemos viver tranquilamente, satisfeitos com o que já perdemos. É o que se entende por "paz de espírito". Mas, quando temos apenas dezesseis anos e ainda podemos tentar de tudo e não ter êxito em nada, é o que se costuma chamar de "um futuro pela frente"...

Sua voz tremeu.

— Ouçam, não quero assustá-los, mas às vezes tenho a impressão de que não tenho talento para nada...

Nós protestamos. Digo "nós", mas foram sobretudo Tad e Bruno que previram um futuro prodigioso para ela. Iria se tornar uma nova Marie Curie, e melhor ainda, num campo completamente diferente, talvez a ser inventado. De minha parte, eu esperava, um pouco envergonhado, por certo, que Lila tivesse razão: se ela não tivesse talento para nada, eu teria uma chance. Mas Lila estava inconsolável, e uma lágrima escorreu lentamente por seu rosto, parando no exato lugar que precisava para brilhar. Ela não a secou.

— Eu queria tanto ser alguém — ela murmurou. — Estou cercada de gênios. Bruno terá multidões a seus pés, ninguém duvida que Tad se tornará um explorador mais famoso que Sven Hedin e até Ludo tem um dom incrível para a memória...

Engoli o "até Ludo" sem muita dificuldade. Tinha uma boa razão para me sentir satisfeito: Hans não abria a boca. Ele tinha virado a cabeça e eu não enxergava seu rosto, mas exultei secretamente. Era difícil imaginá-lo explicando a Lila que também estava fadado a um futuro brilhante e que entraria numa academia militar alemã porque amava uma polonesa. Senti que eu estava em vantagem, como se diz, e não estava disposto a perdê-la. Dei-me ao luxo de sentir por meu rival um pouco de comiseração. Não estávamos num século propício aos cavaleiros teutônicos. Era preciso reconhecer, aliás, que se tornava cada vez mais difícil agradar às mulheres: a América já fora descoberta, as fontes do Nilo também, Lindberg já cruzara o Atlântico e Leigh Mallory escalara o Everest.

Nós cinco ainda estávamos perto das ingenuidades da infância — essas ingenuidades que talvez sejam a parte mais fecunda que a vida nos dá e depois nos tira.

9

No dia seguinte, Stas Bronicki veio ver meu tio. Ele chegou com a devida pompa, pois não era homem de cometer a grosseria de mudar de roupa e vestir-se modestamente para visitar uma pessoa do povo. O Packard azul brilhava. O motorista, sr. Jones, abriu a porta do carro e ao mesmo tempo tirou o quepe, com uma solenidade que revelava tanto a importância do senhor quanto a do servidor, e o cavaleiro das finanças, como era chamado na praça de Paris, surgiu em todo seu esplendor de vestuário: terno rosa antigo, gravata nas cores do melhor clube de Londres, luvas amarelo-manteiga e bengala, cravo na lapela, e sempre com a expressão um tanto ansiosa do homem que teve suas mais complexas análises combinatórias frustradas pela Bolsa, pelo bacará e pela roleta.

Estávamos lanchando. Nosso visitante, que olhara com interesse para o salsichão, o pão rústico e o naco de manteiga, foi convidado a se juntar a nós e aceitou na mesma hora, manejando a grande faca de cozinha com elegância e esvaziando alguns copos de nosso vinho áspero sem tossir demais. Depois, fez uma proposta inesperada a meu tio. Eu era, afirmou no sotaque polonês em que reconheci as vogais cantadas e as consoantes um pouco abruptas da voz de Lila, um gênio do cálculo mental e da memória; meu futuro merecia grandes cuidados. Ele se ofereceu para guiar meus passos e aos poucos me iniciar nos segredos das operações de valores, pois seria um crime negligenciar minhas capacidades e talvez vê-las desaparecer por falta de um meio propício a seu desenvolvimento. Enquanto isso, visto que minha pouca idade não me permitia fazer o concurso das Finanças, e menos ainda me lançar sozinho numa atividade em que o gênio matemático deve vir acompanhado de maturidade e de conhecimentos indispensáveis, ele me convidava a assumir, a cada verão, o cargo de seu secretário.

— Caro senhor, precisa entender que seu sobrinho e eu possuímos, de certo modo, dons complementares. Tenho no mais alto grau o conhecimento de prever as flutuações do mercado de valores; e Ludovic, o de concretizar instantaneamente em linguagem matemática minhas previsões e minhas teorias. Disponho, em Varsóvia, Paris e Londres, de escritórios especializados, mas passamos nossos verões aqui, e não posso ficar o dia inteiro pendurado ao telefone. Seu sobrinho comprovou, ontem, uma rapidez de cálculo e uma memória que me farão ganhar um tempo precioso numa área em que o tempo é dinheiro, como se diz com razão. Se o senhor concordar, meu motorista virá buscá-lo todas as manhãs e o trará de volta todas as noites. Ele ganhará cem francos por mês de salário, do qual poderá colocar uma parte nos investimentos favoráveis que eu lhe indicar.

Fiquei tão transtornado com a perspectiva de passar dias inteiros perto de Lila que por pouco não vi na proposta a influência da pipa Albatroz, que se perdera na véspera e talvez tivesse intercedido junto aos céus a meu favor. Meu tio, por sua vez, acendeu o cachimbo e observou o polonês com um olhar meditativo. Por fim, empurrou o salsichão e a garrafa de vinho na direção de Stas Bronicki, que, dessa vez, sem cuidado algum com a elegância, cravou os dentes no salame. Depois, com a boca cheia, soltou uma grande baforada de alho e um verdadeiro soluço da alma.

— O senhor sem dúvida me considera preocupado demais com as finanças, e como à sua própria maneira se sente atraído por coisas aladas e elevadas, isso sem dúvida lhe parece rasteiro demais. Ora, sr. Fleury, fique sabendo que travo uma verdadeira batalha pela honra. Meus antepassados venceram todos os inimigos que tentaram nos sujeitar, e eu pretendo vencer o dinheiro, novo invasor e inimigo natural da nobreza, em seu próprio terreno. Não pense que procuro defender meus antigos privilégios, sou suficientemente democrático para me deixar despossuir de bom grado nesse ponto, mas não pelo dinheiro e...

Ele parou de falar e, erguendo as sobrancelhas com muito espanto, de repente fixou-se em um ponto no espaço. Vivíamos então os últimos dias do Front Populaire, e meu tio, que embora não fosse de nenhum partido, como ele mesmo dizia, inspirara-se naquele momento histórico para criar um Léon Blum de papel, linha, papelão e rabo dirigível, que ficava muito bonito no céu, com seu chapéu preto e seus braços erguidos em sinal de eloquência, mas que, naquele instante, pendia de cabeça para baixo de uma viga, ao lado de um Musset com sua lira, sem muito zelo cronológico.

— O que é isso? — perguntou Stas Bronicki, soltando o salsichão.

— É minha série histórica — disse Ambroise Fleury.

— Parece Léon Blum.

— Mantenho-me informado, só isso — explicou meu tio.

Bronicki fez um gesto vago com a mão e se virou.

— Enfim, isso não vem ao caso. Como eu dizia, os talentos de seu sobrinho podem ser muito úteis, pois não existe máquina capaz de efetuar cálculos tão rápidos. As altas finanças são como a esgrima, tudo reside na velocidade. É preciso antecipar-se aos demais.

Ele lançou um último olhar inquieto a Léon Blum, tirou o lenço do bolso e enxugou a testa. Havia no azul-pervinca de seu olhar algo do brilho desesperado do cavaleiro em busca do

Santo Graal, obrigado pelas circunstâncias a penhorar o cavalo, a armadura e a lança.

Levei algum tempo para descobrir que o gênio financeiro de Bronicki era real. Ele de fato tinha sido um dos primeiros a aperfeiçoar um método financeiro hoje corrente e graças ao qual os bancos não lhe poupavam apoio: ele se endividara tanto junto a eles que os acionistas não podiam se permitir levá-lo à falência.

Meu tio foi prudente. Com a total ausência de qualquer traço de ironia que demonstrava em seus momentos mais zombeteiros, informou a meu futuro protetor que meu caminho na vida já fora desenhado, por assim dizer, e que não passava por tais alturas.

— Um pequeno cargo nos Correios, com aposentadoria garantida, é o que quero para ele.

— Mas, por Deus! Sr. Fleury, seu sobrinho é um gênio da memória! — bradou Stas Bronicki, batendo com o punho na mesa. — E tudo o que o senhor ambiciona para ele é um cargo de funcionário dos Correios?

— Senhor — replicou meu tio —, nos tempos que se delineiam, os funcionários dos Correios terão talvez o mais belo papel de todos. Eles poderão dizer: "Eu, ao menos, não fiz nada!".

Ficou combinado, no entanto, que durante os meses de verão eu ficaria à disposição dos Bronicki como "preposto matemático". Depois disso, meu tio e o sr. Jones, cada um segurando o conde por um cotovelo, pois o salsichão fizera seu trabalho — as duas garrafas de vinho não devem ser mencionadas aqui por discrição —, acompanharam-no até o carro. Colocando-se ao volante, o impassível sr. Jones, que eu até então considerava uma encarnação das virtudes britânicas da fleuma e da discrição, virou-se para meu tutor e, com um sotaque inglês muito forte, mas num francês que sugeria, de maneira incontestável, hábitos muito diferentes dos de motorista, declarou:

— Pobre sujeito. Nunca vi mais otário. Nasceu para ser depenado.

Dizendo isso, vestiu as luvas, retomou o ar imperturbável e arrancou o Packard, deixando-nos desnorteados com aquela súbita revelação de suas capacidades linguísticas.

— Muito bem — disse meu tio —, seu caminho começou. Encontrou um poderoso protetor. Só peço uma coisa...

Ele me encarou com seriedade. Conhecendo-o bem, já comecei a rir.

— Nunca lhe empreste dinheiro algum.

10

Nos três anos seguintes, de 1935 a 1938, minha vida só conheceu duas estações: o verão, quando os Bronicki chegavam da Polônia, em junho, e o inverno, que começava assim que eles partiam, no final de agosto, e durava até que retornassem. Os meses intermináveis que eu passava sem ver Lila eram inteiramente dedicados à memória, e creio que as ausências de minha amiga me tornaram para sempre incapaz de esquecer. Ela me escrevia pouco, mas suas cartas eram longas e pareciam as páginas de um diário íntimo, e Tad, quando me enviava uma mensagem, dizia que sua irmã continuava "sonhando consigo mesma, ultimamente anda pensando em cuidar dos leprosos". Havia nas cartas dela, sem dúvida, palavras de afeto e mesmo de amor, mas elas causavam em mim um efeito estranhamente impessoal, puramente literário, tanto que não fiquei surpreso quando, numa delas, Lila me informou que também enviava trechos de uma obra mais ampla, em que estava trabalhando. Quando os Bronicki voltavam à Normandia, no entanto, ela se atirava em mim de braços abertos e me cobria de beijos, rindo e às vezes até chorando um pouco; aqueles instantes eram suficientes para me fazer sentir que a vida cumpria todas as suas promessas e que não havia espaço para dúvidas. Quanto às minhas funções de "secretário calculador" — como eu fora apelidado por Podlowski, o faz-tudo de meu empregador, um indivíduo glabro, todo queixo e mandíbula, cabelo dividido ao meio e mãos úmidas, sempre pronto para a próxima mesura —, o trabalho exigido de mim não era muito absorvente. Quando Bronicki recebia algum banqueiro, corretor ou colega especulador, e eles se dedicavam a complexas estimativas de juros, de altas e de margens de lucro, eu participava da reunião, fazia malabarismos com milhões e milhões, criando fortunas imensas, deduzindo comissões e empréstimos, aumentando a cotação das ações que seriam compradas com aquelas matinais projeções teóricas, indicando que tantas toneladas de açúcar ou de café, por menor que fosse a alta, segundo as intuições do genial cavaleiro das finanças, multiplicadas pela cotação do dia, em libras esterlinas, francos ou dólares, dariam essa ou aquela quantia, e me acostumei tão rápido aos milhões que desde então nunca mais me senti pobre. Enquanto me dedicava a essas acrobacias de alto voo, eu espreitava pela porta levemente entreaberta a chegada de Lila, que nunca deixava de aparecer para me fazer perder a cabeça e cometer algum erro grosseiro, arruinando seu pai num piscar de olhos, fazendo a cotação do algodão despencar, dividindo em vez de multiplicar — o que provocava o pânico total do cavaleiro e fazia sua filha rir às gargalhadas. Quando finalmente me acostumei a essas manobras, destinadas a verificar — ó quão inutilmente! — a solidez da influência que ela exercia sobre mim, conseguindo manter a concentração e evitar os erros, ela fazia um beicinho ofendido e saía, não sem certa raiva. Eu tinha a impressão, então, de ter sofrido uma perda enorme, mais importante que todas as quebras do mercado de ações.

Nós nos encontrávamos todos os dias por volta das cinco da tarde, do outro lado do jardim, atrás do lago, na cabana onde o jardineiro descartava as flores "chegadas ao limite de idade", como dizia Lila; elas tinham perdido o viço e o frescor e ficavam ali para exalar seu último perfume. Pisávamos sobre as pétalas, sobre o azul, o amarelo, o verde e o violeta, sobre as ervas chamadas daninhas porque só faziam o que queriam. Era nesse momento que Lila, tendo aprendido a tocar violão, "sonhava consigo mesma", uma canção nos lábios. Sentada entre as plantas, a saia puxada até os joelhos, ela me falava de suas futuras turnês triunfais pela América, da adoração das massas, e era tão convincente em suas fantasias, ou melhor, eu a adorava tanto, que todas aquelas flores a seus pés me pareciam atiradas por seus fervorosos admiradores; eu via o alto de suas coxas; ardia de desejo, mas não ousava nada, não me movia, apagava-me suavemente, e era tudo. Ela entoava, numa voz pouco segura, não sei que canção com letra escrita por ela e com música feita por Bruno, e depois, horrorizada com sua velha inimiga, a realidade, que recusava a suas cordas vocais os toques divinos que Lila exigia, largava o violão e começava a chorar.

— Não adianta, não tenho talento para nada.

Eu a consolava. Nada me dava mais prazer do que aqueles momentos de desespero, que me permitiam pegá-la nos braços, roçar seus seios com a mão e seus lábios com os meus. Até o dia em que, perdendo a cabeça, deixando meus lábios seguirem sua louca inspiração e sem encontrar resistência, ouvi uma voz de Lila que eu não conhecia, que nenhum gênio vocal poderia superar; permaneci ajoelhado, enquanto a voz me inebriava e me levava para além de tudo o que eu conhecia na vida em matéria de felicidade e de mim mesmo. O grito subiu tão alto que eu, que até aquele instante nunca tinha tido fé, senti como se finalmente devolvesse a Deus o que Lhe era devido. Depois, ela permaneceu imóvel em sua cama de flores, as duas mãos esquecidas sobre minha cabeça.

— Ludo, ah, Ludo, o que fizemos?

A única coisa que pude dizer, das profundezas da verdade, foi:

— Não sei.

— Como pôde?

E eu respondi numa frase da mais alta comicidade, se pensarmos em todas as maneiras de encontrar a fé:

— Não fui eu, foi Deus.

Ela se endireitou um pouco, sentou, secou as lágrimas.

— Lila, não chore, eu não quis deixá-la triste.

Ela suspirou e me afastou com a mão.

— Não seja idiota. Estou chorando porque foi bom demais.

Ela me encarou com severidade.

— Onde foi que aprendeu isso?

— O quê?

— Diabos — ela disse. — Nunca vi tão pateta.

— Lila...

— Fique quieto.

Ela se deixou cair de costas. Deitei-me a seu lado. Peguei sua mão. Ela a retirou.

— Pronto — ela disse. — Virei uma puta.

— Deus do céu! O que está dizendo?

— Uma puta. Virei uma puta.

Percebi que dizia isso com muita satisfação na voz.

— Finalmente consegui me tornar alguma coisa!

— Lila, ouça...

— Não tenho talento nenhum para o canto!

— Claro que tem, só que...

— Sim, só que. Fique quieto. Sou uma puta. Muito bem, melhor me tornar a maior, a mais famosa puta do mundo. A dama das camélias, mas sem a tuberculose. Não tenho mais nada a perder. Minha vida foi traçada agora. Não tenho escolha.

Por mais que eu conhecesse os altos e baixos de sua imaginação, fiquei apavorado. Era quase uma superstição: eu sentia que a vida nos ouvia e tomava notas. Levantei-me.

— Proíbo-a de dizer essas asneiras — gritei. — A vida tem ouvidos. E, além disso, a única coisa que fiz foi te lam...

Ela disse "ah!" e colocou a mão sobre meus lábios.

— Ludo! Proíbo-o de dizer uma coisa dessas. É monstruoso! Mons-tru-o-so! Saia daqui! Nunca mais quero te ver. Nunca mais. Não, fique. É tarde demais, de todo modo.

Um dia, deparei-me com Tad ao voltar de nosso encontro diário na cabana. Ele me esperava no hall.

— Me diga uma coisa, Ludo.

— Sim?

— Há quanto tempo vem dormindo com minha irmã?

Fiquei quieto. Na parede, o coronel de cavalaria Jan Bronicki, herói de Santo Domingo e de Somosierra, erguia o sabre acima de minha cabeça.

— Não faça essa cara, meu velho. Se pensa que vim defender a honra dos Bronicki, é um frouxo. Quero apenas evitar uma catástrofe. Aposto que nenhum de vocês sabe do ciclo.

— Que ciclo?

— Viu? Foi o que pensei. Há um período, cerca de sete dias antes das regras e sete dias depois, em que uma mulher não pode ser fecundada. Nele, vocês não correm nenhum risco. Já que é tão bom em matemática, não se esqueça disso e evitem fazer uma asneira, os dois. Não quero que sejamos obrigados a recorrer a uma camponesa qualquer, com suas agulhas de tricô. Garotas demais morrem assim. Era o que eu tinha a dizer. Nunca mais tocarei no assunto.

Ele me deu um tapinha no ombro e fez menção de se afastar. Eu não podia deixá-lo sair assim. Quis me justificar.

— Nós nos amamos — eu disse.

Ele me encarou com atenção, com uma espécie de curiosidade científica.

— Está se sentindo culpado por dormir com minha irmã. Vai carregar uns dois mil anos de culpa. Feliz? Sim ou não?

Dizer "sim" me pareceu tão desnecessário que me calei.

— Bom, essa é a única justificativa para a vida e para a morte. Pode passar o resto da vida em bibliotecas, não encontrará outra resposta.

Ele se foi, com seu jeito despreocupado, assobiando. Ainda posso ouvir algumas notas da *Appassionata*.

Bruno me evitava. Por mais que eu dissesse a mim mesmo que não tinha feito nada de errado e que o fato de Lila ter me escolhido independia de minha vontade tanto quanto o pouso de uma joaninha em minha mão, fiquei obcecado pela dor que via em seu rosto quando nossos olhares se cruzavam. Ele passava os dias inteiros ao piano e, quando a música cessava, o silêncio me parecia, de todas as obras de Chopin que eu conhecia, a mais dilacerante.

II

Meu trabalho com Bronicki não se limitava a seus empreendimentos financeiros. Eu também o auxiliava na elaboração de uma análise combinatória que lhe permitisse obter uma vitória esmagadora e definitiva sobre os cassinos, praça-forte que continuava inexpugnável e contra a qual ele sonhava em lançar um último ataque. Stas colocava uma roleta sobre a mesa de bridge e soltava a bola, chegando a gritar "apostas encerradas!" para efeitos de realismo, grito que de resto me parecia brotar daquelas profundezas obscuras da alma que chamamos de subconsciente. A única contribuição que eu podia fazer a essa busca desesperada por um "sistema" era memorizar a ordem dos números que saíam e recitá-los dez, vinte vezes, para que ele pudesse detectar alguma piscadela do destino, enquanto eu espreitava em seu rosto emoldurado por suíças a morte do sonho. Ao fim de algumas horas dessa busca do céu azul, ele enxugava a testa e murmurava:

— Creio, meu pequeno Ludovic, que exigi demais de suas forças. Continuaremos amanhã. Descanse para estar em plena forma.

Minha compaixão e minha vontade de ajudar se tornaram tão fortes que comecei a trapacear. Eu sabia que o conde buscava em minhas recitações números e combinações de números que se repetissem em dada ordem. Pouco consciente das consequências que minha boa vontade muito inadequada poderia ter, comecei a reordenar os números que saíam, um pouco como os participantes de sessões espíritas com mesas girantes, que não conseguem deixar de empurrar a mesa para manter a ilusão. Foi uma catástrofe. Fazendo-me recitar várias vezes seguidas os números que eu ordenava em séries, Stas Bronicki foi subitamente tomado por uma expressão que só posso chamar de alucinada, permaneceu imóvel por um instante, o lápis na mão, completamente atento, como se ouvisse alguma música divina, e convidando-me numa voz rouca de emoção a retomar minha récita, coisa que fiz imediatamente com a mesma má-fé bem-intencionada, deu um soco formidável na mesa e bradou com a voz com que seus ancestrais, sabres desembainhados, deviam usar em seus ataques:

— *Kurwa mać!** Peguei aqueles filhos da mãe! Vou fazer com que me devolvam tudo!

Levantou-se de um salto, saiu do escritório, e eu, em minha inocência, senti-me muito feliz de ter feito uma boa ação.

Naquela noite, Bronicki perdeu um milhão no cassino de Deauville.

Eu estava com Lila quando o conde voltou para casa na manhã seguinte. Podlowski nos avisara do desastre uma hora antes, acrescentando: "Ele ainda vai estourar os miolos". Lila, que bebia seu chá com uma fatia de pão com mel, não pareceu muito abalada.

— Meu pai não pode ter perdido uma quantia tão alta. Se perdeu é porque o dinheiro não era dele. Portanto, só perdeu dívidas. Deve estar se sentindo aliviado.

Aqueles poloneses tinham de fato a admirável solidez que permitira a seu país sobreviver a tantos desastres. Eu esperava ver Genia Bronicka em plena crise de histeria, entre telefonemas aos médicos e desmaios, em sua melhor tradição cênica,

---

* Puta que o pariu! [N. E. francês]

mas a vi descer de penhoar rosa à sala de jantar, o poodle embaixo do braço; ela deu um beijo na testa da filha, disse-me um amigável bom-dia, serviu-se de chá e declarou:

— Guardei o revólver no cofre. Ele não pode encontrá-lo de jeito nenhum: vai nos fazer cara feia por uma semana. Não sei se pegou o dinheiro emprestado com os Potocki, com os Sapiecha ou com os Radziwill, mas enfim, uma dívida de jogo é uma dívida de honra, eles sabem disso muito bem, então não importa qual deles vai pagar; o que conta é que a nobreza polonesa permaneça fiel a suas tradições.

Tad descia a escada bocejando, de roupão, jornal na mão.

— O que aconteceu? Mamãe parece tão calma que temo o pior.

— Papai arruinou-se de novo — disse Lila.

— Quer dizer que de novo arruinou alguém.

— Perdeu um milhão em Deauville, noite passada.

— Deve ter raspado o fundo das gavetas — resmungou Tad.

A criada acabara de trazer croissants quentes quando Stas Bronicki fez sua entrada. Parecia desnorteado. Atrás dele, o sr. Jones, impecável, carregava seu casaco, e o faz-tudo Podlowski, lívido, parecia ter duas vezes mais mandíbula e queixo que de costume.

Bronicki nos contemplou em silêncio.

— Alguém aqui pode me emprestar cem mil francos?

Seu olhar se deteve sobre mim. Tad e Lila caíram na gargalhada. Até o gentil Bruno teve dificuldade de conter o riso.

— Sente-se, meu amigo, e tome uma xícara de chá — disse Genia.

— Bom, digamos dez mil?

— Stas, por favor — pediu a condessa.

— Cinco mil! — gritou Bronicki.

— Marie, esquente mais croissants e um pouco de chá — disse Genia.

— Mil francos, em nome de Deus! — bradou Bronicki, desesperado.

Archie Jones enfiou a mão no casaco e deu um passo à frente, segurando com cuidado o sobretudo xadrez do conde.

— Se o senhor me permite... Cem francos? *Fifty-fifty*, naturalmente.

Bronicki hesitou um momento, pegou a nota da mão do motorista e correu para fora. Podlowski ergueu os braços e os ombros num gesto de impotência e o seguiu. Archie Jones nos cumprimentou educadamente e por sua vez se retirou.

— Muito bem, aí está — disse Genitchka, com um suspiro. — Os ingleses são realmente os únicos com quem se pode contar.

Eu ouviria muito essa frase, em circunstâncias bastante diferentes.

12

Não sei se foram os príncipes Sapiecha, os príncipes Radziwill ou os condes Potocki que forneceram a meu empregador os fundos perdidos devido ao sistema pelo qual fui tão inocentemente responsável, mas nos dias seguintes o Solar dos Jars foi invadido por cavalheiros poloneses que acompanhavam sua extrema distinção com palavrões dignos de um marinheiro. Expressões como "o imbecil do Bronicki", "esse merda" e "esse filho da puta" choviam de todos os lados, e era por pouco que as mesmas palavras não saíam dos lábios do coronel de cavalaria Jan Bronicki, no já mencionado retrato. Os maiores nomes da Polônia caíam em cima do infeliz derrotado pela roleta, que enfrentava a tempestade com grande frieza, como convém ao cidadão de um país acostumado a renascer das próprias cinzas. Seu argumento permanecia inabalável: faltara-lhe o outro milhão que seu "sistema" exigia para quebrar a banca. Se eles aceitassem lhe adiantar dois milhões, ele voltaria ao ataque e, já no dia seguinte, seus detratores seriam os primeiros a gritar em sua homenagem os hurras da vitória. Pela primeira vez, no entanto, os mais valorosos patriotas poloneses baixavam seus pavilhões e perdiam a confiança na vitória. Bronicki manteve com seu faz-tudo longos conciliábulos, aos quais fui convidado, embora não houvesse necessidade de cálculos, pois o único número que emergia de tudo era um grande e redondo zero. Ficou decidido que as joias da família seriam vendidas, que Bronicki exigiria isso da mulher. Deparou-se com uma recusa. Lila, que assistira à cena, confortavelmente instalada numa poltrona, comendo marrom-glacê — "já que ficaremos pobres, melhor aproveitar" —, contou-me rindo que sua mãe dissera que os diamantes e pérolas em questão tinham sido presente do duque de Ávila, quando este fora embaixador da Espanha em Varsóvia, e que seria imoral de sua parte separar--se deles em proveito do marido.

— Mais uma vez, como sempre em nossa família, a honra fala mais alto — foi o comentário de Tad.

A única posição que restava ao último dos cavaleiros era a de recuo: regressar às propriedades na Polônia, que não podiam ser tomadas pelo inimigo porque eram parte de um patrimônio histórico ciosamente guardado pelo regime de coronéis que sucedera ao do marechal Pilsudski. O castelo e seu domínio estavam localizados na foz do Vístula, no "corredor polonês" que separava a Prússia Oriental do resto da Alemanha. Hitler reclamava sua "restituição", tendo instalado, na cidade livre de Danzig, um governo nazista. A propriedade fora declarada inalienável por um decreto de 1935, e os Bronicki recebiam um importante subsídio para sua manutenção.

Fiquei horrorizado. A ideia de perder Lila era de uma crueldade incompatível com tudo o que eu conhecia do gênero humano. Os meses ou mesmo os anos que eu seria obrigado a viver longe dela me revelavam a existência de uma duração que já não tinha relação alguma com o que eu era capaz de calcular. Meu tio, que me via definhar à medida que a hora fatal se aproximava, tentou me explicar que a literatura dava exemplos de amores que sobreviviam a anos de separação, em pessoas particularmente afetadas.

— É melhor que partam de uma vez por todas. Você acabou de fazer dezessete anos, precisa trilhar seu próprio caminho, ninguém pode viver apenas de uma mulher. Faz anos que você vive por ela e para ela, e mesmo entre os "loucos dos Fleury", como nos chamam, é preciso um pouco de sensatez, que em francês também chamamos de "resignação", embora eu seja o primeiro a reconhecer que se trata de uma expressão com cheiro de renúncia, abandono e submissão, e que, se todos os franceses "se resignassem", há muito tempo não haveria mais França. Na verdade, não se deve ter nem razão de mais, nem loucura de menos, mas admito que "nem de mais" e "nem de menos" talvez sejam receitas boas para o Clos Joli e o amigo Marcellin em seus fogões, pois às vezes é preciso saber perder a cabeça. Mas que coisa! Já estou dizendo o contrário do que queria. Melhor sofrer de uma só vez para acabar com tudo, e mesmo que você ame essa garota pelo resto da vida, melhor que ela se vá para sempre; isso a deixará ainda mais bela.

Eu estava consertando o seu Pássaro Azul, que quebrara na véspera.

— O que está tentando dizer ao certo, tio? Está me aconselhando a "manter a razão" ou a "manter a razão de viver"?

Ele baixou o rosto.

— Muito bem, não direi mais nada. Sou o último homem que poderia lhe dar conselhos. A vida inteira amei a mesma mulher, e como não deu certo...

— Por que não deu certo? Ela não amava o senhor?

— Não deu certo porque nunca a encontrei. Eu a tinha na cabeça, a vi lá dentro todos os dias por trinta anos, mas nunca a encontrei. Nunca nos encontramos. A imaginação às vezes nos prega peças terríveis. Isso é verdade para as mulheres, para as ideias e para os países. Você ama uma ideia, ela parece a mais bela de todas, mas, quando ela se materializa, não se parece nem um pouco com o que era, ou se torna uma grande porcaria. Ou então você ama tanto seu país que no fim não o aguenta mais, porque ele nunca está bom.

Ele riu.

— Então fazemos de nossa vida, de nossas ideias e de nossos sonhos... pipas.

Faltavam poucos dias para a partida, e nossas despedidas consistiam em caminhadas pelos bosques, lagos e velhas passagens que nunca mais veríamos juntos. O fim do verão tinha cores suaves, como se estivesse cheio de ternura por nós. O próprio sol parecia triste de nos deixar.

— Eu gostaria tanto de fazer alguma coisa de minha vida — Lila dizia, como se eu não estivesse ali.

— Só porque você não me ama o bastante.

— Claro que amo, Ludo. Mas isso é que é terrível. É terrível porque não é suficiente para mim, porque ainda continuo pensando em mim mesma. Tenho apenas dezoito anos e já não sei amar. Caso contrário, não ficaria o tempo todo pensando no que fazer da vida, eu me esqueceria completamente de mim mesma. Não pensaria nem mesmo em ser feliz. Se soubesse amar de verdade, não estaria aqui, haveria apenas você. No verdadeiro amor só existe o outro. Então...

Seu rosto assumiu uma expressão trágica.

— Tenho apenas dezoito anos e já não amo — ela exclamou, rompendo em soluços.

Não fiquei muito comovido. Sabia havia alguns dias que ela tinha desistido de estudar primeiro medicina, depois arquitetura, para entrar no conservatório de arte dramática de Varsóvia e rapidamente se tornar uma glória nacional do teatro polonês. Eu começava a entendê-la e sabia que meu dever era apreciar como connaisseur a sinceridade de sua voz, de sua tristeza e de sua aflição. Por pouco ela não me perguntava, enquanto afastava uma mecha de cabelo com um gesto que para mim sempre será o mais belo da mulher, observando-me de canto de olho: "Não acha que tenho talento?". E eu estava disposto a todos os sacrifícios para salvar a grandeza sublime da glória a seus olhos. Afinal, estava lidando com uma garota cujo ídolo, Chopin, agravara sua tuberculose na umidade de Maiorca em pleno inverno para agradar a George Sand; uma garota que muitas vezes me lembrara, os olhos brilhando de esperança, que os dois maiores poetas russos, Púchkin e Liérmontov, tinham morrido em duelos, o primeiro aos trinta e seis anos e o segundo aos vinte e sete, que Hölderlin enlouquecera de amor, e que Von Kleist morrera num pacto suicida com sua amada. Tudo isso, eu dizia para mim mesmo, misturando eslavos e alemães, era coisa de polonês.

Tomei-a pelo braço e tentei acalmá-la, embora sentisse nos lábios algo que lembrava muito o sorriso zombeteiro de meu tio Ambroise.

— Talvez seja apenas porque você não me ama — repeti. — Obviamente, eu não era o que você esperava. Mas o amor virá. Talvez por Bruno. Ou Hans, que você logo irá rever, pois dizem que o Exército alemão está pronto para a ação, na fronteira da Polônia. Ou encontrará outra pessoa, que você realmente irá amar.

Ela balançou a cabeça, aos prantos.

— Claro que não; justamente, amo você, Ludo! Amo de verdade. Mas amar alguém não pode ser só isso. Ou então sou uma medíocre. Tenho um coração muito pequeno, sou superficial, incapaz de profundidade, de grandeza, de comoção!

Lembrei dos conselhos de meu tio e, segurando com mão firme a linha de minha linda pipa para impedi-la de se perder naquele tormento eslavo, por assim dizer, puxei-a para mim; com os lábios colados aos dela, meu último pensamento consciente foi que se aquilo que Lila me dava não fosse, como ela mesma dizia, "o verdadeiro, o grande amor", então a vida era ainda mais prodigiosa em beleza, alegria e felicidade do que eu imaginara.

Naquela noite, ela viajou para Paris — é sem premeditação, mas com certo sorriso nos lábios, que misturo gramaticalmente "ela" e "vida" —, onde seus pais a esperavam e onde, postos contra a parede, os Radziwill, os Sapiecha, os Potocki e os Zamojski haviam patrioticamente renunciado a suas perseguições, para não manchar um dos nomes mais ilustres da Polônia, num momento em que homens de Estado menos dados à honra se condenavam à vergonha e se inclinavam em Munique à corja nazista. Voltei uma última vez ao Solar dos Jars; Tad e Bruno supervisionavam o empacotamento dos objetos de arte e certos "detalhes", entre os quais o pagamento do salário dos jardineiros e dos criados criava algumas dificuldades. O retrato do coronel conde Jan Bronicki em Somosierra, já tirado da parede, esperava a caixa na qual seria acondicionado e o retorno à terra natal. Podlowski vagava de peça em peça, escolhendo os móveis que seriam vendidos para pagar os salários e fechar a conta no Clos Joli, que Marcellin Duprat se recusava a perdoar. Os fornecedores de Clos e de Cléry também não estavam muito inclinados a se deixar dobrar e tentavam se apoderar de tudo que pudesse compensá-los. As coisas se arranjariam algumas semanas depois, quando Genitchka finalmente aceitaria se separar de um "suvenir" em diamante. Uma boa parte do mobiliário, como o piano e o globo terrestre, foi deixado no lugar, na esperança de um retorno ao solar, mas Bruno se desesperava com a ideia de ficar sem seu Steinway até lá. Tad, por sua vez, mais preocupado com acontecimentos políticos do que com questões materiais, recebeu-me, sentado, com uma pilha de jornais nos joelhos.

— É provável que nunca mais voltemos a esta casa — ele me disse —, mas isso não é nada, pois acredito que em breve milhões de homens nunca mais voltarão para lugar algum.

— Não vai haver uma guerra — eu disse com firmeza, pois estava disposto a tudo para rever Lila. — No próximo verão, irei visitá-los na Polônia.

— Se ainda houver uma Polônia — disse Tad. — Agora que Hitler mediu o tamanho da covardia de vocês, nada poderá detê-lo.

Bruno encaixotava partituras.

— O piano está perdido — ele me disse.

— Maldito egoísmo — murmurou Tad. — Ouviu isso? O mundo pode vir abaixo, mas a única coisa que importa é um pouco mais de música.

— A França e a Inglaterra não permitiriam — eu disse, e Tad devia estar certo ao falar em maldito egoísmo, pois na mesma hora percebi que o que eu queria dizer era que "a França e a Inglaterra não permitiriam" que minha separação de Lila fosse definitiva.

Tad atirou a pilha de jornais no chão, com desgosto. Olhou para mim com igual desagrado.

— Sim, "os cantos desesperados são os mais belos". Poderíamos acrescentar que "felizes os que morreram numa guerra justa, felizes as espigas maduras e os trigos colhidos". A poesia tomará o lugar da música e a força irresistível da cultura varrerá Hitler para longe. Estamos perdidos, crianças.

Ele me encarou de novo e seus lábios se contraíram.

— Você será bem-vindo em Grodek no próximo verão — ele disse. — É possível que eu esteja enganado. Talvez esteja subestimando a onipotência do amor. Talvez existam deuses, por mim desconhecidos, que façam com que nada impeça a reunião dos amantes. Ah, porcaria! Porcaria! Como vocês puderam capitular daquele jeito?

Anunciei-lhe que meu tio, pacifista e objetor de consciência que era, acabara de renunciar, por causa de Munique, à presidência de honra da associação Pipas da França.

— O que há de surpreendente nisso? — ele rebateu. — É exatamente o que os objetores de consciência fazem. Enfim, quem sabe, talvez a coisa ainda se arraste por mais dois ou três anos. Então, até o ano que vem, Ludo.

— Até o ano que vem.

Nós nos abraçamos, e eles me acompanharam até o terraço. Ainda posso vê-los, lado a lado, mãos erguidas acenando para mim. Eu tinha certeza de que Tad se enganava e senti um pouco de pena. Ele amava de paixão a humanidade inteira, mas no fundo não tinha ninguém. Acreditava no pior porque estava sozinho. A esperança precisa de dois. Todas as leis dos grandes números têm início com essa certeza.

13

Foi ao longo do inverno de 1938-1939 que minha memória se afirmou de maneira a justificar as piores apreensões outrora expressas pelo sr. Herbier, quando advertiu meu tio de que "esse garoto parece totalmente desprovido da capacidade de esquecer". Não sei se todos os Fleury realmente passaram pela mesma coisa, como tantas vezes ouvi falar, pois dessa feita não se tratava nem da liberdade, nem dos direitos do Homem, nem da França, que ainda existia e aparentemente não exigia nenhum esforço especial de memória. Lila não me abandonava mais. Eu voltara aos trabalhos de contabilidade no Clos Joli, aos quais se acrescentaram outros, em diversas empresas comerciais da região, para economizar o dinheiro necessário à viagem para a Polônia; eu também cuidava da fazenda, e, durante todo esse tempo, a presença de Lila a meu lado ganhou tanta realidade física que meu tio, por ironia ou não, chegou a colocar um terceiro prato na mesa para aquela que não estava ali de maneira tão concreta. Ele consultou o dr. Gardieu, que sugeriu um estado obsessivo e recomendou a corrida e os esportes de equipe. Não me surpreendi com a incompreensão do médico, mas fiquei triste com a atitude de meu tutor, embora conhecesse sua velha desconfiança para com todas as fidelidades absolutas, que haviam causado tantos infortúnios aos nossos. Tivemos alguns arranca-rabos. Ele afirmava que a viagem à Polônia, que eu projetava para o próximo verão, me reservaria a pior das decepções e que, além disso, a própria expressão "primeiro amor", por definição, significava uma coisa que chegava ao fim. Parecia-me, no entanto, que meu tio às vezes me contemplava com certo orgulho.

— Enfim, se faltar dinheiro para a viagem — ele acabou dizendo —, quero ajudar. Você também precisa comprar roupas, não pode visitar aquela gente vestido como um mendigo.

Durante o inverno, Lila me escreveu algumas cartas, cada vez mais curtas, depois apenas cartões-postais; era normal, logo nos veríamos, e a brevidade de suas palavras — "Estamos todos esperando por você", "Estou tão feliz com a ideia de você afinal conhecer a Polônia", "Pensamos em você", "Junho está chegando!" — parecia encurtar o tempo e pular por cima dos meses e das semanas. Por fim, até minha partida, houve um longo silêncio, como para abreviar ainda mais as últimas semanas de espera.

Peguei o trem em Cléry no dia 20 de junho. Meu tio me acompanhou à estação. Disse-me uma única frase, enquanto pedalávamos lado a lado:

— Vai ser uma mudança de ares.

Os ares, os países, a Terra inteira eram minha última preocupação. O mundo não tinha sido convidado para a viagem. Eu só pensava em voltar a me sentir inteiro, em reencontrar os dois braços que me faltavam. Quando o trem entrou em movimento e me debrucei à janela, Ambroise Fleury gritou:

— Espero que a queda não seja muito grande e que eu não precise juntá-lo todo amassado e rasgado como a velha Quatromares! Lembra?

— Nunca me lembro de nada, o senhor sabe muito bem disso! — respondi, e foi assim que nos despedimos, com uma gargalhada.

14

Eu nunca havia saído de meu cantinho normando. Do mundo conhecia apenas sua geografia; e da história, o que havia aprendido nos livros escolares — ou vendo os nomes de meu pai e de seu irmão Robert no memorial aos mortos de Cléry, ou ainda ouvindo meu tutor, quando ele comentava alguma coisa sobre uma ou outra pipa. Não me ocorria pensar na história do presente. Da política e daqueles que a faziam só conhecia os rostos de Édouard Herriot, André Tardieu, Édouard Daladier, Pierre Laval, Pierre-Étienne Flandin e Albert Sarraut, que às vezes avistava ao sair do pequeno escritório de Marcellin Duprat, no Clos Joli. Eu sabia, por certo, que a Itália era fascista, mas quando via num muro a frase "Abaixo o fascismo!", perguntava-me o que aquilo estava fazendo ali, já que estávamos na França. A Guerra Civil Espanhola, de que Tad tantas vezes me falara, parecia uma coisa distante: eram outras pessoas, outros costumes, e, além disso, todo mundo sabia — e não parava de repetir — que os espanhóis tinham, de certo modo, sangue no próprio sangue. Eu ficara indignado com Munique no ano anterior, sobretudo porque Hans era alemão e porque eu tivera a impressão de perder um ponto na rivalidade que nos opunha. A única coisa de que eu tinha certeza era de que a França nunca abandonaria a Polônia ou, mais exatamente, Lila. Pode parecer difícil, hoje, conceber tanta ignorância e tanta indiferença num jovem de dezoito anos, mas a França ainda era, naquela época, a terra da grandeza, da força tranquila, do prestígio, e tinha tanta certeza de sua "missão espiritual" que a coisa mais normal, a meus olhos, era deixar que cuidasse de si mesma, o que poupava os franceses, parecia-me, de todas as preocupações. Não posso sequer dizer que estava num ambiente inculto, muito pelo contrário: o ensino público obrigatório simplesmente me ensinara que a liberdade, a dignidade e os direitos do Homem nunca poderiam ser ameaçados enquanto nosso país permanecesse fiel a si mesmo, coisa de que eu não tinha dúvida, pois retinha tudo o que me haviam ensinado. Ecos do que acontecia com nossos vizinhos, tão perto de nós, sem dúvida, mas fora de nossas fronteiras, despertavam em mim um espanto mesclado de desdém e confirmavam a meus olhos nossa superioridade; de resto, tanto meu tio quanto Marcellin Duprat e todos os meus professores na escola concordavam em afirmar que o regime ditatorial não tinha nenhuma chance de durar, pois não tinha apoio popular. O povo, para Ambroise Fleury, era um conceito sagrado que carregava em si mesmo, potencialmente, a queda de Mussolini, de Hitler e de Franco. Ninguém via o fascismo e o nazismo como regimes populares. Essa ideia seria uma verdadeira negação de tudo o que constituía a própria base do ensino público obrigatório. O pacifismo resoluto de meu tutor fizera o resto. Eu às vezes notava nele certa confusão e atitudes contraditórias: ele admirava Léon Blum porque este se recusara a intervir na guerra espanhola, mas ficou furioso com Munique. Acabei concluindo, na ocasião, que, apesar de todos os seus esforços, ele havia sucumbido à "memória histórica" dos Fleury e que mesmo os trinta e cinco anos passados no pacífico ofício de carteiro rural não o haviam protegido de recaídas.

Eu não poderia estar mais despreparado, portanto, para a visão daquela Europa de 1939 que eu atravessava. Na fronteira italiana, fervilhante de camisas-negras, punhais e emblemas fascistas, vi meu canivete de apenas sete centímetros ser confiscado. As escadarias das estações ressoavam com os passos dos destacamentos militares; um compatriota me traduziu um editorial de Malaparte que falava da "França degenerada" e a comparava a uma jovem submissa. Pouco depois da fronteira austríaca, um homenzinho triste e calvo, que sentara em meu compartimento, foi convidado a deixar o trem, o que fez aos prantos. As suásticas estavam por toda parte: nas bandeiras, nas braçadeiras e nos muros, e em todos os cartazes eu encontrava o olhar de Hitler. Quando meu passaporte e meus vistos eram verificados e descobria-se que meu destino era a Polônia, os olhares se tornavam duros e meus papéis eram devolvidos com um gesto brusco e uma cara de desprezo. Por duas vezes, as janelas do vagão foram cobertas com um adesivo especial e as máquinas fotográficas foram recolhidas e guardadas durante aqueles trechos: o trem, sem dúvida, passava por alguma "zona militar". Oficiais da SS sentados à minha frente durante o trajeto de Viena a Bratislava lançavam olhares risonhos para minha boina francesa e, ao sair, saudaram-me com um "*Sieg heil*" triunfante.

Assim que o trem parou na primeira estação polonesa, a atmosfera mudou brusca e totalmente. Até minha boina pareceu sofrer uma mudança de significado, se não de natureza: os viajantes poloneses lançavam-lhe olhares amistosos. Os que não falavam francês e não dispunham de nenhuma outra maneira de manifestar sua simpatia davam-me tapinhas no ombro, apertavam minha mão e dividiam comigo cervejas e alimentos. No percurso até Varsóvia e, depois, tendo mudado de trem, ao longo de todo o "corredor" que o Vístula seguia até o Báltico, escutei mais vezes o "Viva a França!" do que jamais ouvira na vida.

Os Bronicki me telegrafaram dizendo que me esperariam na estação, e assim que o fiscal anunciou que nos aproximávamos de Grodek, passei de meu vagão de terceira classe para o de primeira, de onde me preparei para descer com a dignidade que convinha. Marcellin Duprat me emprestara uma mala de couro verdadeiro e, depois de me lembrar que, no fim das contas, "você vai representar a França por lá", sugerira que eu costurasse na lapela do paletó ou na boina a insígnia tricolor do Clos Joli, com suas três estrelas, com o que fingi concordar, mas guardei a insígnia no bolso, sem ter à época qualquer pressentimento de que um dia ela se tornaria a última glória universalmente reconhecida de meu país. Não teria ocorrido a ninguém, apesar da notoriedade de Marcellin Duprat, considerá-lo um visionário, e aquilo que ele chamava de "o três estrelas da França" estava longe de brilhar com a mesma intensidade de hoje.

Com exceção de alguns camponeses e seus caixotes, não restava quase ninguém no trem quando este parou na pequena estação de tijolos vermelhos de Grodek; no entanto, alguma personalidade oficial devia estar sendo esperada, pois, tão logo pisei na plataforma, vi-me no meio de uma fanfarra militar composta de uma dezena de homens. Também vi que o teto da estação estava decorado com bandeiras francesas e polonesas entrecruzadas e, assim que dei um passo com minha mala, a fanfarra atacou a *Marselhesa*, seguida do hino polonês, que ouvi em posição de sentido, tirando a boina e tentando descobrir qual personalidade francesa estava sendo recebida daquela forma. Vi Stas Bronicki, a cabeça descoberta, o chapéu sobre o coração, ouvindo o hino nacional; Lila, que me fez um sinal com a mão; Tad, que baixava os olhos e, visivelmente, lutava para não cair na gargalhada; atrás deles, Bruno, com seu eterno ar de perdido, encarava-me com um sorriso amistoso e constrangido que só fui compreender depois que uma garotinha com uma fita tricolor me entregou um buquê de flores azuis, brancas e vermelhas e pronunciou em francês, com capricho: "Viva a França eterna e a amizade imortal do povo francês e do povo polonês!" — o que me pareceu muita eternidade e imortalidade numa mesma frase. Tendo finalmente entendido ser o objeto daquela acolhida quase oficial, e depois de um momento de pânico, pois era a primeira vez que eu representava a França no exterior, respondi bravamente, em polonês:

— *Niech żyje Polska!* Viva a Polônia!

A garotinha começou a chorar e os músicos da fanfarra se dispersaram, aproximando-se para me dar um aperto de mão. Stas Bronicki me abraçou, Lila se atirou em meu pescoço, Bruno me deu um beijo e desapareceu, e quando o entusiasmo patriótico de todos se acalmou, Tad me pegou pelo cotovelo e cochichou:

— Viu, é como se já tivéssemos vencido!

Havia tanta aflição em seu gracejo que, na recém-adquirida qualidade de representante da França, senti-me indignado, soltei meu braço e disse-lhe:

— Meu caro Tad, uma coisa é o cinismo, outra é a história da França e da Polônia. As duas não andam juntas.

— Além disso, não haverá guerra — interveio Bronicki. — O regime hitlerista está a ponto de desmoronar.

— Creio me lembrar de uma fala de Churchill nesse sentido, diante do Parlamento britânico depois do acordo de Munique — resmungou Tad. — Ele disse: "Os senhores podiam escolher entre a desonra e a guerra. Escolheram a vergonha e terão a guerra".

Eu segurava a mão de Lila.

— Muito bem, nós ganharemos essa guerra — eu disse, e fui recompensado com um beijo na bochecha.

Eu quase podia sentir o peso de minha coroa de francês. Quando recordei que Marcellin Duprat ousara sugerir que eu chegasse à Polônia com a insígnia do Clos Joli costurada ao peito, lamentei não tê-lo estapeado. De tanto receber em seu restaurante as personalidades da Terceira República, o cozinheiro perdera o senso da grandeza de seu país e do que este representava aos olhos do mundo. No trajeto da estação ao castelo, num velho Ford dirigido pelo próprio Bronicki — o Packard azul fora apreendido pelos credores, em Cléry —, com Lila segurando meu braço, dei a meus amigos as últimas notícias da França. A nação nunca se sentira mais segura de si mesma. Os latidos de Hitler a faziam rir. Não havia sinal de nervosismo ou apreensão em parte alguma. O país inteiro, confiando tranquilamente na própria força, parecia ter adquirido uma nova qualidade, antigamente chamada de "fleuma britânica".

— O presidente Lebrun, numa atitude zombeteira que, dizem, deixou Hitler fora de si, visitou as roseiras que nossos soldados plantaram na Linha Maginot.

Lila estava sentada a meu lado, e aquele perfil tão puro contra o fundo de sua cabeleira clara, aquele olhar que era como o fim de todas as perguntas e de todas as dúvidas despertavam em mim a certeza de uma vitória que não era ilusória, pois não podia conhecer e jamais conheceria a derrota. Assim, ao menos até agora, há uma coisa sobre a qual não me enganei na vida.

— Hans me disse que os chefes do Exército alemão estão apenas esperando uma ocasião para se livrar de Hitler — ela disse.

Fiquei sabendo que Hans estava no castelo, portanto. Filho da puta, pensei de repente, e nem tive vergonha desse escorregão em meus pensamentos elevados, ou melhor, desse irresistível acesso de furor popular.

— Não sei se o Exército alemão se livrará de Hitler, mas sei quem se livrará do Exército alemão — declarei.

Acho que realmente pensei: serei eu. Não sei se era a embriaguez da acolhida patriótica que acabara de receber ou a mão de Lila na minha que me fazia perder a cabeça.

— Estamos prontos — acrescentei, refugiando-me no plural por pura modéstia.

Tad se mantinha em silêncio, com um daqueles sorrisos finos que acentuavam ainda mais seu perfil de águia. Era difícil tolerar sua expressão sarcástica. Bruno tentou descontrair um pouco a situação.

— E como vão Ambroise Fleury e suas pipas? — ele perguntou. — Penso nele com frequência. Um verdadeiro homem de paz.

— Meu tio nunca se recuperou da Grande Guerra — expliquei. — É um homem de uma geração que conheceu horrores demais. Desconfia dos grandes ímpetos e acha que os homens devem manter até mesmos suas mais nobres ideias presas a um sólido barbante. Sem isso, milhões de vidas humanas se perderiam no que ele chama de "busca do céu azul". Ele só se sente bem na companhia de suas pipas. Mas nós, os jovens franceses, não nos contentamos com sonhos de papel ou com qualquer tipo de sonho. Estamos armados e prontos para defender não nossos sonhos, mas nossas realidades, e essas realidades se chamam liberdade, dignidade e direitos do Homem...

Lila tirou a mão da minha, delicadamente. Não sei se ficou incomodada com meu fervor patriótico e com meu palavreado, ou se ficou um pouco magoada porque eu parecia tê-la esquecido. Mas eu não a havia esquecido: era dela que falava.

15

O castelo dos Bronicki parecia uma fortaleza, o que, aliás, havia sido. Ficava a algumas centenas de metros do Báltico e a apenas dez quilômetros da fronteira alemã. Era cercado por um jardim, uma floresta de pinheiros e areia; o fosso ainda existia, mas uma larga escadaria e um amplo terraço haviam sido construídos no lugar da antiga ponte levadiça. Os muros e as velhas torres tinham sido corroídos pela história e pelo ar marinho; assim que pisei no hall de entrada, vi-me cercado por tantas armaduras, estandartes, escudos, arcabuzes, alabardas e emblemas que tive a impressão de estar nu.

Eu acabara de dar alguns passos naquele cenário de leilão de antiguidades quando vi Hans, sentado numa poltrona estofada, ao lado de uma mesa de mármore. Usava suéter, calças de montaria, botas e lia uma revista inglesa. Cumprimentamo-nos de longe. Eu não entendia sua presença ali, pois sabia que era aluno de uma Academia Militar em Preuchen e que a tensão entre a Polônia e a Alemanha crescia a cada semana. Lila me explicou que o "pobrezinho" convalescia de uma pneumonia na propriedade de seu tio, Georg von Tiele, do outro lado da fronteira, que cruzava de tempos em tempos a cavalo por caminhos que conhecia desde a infância, para visitar os primos poloneses, o que, para mim, significava apenas que continuava apaixonado pela prima.

Achei Lila mudada. Ela tinha acabado de fazer vinte anos, mas, como Tad me confidenciara, continuava sonhando consigo mesma.

— Quero fazer algo de minha vida — ela repetia.

Uma vez, não me segurei e respondi:

— Bom, ao menos espere até que eu tenha ido embora!

Não sei ao certo de onde eu havia tirado a ideia de que o amor poderia ser a obra e o sentido da existência. Provavelmente herdara de meu tio essa total falta de ambição. Talvez também tivesse amado cedo demais, jovem demais, com todo meu ser, e não restasse lugar em mim para mais nada. Eu tinha momentos de lucidez, em que a pobreza da realidade e a banalidade do que eu era me pareciam o mais longe possível do que podia esperar da vida aquela sonhadora cabeleira loira que descansava em meu peito, os olhos fechados, um sorriso nos lábios, perdida em alguma gloriosa estrada do futuro. Eu pressentia que ela encontrava em minha simplicidade alguma força tranquilizadora, mas não é fácil acostumar-se à ideia de que uma mulher permanece conosco porque para ela somos uma maneira de manter o pé no chão, e não de voar alto. Depois de passar o dia inteiro "buscando-se na floresta", como ela me dizia, Lila vinha a meu encontro no quarto e apertava o corpo contra o meu com tristeza, como se eu fosse uma resposta resignada a todas as perguntas que ela se fazia.

— Ame-me, Ludo. É tudo o que mereço. Serei provavelmente uma dessas mulheres que só servem para ser amadas. Quando ouço uma voz de homem murmurando atrás de mim "Como é bonita!", é como se me dissessem que minha vida caberia num espelho. E como não tenho talento para nada...

Ela me tocou a ponta do nariz.

— ... exceto para você... Nunca serei uma Marie Curie. Este ano vou me inscrever na faculdade de medicina. Com um pouco de sorte, talvez um dia consiga curar alguém.

Eu retinha uma única coisa de sua tristeza: eu não era *suficiente*. Sentada sob os grandes pinheiros à beira do Báltico, Lila sonhava consigo mesma, um talo de grama na boca, e parecia-me que aquele talo de grama era eu, prestes a ser atirado ao vento. Ela se zangava quando eu murmurava "Você é tudo em minha vida", e eu não sabia se era a banalidade da frase que a indignava ou a insignificância da unidade de medida.

— Ah, Ludo. Outros homens amaram antes de você.

— Sim, eu sei, tive precursores.

Creio, hoje, que havia em minha amiga um desejo confuso que ela era incapaz de formular: não ser reduzida à sua feminilidade. Como eu podia compreender, naquela idade e tão pouco informado do mundo em que vivia, que a palavra "feminilidade" podia ser uma prisão para as mulheres? Tad me dizia:

— Politicamente, minha irmã é uma analfabeta, mas sua maneira de sonhar consigo mesma é a de uma revolucionária que não sabe o que é.

Em meados de julho, Tad foi preso pela polícia, levado para Varsóvia e interrogado por vários dias. Era suspeito de ter escrito artigos "subversivos" em jornais proibidos que circulavam na Polônia à época. Por ordens superiores, foi solto, com um pedido de desculpas: culpado ou não, era impensável que o nome histórico dos Bronicki pudesse estar envolvido num caso como aquele.

Os rumores de guerra se tornavam cada dia mais fortes, como uma trovoada contínua no horizonte; quando eu passeava pelas ruas de Grodek, desconhecidos vinham apertar minha mão ao perceber na lapela de meu paletó o pequeno escudo tricolor do qual eu descosturara, fio a fio, as palavras Clos Joli, mas ninguém na Polônia acreditava que depois de apenas vinte anos a Alemanha se lançasse numa nova derrota. Tad era o único que estava convencido da iminência de uma conflagração mundial, e eu o sentia dilacerado entre seu horror à guerra e a esperança de que um mundo novo nascesse das ruínas do antigo; eu também ficava constrangido quando ele, que conhecia minha ingenuidade e minha ignorância, me perguntava ansiosamente:

— Acha mesmo que o Exército francês é tão forte quanto dizem por aqui?

Ele logo se corrigia, com um sorriso.

— Você não sabe, obviamente. Ninguém sabe. São os chamados "imponderáveis" da história.

De nosso esconderijo às margens do Báltico, aonde íamos assim que o sol permitia, nada parecia mais distante de nós do que aquele fim do mundo do qual estávamos separados por algumas poucas semanas. Mesmo assim, eu sentia em minha amiga um nervosismo, ou mesmo um terror, cuja razão eu lhe perguntava em vão; ela balançava a cabeça, colava-se a mim, os olhos bem abertos, o peito agitado.

— Tenho medo, Ludo. Tenho medo.

— De quê?

E eu acrescentava, como devia:

— Estou aqui.

As grandes sensibilidades sempre são um pouco premonitórias, e Lila murmurou certa vez, numa voz estranhamente calma:

— A terra vai tremer.

— Por que diz isso?

— A terra vai tremer, Ludo. Tenho certeza.

— Nunca houve nenhum tremor de terra nesta região. Este é um fato científico.

Nada me dava mais uma força tranquila e confiança em mim mesmo do que aqueles momentos, quando Lila erguia para mim um olhar quase suplicante.

— Não sei o que há comigo...

Ela tocava o próprio peito.

— Não é um coração que tenho aqui, mas um coelho assustado.

Eu colocava a culpa no Báltico, nos banhos frios, na brisa marinha. Afinal, eu estava ali.

Tudo parecia tão calmo. Os velhos pinheiros nórdicos se davam as mãos acima da nossa cabeça. A grasnada dos corvos anunciava a presença de um ninho e a chegada da noite. A meus olhos, o perfil de Lila contra seu fundo loiro traçava a linha do destino com mais certeza do que os gritos de ódio e as ameaças de guerra.

Ela ergueu para mim um olhar grave.

— Acho que vou finalmente dizer, Ludo.

— O quê?

— Amo você.

Demorei um pouco para me recuperar.

— O que foi?

— Nada. Mas você tinha razão. A terra acaba de tremer.

Tad, que quase nunca saía do lado do rádio, nos observava com tristeza.

— Apressem-se. Vocês talvez estejam vivendo a última história de amor de um mundo.

Nossas juventudes, porém, logo se reafirmavam. Havia no castelo um verdadeiro museu de trajes históricos, que ocupava três aposentos da chamada ala "da memória"; seus armários e suas vitrines estavam cheios de roupas de um passado venerado; eu vestia um uniforme da cavalaria ligeira; Tad se deixava convencer e usava o traje dos *kosynierzy*, os camponeses que tinham marchado ao lado de Kościuszko, armados de foices, contra o exército do tsar; Lila aparecia num vestido cintilante de bordados em ouro, que pertencera a não sei que principesca bisavó; Bruno, vestido de Chopin, sentava-se ao piano. Lila, rindo às gargalhadas daquele baile de máscaras, puxava cada um de nós para dançar uma polonesa diante dos altos espelhos, que, embora conhecessem outros tempos e outros costumes, acolhiam-nos com benevolência. Nada nos parecia mais certo que a paz do mundo quando ela se tornava o rosto de minha amiga; quando eu saltitava pesadamente sobre o assoalho com Lila nos braços, tudo estava ali, presente e futuro; era assim que um bravo cavaleiro ligeiro normando flutuava muito acima do solo, ao lado de uma rainha ainda desconhecida da história da Polônia — naqueles últimos dias de julho de 1939, a história da Polônia pouco se ocupava dos assuntos do coração.

Saíamos da "ala da memória" e íamos para as alamedas do jardim; Tad e Bruno se afastavam discretamente e nos deixavam a sós; a floresta começava ao fim da alameda e murmurava ora com a voz de seus pinheiros, ora com a do Báltico; havia, entre as urzes gigantes, fragmentos de terra e de rocha que pareciam nunca ter sido tocados pelo tempo. Eu adorava aqueles recantos, perdidos em algum devaneio secreto das eras geológicas que os mantinham cativos. A areia ainda guardava, de dias anteriores, a marca do nosso corpo. Lila recuperava o fôlego; eu fechava os olhos em seu ombro. Mas a jaqueta vermelha e branca do cavaleiro ligeiro logo se fundia ao manto real, e o mar, a floresta e a terra desapareciam; cada união livrava a vida de todos os seus perigos e de todos os seus erros, como se até então eu só tivesse conhecido enganosos simulacros. Quando a consciência voltava, eu sentia o coração ancorando lentamente, com a tranquilidade dos grandes veleiros depois de anos de ausência. Bastava, ao fim de uma carícia, que minha mão deixasse o seio de Lila e tocasse uma pedra ou a casca de uma árvore para que não houvesse mais asperezas. Eu tentava amar de olhos abertos, mas sempre os fechava, pois a visão ocupava espaço demais e obstruía meus sentidos. Lila se afastava um pouco de mim e pousava sobre meu rosto um olhar não desprovido de severidade.

— Hans é mais bonito que você e Bruno tem muito mais talento. Pergunto-me por que prefiro você.

— Eu também — respondi.

Ela ria.

— Definitivamente, nunca vou entender as mulheres — ela dizia.

16

Eu tinha a impressão de que Bruno me evitava. Fiquei obcecado pela dor que via em seu rosto. Normalmente, ele passava ao piano cinco ou seis horas por dia e acontecia-me de ficar um bom tempo embaixo de sua janela, ouvindo-o tocar. Mas fazia algum tempo que tudo estava silencioso. Subi à sala de música: o piano havia desaparecido. Ocorreu-me então uma ideia aparentemente insana, mas que representava o que eu pensava do mal de amor: Bruno mandara atirar o piano no mar.

Naquela tarde, segui uma trilha em busca de Lila e ouvi, mesclados aos murmúrios das ondas, acordes de Chopin. Dei alguns passos no caminho arenoso coberto de agulhas verdes e cheguei à praia. À minha esquerda, avistei o piano sob um grande pinheiro inclinado na atitude das árvores muito velhas cujas copas parecem sonhar com o passado. Bruno estava sentado ao teclado a cerca de vinte passos de mim; eu o via de perfil e, sob o ar marinho, seu rosto me pareceu de uma palidez quase fantasmagórica, pois no fim do dia a luz mais atenua do que ilumina, enquanto os gritos das gaivotas rasgavam o ar como sirenes de nevoeiro.

Parei atrás de uma árvore; não para me esconder, mas porque tudo estava tão perfeito naquela sinfonia nórdica de palidez e de mar que temi interromper um desses momentos que podem durar uma vida inteira, por menor que seja a memória. Uma gaivota escapou da bruma, desenhou uma breve curva acima das águas e desapareceu como uma nota. O assobio da espuma, que não era mais do que isso, o Báltico, que não era mais do que uma extensão marinha, uma simples mistura de água e sal, tocava a areia diante do piano, como um cão que vem deitar aos pés de seu dono.

Então as mãos de Bruno se calaram. Aguardei um pouco e me aproximei. Sob sua cabeleira espessa e embaraçada, seu rosto parecia o de um pássaro recém-caído do ninho. Eu procurava alguma coisa para dizer, pois sempre se deve recorrer às palavras para impedir o silêncio de falar alto demais, quando senti uma presença atrás de mim. Lila estava ali, pés descalços na areia, com um vestido que devia ter pegado emprestado da mãe, um extraordinário ondular de transparências e rendas. Estava chorando.

— Bruno, meu pequeno Bruno, eu *também* amo você. Com Ludo, pode acabar amanhã ou durar a vida inteira, não depende de mim, depende da vida!

Ela se aproximou de Bruno e beijou-o nos lábios. Não fiquei com ciúme. Não era esse tipo de beijo.

O rival que eu temia era outro: vi-o na trilha, sob os pinheiros, segurando dois cavalos pelas rédeas. Hans conseguira cruzar a fronteira de novo, para estar com Lila. Por mais que minha amiga me explicasse que, pelo acaso dos séculos e das árvores genealógicas, os Bronicki haviam espalhado uma de suas ramificações até a Prússia, a presença daquele "primo", cadete de uma Academia Militar da Wehrmacht, me era intolerável. Eu via em sua maneira de estar ali, com indiferença, em seu traje de *gentleman rider*, uma intrusão e uma arrogância que me tiravam do sério. Cerrei os punhos e Lila pareceu preocupada.

— O que deu em você? Por que está com essa cara?

Deixei-os e entrei na floresta. De novo, eu não conseguia compreender, qualquer que fosse o laço de parentesco entre eles, que os Bronicki tolerassem a presença de alguém que talvez se preparasse, nas fileiras do Exército alemão, para invadir o "corredor" sagrado. Eu ouvira Hans abordar esse assunto uma única vez, depois de um discurso particularmente virulento de Hitler. Estávamos reunidos no salão, na frente da lareira, onde o fogo subia e rugia com a voz do velho leão que sonha com a morte do domador. Tad acabara de desligar o rádio. Hans nos contemplava.

— Sei o que pensam, mas estão enganados. Hitler não é nosso senhor, ele é nosso criado. O Exército não terá dificuldade de varrê-lo para longe quando ele deixar de servir. Daremos um fim a essa ignomínia. A Alemanha voltará às mãos daqueles que sempre se preocuparam com sua honra.

Tad estava sentado numa poltrona puída e quase rasgada pelas nádegas históricas dos Bronicki.

— Meu caro Hans, as elites fizeram merda. Acabou. A única coisa que ainda podem dar ao mundo é seu desaparecimento.

Lila estava reclinada num desses quadrúpedes de espaldar alto, duros e monásticos que deviam ser o equivalente local do estilo Luís XI.

— Pai nosso que estais no céu — ela murmurou.

Olhamos para ela com espanto. Ela demonstrava pelas igrejas, pela religião e pelos padres uma atitude à qual não faltava piedade cristã, pois dizia "perdoa-lhes, porque não sabem o que fazem".

— Pai nosso que estais no céu, colocai o mundo no feminino! Colocai as ideias no feminino, os países no feminino e os chefes de Estado no feminino! Vocês sabem, crianças, quem foi o primeiro homem a falar com voz feminina? Jesus.

Tad deu de ombros.

— A ideia de que Jesus era homossexual é uma elucubração dos nazistas sem nenhum fundamento histórico.

— Que reflexão mais masculina, meu pequeno Tad! Não sou idiota a ponto de dizer uma coisa dessas. Afirmo apenas que o primeiro homem na história da civilização a falar com voz feminina foi Jesus. Afirmo e posso prová-lo. Afinal, quem foi o primeiro homem que pregou a piedade, o amor, a ternura, a suavidade, o perdão, o respeito à fraqueza? Quem foi o primeiro homem a mandar à merda (enfim, maneira de dizer) a força, a rigidez, a crueldade, os punhos, o sangue derramado? Jesus foi o primeiro a reivindicar a feminização do mundo, e eu a reivindico também. Sou a segunda pessoa depois de Cristo a reivindicá-la, vejam só!

— A segunda vinda! — resmungou Tad. — Era tudo o que precisávamos!

Havia dias em que eu mal via Lila. Ela desaparecia na floresta com um grande caderno e alguns lápis. Eu sabia que escrevia um diário que deveria eclipsar o de Marie Bashkirtseff, famoso à época. Tad lhe dera *A história das lutas feministas*, de Mary Stanfield, mas a palavra "feminista" lhe desagradava.

— Precisamos de algo que não seja *ista* — ela dizia.

Eu tinha ciúme de seus momentos de solidão, dos caminhos que percorria sem mim, dos livros que levava consigo e que lia como se eu não existisse. Eu sabia zombar de meus excessos de exigência e de meus terrores tirânicos; começava a compreender que, mesmo à nossa razão de viver, era preciso conceder o direito de nos deixar de tempos em tempos e até de nos trair um pouco com a solidão, com o horizonte e com todas as plantas de nomes desconhecidos que perdiam suas cabeças brancas ao menor sopro de vento. Quando ela me deixava para "buscar-se" — acontecia-lhe de, num único dia, passar da Escola do Louvre, em Paris, a estudos de biologia na Inglaterra —, eu me sentia expulso de sua vida por minha insignificância. No entanto, comecei a despertar para a ideia de que não bastava amar, pois era preciso aprender a amar, e lembrei do conselho de meu tio Ambroise de "segurar firme a ponta da linha para impedir que a pipa se perca na busca do céu azul". Eu sonhava alto demais e longe demais. Precisava aceitar a ideia de que só podia viver minha própria vida, e não a de Lila. A noção de liberdade nunca me parecera tão severa, tão exigente e difícil. Eu conhecia bem demais a história dos Fleury, "vítimas", como dizia meu tio, do "ensino público obrigatório", para não aceitar o fato de que a liberdade desde sempre exigira sacrifícios, mas nunca me ocorrera que amar uma mulher também pudesse ser uma lição de liberdade. Dediquei-me a ela com coragem e aplicação: não ia mais à floresta atrás de Lila e, quando suas ausências se prolongavam, eu lutava contra a sensação de insignificância e de inexistência que me invadia, quase me divertindo com a sensação de ser "cada vez menor", até o momento em que, para rir melhor, procurava um espelho a fim de me certificar de que não me tornara um anão.

É preciso dizer que minha maldita memória não facilitava as coisas. Mesmo quando Lila me deixava, eu podia vê-la com tanta clareza que chegava a me censurar por espioná-la. Talvez seja preciso ter amado várias mulheres para aprender a amar uma só? Nada pode nos preparar para um primeiro amor. E quando Tad às vezes me dizia "Você vai amar outras mulheres na vida", essa não me parecia uma maneira gentil de falar da vida.

O castelo tinha três bibliotecas, onde volumes bordados a ouro e púrpura cobriam as paredes, e eu as visitava com frequência, para buscar nos livros uma razão de viver que não fosse Lila. Não achei nenhuma. Comecei a ficar com medo. Não tinha nem mesmo certeza de que Lila realmente me amasse, de que eu não fosse apenas "seu pequeno capricho francês", como a sra. Bronicka dissera um dia. Lila se referia a nós — Tad, Bruno, Hans e eu — como seus "quatro cavaleiros do anti-Apocalipse", que se tornariam benfeitores da humanidade, embora eu não soubesse nem mesmo montar a cavalo.

Quando ela me abandonava a mim mesmo, portanto, eu me refugiava na leitura. Um dia, Stas Bronicki, que raramente víamos em Grodek — estava retido em Varsóvia por um caso de honra, pois dizia-se que Genia se tornara amante de uma grande personalidade do Estado, e seu marido não podia deixá-la sozinha na capital sem que o nome Bronicki fosse maculado por um excesso de obviedade —, encontrou-me mergulhado na leitura de uma edição original de Montaigne e declarou, abrangendo com um gesto amplo seus tesouros de bibliófilo:

— Passei aqui as horas mais sublimes e inspiradas de minha juventude e será aqui que, na velhice, voltarei a encontrar minha verdadeira razão de viver: a cultura...

— Meu pai nunca leu um livro na vida — murmurou-me Tad ao ouvido. — Mas o que vale é a intenção.

O estado de transe em que eu caía quando as ausências de Lila se prolongavam ou quando, cúmulo da infelicidade, Hans aparecia e os dois saíam a cavalo pelas trilhas da floresta não passava despercebido a meus amigos; Bruno me garantia que eu não devia sentir ciúme: Hans, era preciso reconhecer, era apenas um excelente cavaleiro. Tad se esforçava para conter seu sarcasmo, o que, nele, era uma atitude verdadeiramente antinatural. Ele perdeu a paciência uma vez, quando a rádio polonesa anunciou novas concentrações de tropas alemãs ao longo do "corredor":

— Ora, por favor, quem tem tempo para essas dores de cotovelo infantis, enquanto a Europa e a liberdade correm para o próprio fim!

Numa das ruazinhas estreitas de Grodek, um velho senhor de bigodes brancos me cumprimentou e me convidou "para sua modesta morada". Na parede da sala, havia um retrato de corpo inteiro do marechal Foch.

— Viva a França imortal! — disse meu anfitrião.

— Viva a Polônia eterna! — respondi.

Havia algo de mortal naquelas declarações de imortalidade. Talvez aquele tenha sido o único momento de minha estada em que fui tocado pela dúvida com seu sopro de inquietude. Naquela confiança que os poloneses em meu caminho sempre atestavam pela "França invencível", alguma coisa me pareceu subitamente mais perto da morte do que da invencibilidade. Mas isso durou apenas um instante e logo encontrei na "memória histórica" dos Fleury a certeza que me permitia voltar para junto de Lila e pegá-la nos braços com a tranquila confiança daquele que assim garante a paz no mundo. Hoje, depois de quarenta milhões de mortos, não tentarei encontrar para mim mesmo nenhuma desculpa, exceto talvez a da ingenuidade de que às vezes são feitos tanto os sacrifícios supremos quantos as cegueiras culpadas, mas nada me parecia acabar mais serenamente com as ameaças da guerra do que o calor de seus lábios em meu pescoço, em meu rosto, que nunca mais deixei de sentir, mesmo depois de terem acabado. De tanto sermos felizes, corremos o risco de nos tornarmos um monstro da felicidade. Eu respondia secamente aos poloneses que me abordavam na rua ao verem minha insígnia tricolor: "A França está aqui", e me livrava assim de tudo que tomasse a liberdade de lançar uma sombra sobre *nosso* futuro. Participei a contragosto, com Tad, de uma reunião clandestina de estudantes em Hel, onde dois grupos de diferentes tendências se enfrentavam: havia os que reivindicavam uma mobilização imediata e os que afirmavam, se bem entendi, que era preciso saber perder uma guerra puramente militar para melhor vencer uma outra, que daria fim a uma sociedade de exploração. Meus conhecimentos muito rudimentares de polonês não permitiam que eu me orientasse naquelas dialéticas; então fiquei na minha, educado mas um pouco irônico, os braços cruzados sobre o peito, certo de que minha tranquila presença francesa era a resposta para tudo.

17

Foi na volta dessa reunião que o conde Bronicki e eu tivemos uma conversa solene, no grande salão oval chamado "dos príncipes", onde havia sido assinado não sei que tratado vitorioso. Eu fora convocado a apresentar-me às quatro da tarde e esperava por ele sob os quadros dos marechais de Napoleão, pendurados a poucos metros do *hetman* Mazepa, que fugia vergonhosamente depois da derrota, e de Jaroslaw Bronicki, o herói que garantira, com seu famoso ataque, a vitória de Sobieski sobre os turcos diante de Viena. Stas Bronicki tinha, em diversos cantos do país, uma meia dúzia de pintores que mantinham intactas, com pincel e óleo, as mais antigas e nobres tradições da história polonesa. O conde estava envolvido numa grande operação comercial: oito milhões de peles encomendadas aos russos, incluindo dois terços de toda a produção de astracã caracul, de vison safira e de pelos longos — linces, raposas, ursos e lobos —, que ele se propunha a vender com quatrocentos por cento de lucro do outro lado do Atlântico. Não sei como germinara em seu cérebro genial a ideia daquele negócio; hoje acredito que teve uma espécie de intuição ou premonição, mas que esta se enganara quanto ao tipo de pele.

Eu passava várias horas por dia calculando as eventuais margens de lucro, em função das cotações dos diferentes mercados do mundo. O negócio se estenderia à quase totalidade da produção de peles da União Soviética para os anos 1940, 1941 e 1942, e se beneficiava do apoio do governo polonês; tratava-se, ao que parece, de alta diplomacia: estabelecer, pelo viés comercial, boas relações com a URSS, depois que o coronel Beck, ministro das Relações Exteriores, fracassara em seus esforços para chegar a um acordo com a Alemanha hitlerista. Nunca, em toda a história da humanidade, cometeu-se um erro tão grande quanto à natureza e ao preço das peles. Ainda hoje podem ser encontrados detalhes sobre esse negócio nos arquivos nacionais poloneses. Uma das frases mais terríveis que me coube ouvir foi pronunciada por um membro iminente da Wild Life Society, depois da guerra: "Podemos ao menos nos alegrar que dezenas de milhões de animais tenham escapado ao massacre".

Esperei Bronicki por uma boa meia hora. Eu não sabia o que ele queria comigo. Naquela manhã, tínhamos tido uma longa sessão de trabalho, em que se tratara de encontrar um lugar de armazenamento para as peles, onde pudessem ser preservadas, a fim de não inundar o mercado e não provocar uma queda dos preços. Havia também outro objeto de preocupação: a Alemanha teria se tornado uma concorrente e dizia-se que estava prestes a comprar a totalidade das peles soviéticas pelos cinco anos seguintes. Durante a reunião de negócios, Bronicki me cochichara aquela convocação um tanto solene. "Espere por mim às quatro horas, no Salão dos Príncipes", foi a única coisa que me disse, de modo bastante ríspido, no fim das contas.

Quando a porta se abriu e Bronicki apareceu, percebi na mesma hora que já estava levemente "sob influência", como se dizia com tanto tato na Polônia — *pod wpływem*. Acontecia-lhe de esvaziar meia garrafa de conhaque depois das refeições.

— Creio que é chegado o momento de termos uma conversa franca e sem rodeios, sr. Fleury.

Era a primeira vez que me tratava de "senhor" e me chamava por meu sobrenome, colocando no "Fleury" uma ênfase que me pareceu singular. Manteve-se à minha frente, de jaqueta e calça de golfe, as mãos atrás das costas, erguendo-se levemente na ponta dos pés de tempos em tempos.

— Não ignoro nenhum aspecto de sua relação com minha filha. O senhor é seu amante.

Ele ergueu a mão.

— Não, não, é inútil negar. O senhor, tenho certeza, é um jovem que tem o senso da honra e das obrigações que ela impõe. Acredito, portanto, que suas intenções sejam honoráveis. Quero apenas ter certeza disso.

Levei alguns segundos para voltar a mim. A única coisa que consegui balbuciar foi:

— Desejo, de fato, casar-me com Lila, senhor.

O resto, em que se misturavam "o homem mais feliz do mundo" e "o próprio sentido de minha vida", perdeu-se num murmúrio.

Bronicki me mediu de alto a baixo, o queixo para a frente.

— Acreditava-o, no entanto, um homem honrado, sr. Fleury — disse-me.

Não entendi mais nada.

— Acreditava, como lhe disse, que suas intenções fossem honoráveis. Lamentavelmente, percebo que não são.

— Mas...

— Que o senhor durma com minha filha é... Como direi? Uma distração sem grandes consequências. Em nossa família, não exigimos santidade às mulheres: orgulho nos basta. Mas o casamento de minha filha com o senhor estaria fora de cogitação, sr. Fleury. Tenho certeza de que está fadado a um futuro brilhante, mas, em vista do nome que minha filha carrega, ela tem todas as chances de se casar com alguém de sangue real. E ela recebe com regularidade, o senhor bem sabe, convites para as cortes da Inglaterra, da Dinamarca, de Luxemburgo e da Noruega...

Era verdade. Eu tinha visto com meus próprios olhos aqueles cartões alinhados sobre a mesa de mármore do hall. Mas quase sempre eram convites para recepções em que os convidados deviam comparecer às centenas. Lila me explicava: "É sempre por causa desse maldito corredor. Como nosso castelo fica, por assim dizer, no coração do problema, todos esses convites são mais políticos do que pessoais". E Tad murmurava, a respeito dessas festas: "A floresta submersa...". Era o título de um poema de Walden que contava a história de uma floresta alagada que todas as noites ecoava o canto dos pássaros desaparecidos.

Esforcei-me para dominar a raiva e demonstrar a fleuma britânica que eu tanto admirava nos romances de Kipling e Conan Doyle. Até hoje me pergunto de que complexo de inferioridade e insignificância eram feitos os sonhos de grandeza de Stas Bronicki. Ele estava diante de mim, copo de uísque na mão, uma sobrancelha erguida acima de um olhar azul e ligeiramente vidrado "sob influência". Talvez houvesse, no fundo de tudo, alguma angústia mortal que não pudesse ser transcendida.

— Como quiser, senhor — disse-lhe.

Cumprimentei-o e deixei a sala. Foi ao descer a grande escadaria solene — tinha-se a impressão de descer não degraus de mármore, mas séculos — que comecei a desejar ardentemente aquela guerra que seria "o fim de um mundo", como dizia Tad, e que derrubaria todos aqueles grandes símios dos altos galhos de suas árvores genealógicas. Não contei nada a Lila, quis poupá-la da vergonha e das lágrimas; comentei o ocorrido com Tad, que esboçou um de seus sorrisos finos, que eram uma espécie de arma para os desarmados — três anos depois, encontramos no bolso de um SS morto uma fotografia que se tornou célebre, a de um membro da Resistência com as mãos amarradas e encostado numa parede diante de um pelotão de fuzilamento, e no rosto daquele francês que estava prestes a morrer minha memória reconheceu de imediato o sorriso de Tad. Ele se absteve de qualquer comentário, uma vez que a atitude de seu pai lhe parecia natural e própria a uma sociedade que se agarrava, como a tábuas de salvação, a todos os lastros do passado que a faziam naufragar; falou, no entanto, a respeito com a irmã. Fiquei sabendo que Lila correra ao gabinete do pai e o chamara de proxeneta; fiquei comovido, mas o que me pareceu significativo no relato que Tad me fez da cena foi que Lila lembrara a Stas Bronicki que, segundo as más-línguas da região, ele mesmo era um bastardo, filho de um cavalariço. Não pude deixar de rir um pouco da ideia de que minha amiga, mesmo em sua indignação igualitária, vira em "filho do cavalariço" o pior dos insultos. Enfim, eu estava aprendendo a ironia e não sei se devia isso às lições de Tad ou se, com a maturidade, começava espontaneamente a me armar para a vida.

O resultado daquela conversa foi que Lila começou a "sonhar consigo mesma" de uma maneira absolutamente nova, que encantava Tad; ela vinha a meu quarto com os braços cheios da literatura "subversiva" que seu irmão até o momento em vão se esforçara para fazê-la ler; minha cama ficava cheia de panfletos impressos clandestinamente pelo "grupo de estudos" de Tad. Aninhada sob o baldaquino que abrigara sonhos principescos, os joelhos embaixo do queixo, ela lia Bakunin, Kropotkin e trechos das obras de um certo Gramsci, de quem seu irmão era um admirador incondicional. Ela me fazia perguntas sobre o Front Populaire, do qual eu só conhecia a pipa de Léon Blum que meu tio guardava num canto do ateliê; quis de repente saber tudo sobre a Guerra Civil Espanhola e sobre La Pasionaria, cujo nome pronunciava com vivo interesse, pois em sua nova maneira de buscar a si mesma ela talvez encontrasse ali, como me dizia, alguma possibilidade. Fumava um cigarro após o outro e os esmagava com ferocidade nos cinzeiros de prata que eu lhe estendia. Eu era sensível àquela maneira de me tranquilizar, demonstrar carinho por mim e, quem sabe, me amar; suspeitava haver, em seu súbito fervor revolucionário, mais nobreza de sentimentos do que convicção. Acabávamos atirando os livros e os panfletos no tapete e nos refugiando numa paixão bem menos teórica. Eu também sabia que minha visão simplista das coisas, que poderia ter feito de mim um carteiro rural que voltaria todas as noites para junto de Lila e de nossos muitos filhos, era fruto da mesma ingenuidade cômica que tanto fizera rir os distintos visitantes do "carteiro biruta" e de suas pipas pueris. Eu reconhecia nisso a sobrevivência de alguma originária veia ancestral e inextirpável que não combinava nem um pouco com o que Lila podia esperar de um homem ao qual ligaria seu destino. Uma noite, perguntei-lhe timidamente:

— E se eu me formasse em primeiro lugar na Politécnica, será que...

— Será que o quê?

Calei-me. Tratava-se não do que eu faria, mas do que uma mulher faria de minha vida. E eu não entendia que minha amiga intuía um "eu" e um "nós" bem diferentes, num mundo cuja aproximação ela vagamente pressentia quando murmurava, buscando refúgio em meus braços, que "a terra vai tremer".

Esquadrões de cavaleiros com sabres e bandeiras atravessavam Grodek cantando para se posicionar na fronteira alemã.

Dizia-se que um oficial do Estado-Maior francês viera inspecionar as fortificações de Hel e as declarara "dignas, em certos aspectos, de nossa Linha Maginot".

Praticamente toda semana Hans von Schwede atravessava clandestinamente a fronteira proibida em seu belo cavalo cinza e vinha passar alguns dias com os primos. Eu sabia que ele arriscava a própria carreira e às vezes até a vida para estar perto de Lila. Ele nos contou que fora alvo de vários tiros, uma vez do lado polonês, outra do lado alemão. Eu não suportava sua presença e menos ainda a amizade que Lila tinha com ele. Faziam longos passeios a cavalo pela floresta. Eu não compreendia aquela confraternização aristocrática apesar da situação; parecia-me haver nisso uma ausência de princípios. Eu ia para o salão de música onde Bruno estudava piano o dia inteiro. Ele se preparava para viajar à Inglaterra, convidado para o concurso Chopin em Edimburgo. Naqueles dias perigosos, a Inglaterra também tentava prodigalizar os incentivos de seu sereno poder à Polônia.

— Não entendo como os Bronicki podem receber em casa um homem que está prestes a se tornar oficial do exército inimigo — eu disse a ele, deixando-me cair numa poltrona.

— Os inimigos existem sob qualquer tempo, meu velho.

— Você um dia vai morrer de tanta gentileza, tolerância e delicadeza, Bruno.

— Bom, dadas as circunstâncias, não é uma maneira ruim de morrer.

Nunca me esqueci daquele momento. Nunca me esqueci de seus dedos compridos sobre o teclado, de seu rosto terno sob os cabelos emaranhados. Quando o destino distribuiu suas cartas, nada me preparou para a mudança brusca que provocou: as cartas de Bruno vieram de outro jogo. O destino às vezes joga de olhos fechados.

18

O verão começou a piorar. Só havia nuvens e brumas; o sol mal tocava a linha do horizonte; os pinheiros se tornavam mais silenciosos, tinham os galhos paralisados pela umidade marinha. Era a estação sem vento que antecedia as tempestades do equinócio. Surgiam borboletas que nunca tínhamos visto, de um marrom aveludado e escuro, maiores e mais pesadas que as do verão. Lila mantinha-se aninhada em meus braços e eu nunca me sentira tão presente em seus silêncios.

— Estamos criando lembranças — ela dizia.

De todas as horas do dia, cinco da tarde era minha pior inimiga, pois o ar se tornava fresco demais e a areia ficava úmida demais. Precisávamos levantar, nos separar, nos dividir em dois. Tínhamos um último bom momento, quando Lila puxava o cobertor sobre nós e apertava o corpo contra o meu um pouco mais, em busca de calor. Por volta das cinco e meia, o Báltico envelhecia de repente, sua voz se tornava mais mal-humorada, rabugenta. As sombras desciam sobre nós com seus vaporosos batimentos de asas. Um último abraço, até que a voz de Lila morresse em seus lábios, que permaneciam entreabertos e imóveis; seus olhos bem abertos perdiam a vida, seu coração se acalmava lentamente em meu peito. Eu ainda era tolo o bastante para me sentir um mestre de obras orgulhoso da própria força. Todas essas vaidades desapareceram quando compreendi que amava Lila de uma maneira que não se conformava a nenhum limite, portanto nem à sexualidade, e que havia uma dimensão do casal que nunca parava de crescer, enquanto o resto só diminuía.

— O que vai ser de você quando nos separarmos, Ludo?

— Vou morrer.

— Não diga bobagens.

— Vou morrer pelos próximos cinquenta, oitenta anos, não sei. Os Fleury são longevos, fique tranquila: cuidarei muito bem de você, mesmo muito tempo depois de você ter me deixado.

Eu estava seguro de que ficaria com ela e não desconfiava de quão cômica seria a razão de minha certeza. Havia na confiança em minha virilidade todo o "triunfalismo" ingênuo de meus dezoito anos. Toda vez que ouvia seus gemidos, dizia para mim mesmo que era de mim que vinham e que ninguém faria melhor do que eu. Foram meus últimos momentos de ingenuidade adolescente, sem dúvida.

— Não sei se devo voltar a vê-lo, Ludo. Quero permanecer inteira.

Calei-me. Que ela então continuasse a "buscar-se": só encontraria a mim. O crepúsculo se adensava à nossa volta; os gritos das gaivotas vinham de muito longe e já se assemelhavam a lembranças.

— Vai se arrepender, minha querida. Tenho o futuro garantido. Graças ao prestígio de meu tio, é quase certo que consiga um bom cargo nos Correios de Cléry. Você finalmente poderia conhecer a vida real.

Ela riu.

— Pronto, voltamos à luta de classes. Não é disso que se trata, Ludo.

— De que se trata, então? De Hans?

— Não seja mesquinho.

— Você me ama, sim ou não?

— Eu amo você, mas isso não é o fim de tudo. Não quero me tornar sua metade, sua cara-metade. Conhece essa expressão horrorosa? "Onde está minha cara-metade?" "Não viu minha cara-metade?" Quando nos reencontrarmos em cinco, dez anos, quero sentir o coração bater forte no peito. Mas se você, ano após ano, simplesmente voltar para casa todas as noites, não haverá batida forte, apenas um arranhão...

Ela afastou o cobertor e se levantou. Às vezes ainda me pergunto que fim levou aquele velho cobertor de Zakopane. Deixei-o lá porque voltaríamos, mas isso nunca aconteceu.

19

No dia 27 de julho, dez dias antes de minha partida, um trem especial trouxe de Varsóvia Genitchka Bronicka, acompanhada do chefe do Exército polonês, o marechal Rydz-Śmigły em pessoa, um homem de cabeça raspada, sobrancelhas espessas e ferozes, que passou o tempo todo diante de um cavalete pintando delicadas aquarelas. Era o famoso "fim de semana da confiança", celebrado por toda a imprensa por sua tranquila segurança; tratava-se de dar ao mundo a prova da serenidade com que o comandante supremo encarava o futuro, enquanto as vociferações histéricas de Hitler se elevavam em Berlim. A foto do marechal pacificamente sentado no meio do "corredor" e pintando suas aquarelas foi reproduzida com comentários admirados pela imprensa britânica e francesa. Entre os outros convidados que Genitchka trouxera consigo de Varsóvia havia uma vidente famosa, um ator que nos foi apresentado como "o maior Hamlet de todos os tempos" e um jovem escritor que teria seu primeiro romance traduzido para todas as línguas a qualquer momento. A vidente foi convidada a ler nosso futuro numa bola de cristal, o que fez, mas se recusou a nos comunicar os resultados, pois, dada nossa juventude, teria sido fatal incitar-nos à passividade ao nos revelar o caminho já traçado para a vida de cada um de nós. Em contrapartida, não hesitou em vaticinar ao marechal Rydz-Śmigły a vitória do Exército polonês sobre a hidra hitlerista, concluindo sua profecia, porém, com uma observação um tanto sibilina: "Mas dará tudo certo no final". Hans, que estava no castelo desde a véspera, manteve-se discretamente em seu quarto durante todo o "fim de semana da confiança", como o evento fora descrito pela imprensa. O marechal pegou o trem na mesma noite, seguido pelo maior Hamlet de todos os tempos, depois que este, ao fim do jantar, recitou-nos com incontestável sinceridade o *"ser ou não ser"* do célebre monólogo, o que, embora muito oportuno, combinou pouquíssimo com o ar de otimismo que todos deviam demonstrar. Quanto ao jovem romancista, ele se manteve entre nós com uma expressão distante, examinando as próprias unhas e sorrindo com um pouco de condescendência quando a sra. Bronicka tentava abordar algum tema literário; tratava-se de um campo sagrado que ele não pretendia profanar com a banalidade das conversas mundanas. Ele desapareceu dois dias depois, reconduzido logo cedo à estação, após um incidente nos banhos de vapor reservados aos criados; a natureza exata do "incidente" foi silenciada, mas seu resultado, para o escritor, foi um olho roxo, e para a sra. Bronicka, uma conversa difícil com o jardineiro Walenty, durante a qual Genitchka tentou lhe explicar que "devemos perdoar certos desvios ao talento, sem nos encolerizarmos". Foi um fim de semana desastroso em todos os aspectos, pois constatou-se o desaparecimento de seis pratos de ouro, bem como de uma miniatura de Bellini e de um quadro de Longhi do pequeno salão azul da sra. Bronicka. As suspeitas a princípio recaíram sobre a vidente, que partira na véspera, pois Genitchka não podia se conformar em acusar a literatura. Será fácil compreender meu estupor, portanto, quando na noite de segunda-feira abri meu armário para pegar uma camisa e descobri em seu interior, dentro de uma caixa de chapéu, o quadro de Longhi, a miniatura de Bellini e os seis pratos de ouro. Fiquei um instante sem entender, mas os objetos roubados estavam de fato ali, em meu armário, e o motivo de estarem ali subitamente me ocorreu com fulgurante horror: alguém tentava me desonrar. Não levei muito tempo para chegar ao nome do único inimigo capaz de urdir semelhante maquinação: o alemão. Uma odiosa porém hábil maneira de se livrar do pequeno camponês normando que cometera o crime imperdoável de ser amado por Lila.

Eram sete horas. Precipitei-me pelo corredor. O quarto de Hans ficava na ala oeste do castelo, de frente para o mar. Quando cheguei, lembro que tive uma curiosa manifestação das "boas maneiras" que adquirira frequentando a alta sociedade: devia bater à porta ou não? Pareceu-me que, diante das circunstâncias, devia considerar-me em terreno inimigo e não fazer caso das conveniências. Empurrei a pesada maçaneta de bronze e entrei. O quarto estava vazio. Era nobre e grandioso como o meu, com paredes tapeçadas de águias imperiais, móveis em que cada assento vazio evocava a imagem de algum traseiro senhorial e lanças da cavalaria ligeira polonesa cruzadas acima do fogo que ainda ardia na lareira. Ouvi o som de um chuveiro. Hesitei em entrar no banheiro: não era o lugar para resolver uma questão de honra. Voltei à porta, abri-a e fechei-a com estrondo. Alguns segundos se passaram, e Hans entrou. Usava um roupão de banho preto com algum emblema de sua academia militar ao peito. Seus cabelos loiros e seu rosto pingavam.

— Canalha! — gritei-lhe. — Foi você.

Ele mantinha as mãos no bolso do roupão. Aquela impavidez e a total ausência de emoção eram as de um homem que não apenas estava acostumado à traição como também a tinha como sua segunda natureza.

— Você roubou os objetos e colocou-os em meu armário para me desonrar.

Pela primeira vez, uma ponta de emoção se desenhou em seu rosto. Um início de surpresa irônica, como se ele estivesse espantado que uma questão de honra pudesse me afetar. Era a superioridade desdenhosa, hereditária como a sífilis, dos que desde o nascimento tinham o privilégio de desprezar.

— Eu poderia derrubá-lo agora mesmo, com as mãos — eu disse. — Mas não é suficiente. Espero-o às onze da noite, na sala de armas.

Deixei seu quarto e voltei ao meu, onde encontrei Marek, o criado que viera buscar meus sapatos, encerados pela manhã e à noite. Era um sujeito robusto, de cabelos engomados e mecha encaracolada no meio da testa, sempre alegre e correndo atrás das moças. Ele fez minha cama e, como sempre, tentou se comunicar reduzindo seu polonês a algumas palavras rudimentares que acreditava que eu conhecesse. Desde que havia chegado a Grodek, eu fora tomado de afeto pelos empregados do castelo, que, como eu, no fim das contas, não passavam de camponeses disfarçados. Nada é mais difícil de vencer do que os preconceitos, e os preconceitos favoráveis não são menos tenazes que os demais.

Marek bateu os travesseiros para lhes devolver a forma arredondada, abriu a colcha e se dirigiu ao armário. Ele o abriu e, aparentemente sem prestar a menor atenção na caixa de chapéus e no seu conteúdo — via-se a louça de ouro, que cintilava —, pegou meu par de sapatos reserva. Depois fechou o armário e saiu, com meus sapatos na mão.

Não adiantaria mais nada avisar a sra. Bronicka da presença em meu quarto das obras de arte roubadas, como eu tivera a intenção de fazer. Marek as vira e todos diriam que, desesperado, eu tentara uma manobra sagaz.

Às oito horas, quando soou o gongo para o jantar, eu desci. Costumava ficar à direita da condessa, em consideração à França. Hans estava sentado na ponta da mesa. Eu sempre achara que havia algo de feminino em seu rosto, embora fosse impossível utilizar a palavra "afeminado". De tempos em tempos, ele me encarava com uma sombra de sorriso. Eu estava tão tenso que não consegui comer ou falar. Havia dois grandes candelabros sobre a mesa de carvalho, e meu rosto e o dele escureciam ou clareavam conforme as correntes de ar, num jogo de luzes e sombras. Tad, que acabara de fazer dezenove anos e sofria por se encontrar naquela interseção de idades em que a virilidade já aspira a realizações que a adolescência ainda proíbe, falava da guerra perdida pelos republicanos espanhóis contra Franco com uma paixão na voz que devia ser a mesma dos companheiros de Byron ou de Garibaldi. A sra. Bronicka ouvia-o com consternação, triturando migalhas de pão sobre a mesa. Que seu filho se permitisse tanto entusiasmo pela memória de uma Catalunha onde os anarquistas haviam dançado nas ruas com múmias de freiras desenterradas, apenas confirmava a seus olhos, como ela sempre repetia, a influência nefasta de Picasso sobre a juventude, pois para ela não havia dúvida de que todos os horrores que aconteciam na Espanha estavam de certo modo diretamente ligados à sua obra. Tudo havia começado com os surrealistas, ela dizia, num ar que Tad chamava de "definitivo".

Assim que o jantar terminou, beijei a mão de Genitchka e voltei a meu quarto. Lila olhara para mim várias vezes com espanto, pois, como eu ainda não aprendera a arte mundana de fazer caras e bocas para ocultar meus sentimentos, tive dificuldade de dissimular minha fúria. Quando deixei a sala de jantar, ela me seguiu e me deteve ao pé da escada.

— O que foi, Ludo?

— Nada.

— O que foi que eu fiz?

— Me deixe em paz. Não há só você no mundo.

Eu nunca tinha falado assim com ela. Se eu fosse dez anos mais velho, teria chorado de raiva e humilhação. Mas ainda era jovem demais: tinha uma ideia de virilidade em que as lágrimas sempre ficavam para as mulheres e em que o homem era excluído de seu lado fraterno.

Seus lábios tremeram de leve. Eu a ofendera. Senti-me melhor. Menos sozinho.

— Com licença, Lila, tenho o coração pesado. Não sei se vocês têm essa expressão em polonês.

— *Ciężkie serce* — ela disse.

— Amanhã explico tudo.

Subi as escadas. Senti que finalmente falara com Lila de igual para igual. Virei-me. Havia um pouco de ansiedade em sua expressão, pareceu-me. Talvez ela temesse me perder: tinha uma imaginação realmente fértil.

Não era apenas de mim que se tratava: sentia-me atingido no âmago de minha condição. Todos os Fleury tinham sido desonrados pelo insulto. O fato de eu ser escolhido por Hans como a vítima perfeita, com tudo o que minhas origens humildes podiam conferir de credibilidade ao papel de culpado *natural*, mergulhava-me no estado de frustração e fúria que, na história, sempre fez com que os papéis de vítima e de algoz se alternassem num metrônomo do ódio. Eu estava tomado por uma impaciência febril que transformava cada minuto que passava num inimigo a mais. O Tempo parecia se arrastar com premeditada lentidão, e mesmo hostilidade, como um velho aristocrata empoeirado, cúmplice de toda a antiga nobreza.

Creio que devo a Hans minha primeira verdadeira tomada de consciência social.

20

Às cinco para as onze, desci.

A sala de armas, de teto baixo, tinha cinquenta metros de comprimento e dez de largura. Os tijolos apareciam através do estuque. Na abóbada central, havia um incongruente lustre veneziano, mutilado de um lado, onde perdera alguns braços. O chão estava coberto por um grande e desgastado tapete dos Cárpatos. Fileiras de armaduras ladeavam as paredes, cobertas de lanças e sabres.

Hans me esperava do outro lado da sala. Usava uma camisa branca e uma calça de smoking. Um cigarro ardia entre seus dedos: sempre carregava uma dessas caixas metálicas redondas de cigarros ingleses, com a imagem de um marinheiro barbudo. Estava muito calmo. Claro, pensei, sabe que nunca segurei uma espada. Como bom prussiano, ele praticava esgrima desde a infância.

Tirei o paletó e deixei-o no chão. Olhei para as paredes. Ainda não sabia que arma escolher: precisava era de um bom bastão normando. Acabei pegando o que estava ao alcance da mão: uma velha *szabelka* polonesa, um sabre curvo à la turca. Hans pousou a caixa de cigarros Players no tapete e esmagou o que fumava num canto. Coloquei-me sob o lustre e aguardei, enquanto ele tirava outro sabre da parede.

Como costuma acontecer quando nos vemos face a face com um homem que passamos muito tempo odiando e cujos desaforos o fizemos engolir mil vezes na imaginação, minha raiva havia arrefecido. A realidade de um inimigo sempre é mais decepcionante do que a ideia que fazemos dele. Subitamente, entendi que algo me incomodava e quase paralisava: sua vaga semelhança com Lila. Ele tinha o mesmo alourado nos cabelos, o mesmo tom de pele e certa analogia nos traços. Compreendi que, se ficasse sem agir por mais alguns segundos, perderia um inimigo. Eu precisava reavivar a chama.

— Só mesmo um nazista para conceber uma baixeza dessas — gritei. — Você não consegue se acostumar com a ideia de que ela me ama. Não consegue aceitar que é para sempre, eu e ela. Então, como todos os nazistas, criou seu próprio judeu. Pegou aqueles objetos e os colocou em meu armário. Mas seu plano miserável é idiota. Mesmo que eu fosse um canalha, Lila continuaria a me amar. Você não sabe o que é isso, amar alguém de fato. Não se perdoa nada e, no entanto, se perdoa tudo.

Eu jamais imaginaria que, dois anos depois, poderia dizer o mesmo da França.

Empunhei a arma. Eu sabia vagamente que devia colocar um pé à frente e manter o outro para trás, como vira no cinema de Grodek, em *Scaramouche*. Hans me observava com interesse. Ele olhava o meu pé direito, que eu colocara à frente, meu pé esquerdo, atrás, o sabre que eu segurava com um machado de lenhador, acima da cabeça. Ele mantinha sua arma para baixo. Dobrei os dois joelhos e dei alguns pulos sem sair do lugar. Percebi que devia estar parecendo um sapo. Hans mordia os lábios e eu entendi que era para conter o riso. Soltei então uma espécie de grito inarticulado e corri em sua direção. Fiquei estupefato quando vi sangue escorrer de sua bochecha esquerda. Ele não se movera e não erguera o sabre. Endireitei-me devagar, baixando o braço. O sangue escorria cada vez mais abundante pelo rosto de Hans e molhava sua camisa. A primeira coisa que me veio à mente foi que era provável que eu tivesse agido de maneira contrária a todas as regras do duelo. Minha vergonha de aldeão, que eu voltara a ser a meus próprios olhos, foi tal que ela se transformou em raiva e me levou a erguer o sabre mais uma vez, gritando desesperadamente:

— À merda, todos vocês!

Hans ergueu seu sabre ao mesmo tempo que eu e, no segundo seguinte, minha *szabelka* foi arrancada de minha mão e voou pelos ares. Hans abaixou a arma e me encarou de cenho franzido e com as mandíbulas cerradas, sem prestar a menor atenção no sangue que corria de seu rosto.

— Imbecil! — ele disse. — Maldito imbecil!

Ele atirou o sabre contra a parede e me deu as costas.

Havia sangue no tapete.

Hans apanhou a caixa de Players, pegou um cigarro.

— Você errou em se apressar — ele me disse. — De todo modo, não vai demorar.

Vi-me sozinho. Olhei estupidamente para as manchas de sangue a meus pés. Eu me esvaziara da indignação e do rancor, mas sentia um mal-estar do qual não conseguia me livrar. A atitude de Hans tinha uma dignidade que me incomodava.

Só fui entender o que me perturbara na manhã seguinte. Marek fora preso com os objetos roubados. Ele confessara tudo. Aproveitara-se da presença no castelo de convidados tão pouco respeitáveis quanto a vidente e o escritor para saquear o gabinete e o pequeno salão da sra. Bronicka; surpreendido por um criado que entrara em seu quarto, ele guardara a caixa em meu armário para buscá-la mais tarde. Minha presença o atrasara uma primeira vez e ele só pudera recuperar seu butim durante o jantar.

Eram nove horas da manhã quando Bruno me contou isso na sala de jantar, onde eu me juntara a ele para o café. Senti um frio na espinha e esqueci do bule que segurava, até que a xícara transbordou sobre a toalha. Empurrei minha cadeira para trás e saí da mesa sob o olhar espantado de Bruno. Eu nunca sentira tanto ódio na vida, e o homem que eu odiava com tanta intensidade era eu mesmo. Entendi que, julgando-me vítima de um estratagema ignóbil da parte de meu rival, eu mesmo me tornara culpado de ignomínia. No entanto, eu não podia ir ao encontro de Hans e lhe apresentar minhas desculpas. Preferia assumir minha própria mediocridade a me humilhar na frente *deles*.

Não desci para o almoço e, por volta das quatro da tarde, comecei a arrumar minha mala. Quase lamentei não ter roubado os objetos e não ter sido publicamente descoberto como ladrão, pois essa teria sido uma maneira agressiva e quase triunfal de romper com um meio que não era o meu.

Só saí do quarto no fim da tarde, para tomar as providências para minha partida. Eu não queria ver ninguém nem agradecer ou me despedir. Mas cruzei com Tad no corredor; ele me perguntou o que eu estava fazendo ali, com a mala na mão. Informou-me que Hans sofrera um acidente durante um passeio noturno; na escuridão, sem lua, um galho lhe ferira profundamente uma bochecha, porém, mais uma vez, que diabos eu estava fazendo ali, com a mala na mão? Expliquei-lhe que queria ser levado à estação; às nove e dez da noite havia um trem para Varsóvia; eu estava voltando para a França; se a guerra estourasse, não queria correr o risco de não poder retornar ao meu país. Foi naquele momento que vi Hans, na outra ponta do corredor, vindo lentamente em nossa direção, com a eterna caixa redonda de cigarros ingleses na mão; um curativo cobria sua bochecha esquerda. Ele parou ao nosso lado, muito pálido, mas estranhamente calmo, e lançou um olhar para a mala que eu segurava.

— Parto esta noite — ele disse, dando meia-volta e se afastando.

21

Fiquei em Grodek mais alguns dias. A chuva viera borrar a paisagem e o céu grasnava acima da nossa cabeça como corvos invisíveis. Foi numa dessas tardes brumosas, enquanto caminhávamos pela praia, ao vento que nos colava gotas de água do mar no rosto, que o futuro nos deu um sinal. Vimos um judeu vestido com um cafetã comprido chamado *kapota* em polonês e com o alto chapéu preto que milhões de judeus usavam em seus guetos. Ele tinha um rosto muito branco e uma barba grisalha, e estava sentado num marco quilométrico, à beira da estrada de Gdynia. Talvez porque eu não esperasse encontrá-lo ali, naquela estrada vazia, ou porque nos tons vaporosos e brumosos do ar sua aparição tivesse algo de fantasmagórico — ou porque a trouxa que levava na ponta de um bastão sobre o ombro despertasse a lembrança da lenda de uma errância milenar —, de repente senti uma apreensão e uma perturbação cujo caráter premonitório só fui reconhecer muito mais tarde, ainda que ali houvesse apenas uma das mais banais e, no fim das contas, mais normais conjunções da história: um judeu, uma estrada e um marco. Lila disse-lhe timidamente:

— *Dzień dobry panu*, bom dia, senhor.

Mas ele não respondeu e virou a cabeça.

— Tad está convencido de que estamos às vésperas de uma invasão — murmurou Lila.

— Não entendo nada, mas não consigo acreditar que possa haver uma guerra — eu disse.

— As guerras sempre existiram.

— Isso foi antes...

Eu ia dizer: "Isso foi antes de eu conhecer você", mas seria presunçoso de minha parte lançar-me numa explicação das origens das guerras, dos ódios e dos massacres. Ainda não tinha a autoridade necessária para compartilhar minha compreensão das coisas com as pessoas.

— As armas modernas se tornaram potentes demais e destrutivas demais — eu disse —, ninguém ousará utilizá-las, pois não haveria nem vencedores nem vencidos, apenas ruínas...

Eu lera essa frase num editorial do *Le Temps*, que os Bronicki assinavam.

Escrevi a Lila uma carta de trinta páginas, reiniciada várias vezes; acabei jogando-a no fogo, pois era apenas uma carta de amor, não consegui fazer melhor.

Foi Bruno quem, no dia de minha partida, enquanto a bruma pastoreava seus rebanhos de nuvens, falou com Lila em meu nome.

Tínhamos acabado de entrar no salão. Dei uma última olhada nas coleções de borboletas em caixas de vidro que cobriam uma parede inteira. Elas me faziam pensar nas pipas de meu tio Ambroise: eram pequenos fragmentos de sonhos.

Bruno estava sentado numa poltrona, folheando uma partitura. Ele ergueu os olhos e nos observou por um momento, sorrindo. Nunca vi em seus sorrisos nada além de bondade. Depois ele se levantou e se sentou ao piano. Com os dedos no teclado, virou-se para nós e nos contemplou por um bom tempo, com atenção, como um pintor estudando um modelo antes de dar a primeira pincelada. E começou a tocar.

Estava improvisando. Estava *nos* improvisando. Era de Lila e de mim, de nossa separação e de nossa certeza que falava em sua melodia. Eu me ouvia amar, desanimar e acreditar. Eu perdia Lila e a reencontrava. A infelicidade erguia acima de nós sua sombra escura e depois tudo se tornava alegria. Levei alguns minutos para entender que Bruno me oferecia fraternalmente o que ele mesmo sentia.

Lila saiu correndo, chorando. Bruno se levantou e veio até mim, à luz das grandes janelas pálidas, e me abraçou.

— Fico feliz de ter conseguido falar com você uma última vez. Quanto a mim, agora só me resta a música...

Ele riu.

— É obviamente bastante assustador amar e sentir que a única coisa que podemos fazer de nosso amor é mais um concerto. Esta, no entanto, é uma fonte de inspiração que não secará tão cedo. Tenho o suficiente para no mínimo cinquenta anos, se meus dedos aguentarem. Posso muito bem imaginar Lila idosa, sentada na sala, e vê-la voltar a seus vinte anos ao me ouvir falar dela.

Ele fechou os olhos e manteve as mãos sobre as pálpebras por um instante.

— Enfim. Parece que há amores que se acabam. Li isso em algum lugar.

Passei minhas últimas horas com Lila. A felicidade tinha uma presença quase audível, como se o ouvido, rompendo as superfícies sonoras, penetrasse nas profundezas do silêncio, até então ocultas pela solidão. Nossos momentos de sono tinham a tepidez de quando não se pode dizer onde começa o sonho e onde começa o corpo, onde começa o ninho e onde começam as asas. Ainda sinto seu rosto em meu peito — uma marca invisível, sem dúvida, mas que meus dedos fielmente encontram nas horas duras desse mal-entendido físico que é um corpo sozinho.

Minha memória guardava cada instante, pondo-o de lado; de onde venho, chamamos isso de pé-de-meia. Eu tinha o suficiente para uma vida inteira.

22

Na chegada a Cléry, debrucei-me na janela e soube quem me esperava na estação assim que vi a águia polonesa pairando no céu muito acima de tudo. Olhando com mais atenção, notei que o velho pacifista dera um jeito de fazer o pássaro, guerreiro demais para seu gosto, se parecer com uma bela pomba de duas cabeças. Fazia cinco semanas que não nos víamos e achei Ambroise Fleury preocupado e envelhecido.

— Vejam só quem voltou da alta sociedade! O que é isso?

Ele tocou na insígnia do Gdynia Iate Clube, que tinha sido solenemente oferecida a mim em Grodek, na véspera da partida, como um símbolo do livre acesso da Polônia ao mar. Nunca as dúvidas e as ansiedades foram acompanhadas por tantas gesticulações e ostensivas exibições de confiança em toda a Europa como naquele mês de agosto de 1939.

— Parece que pode ser a qualquer momento — falei.

— É o que você pensa. As pessoas não se deixarão levar mais uma vez ao abatedouro.

Ambroise Fleury trouxe a pomba ao chão — como sempre, quando ele chegava em algum lugar, crianças logo vinham rodeá-lo — e colocou a pipa embaixo do braço. Demos alguns passos, e meu tio abriu a porta de um pequeno automóvel.

— Sim — ele disse, diante de meu espanto. — Um presente de lorde Howe, lembra dele? Aquele que veio nos ver uma vez.

Aos sessenta e três anos, ele se tornara uma personalidade respeitada em todo o país, e sua reputação lhe valera as condecorações acadêmicas, que ele de resto recusara.

Assim que chegamos a La Motte, corri para o ateliê. Durante minha ausência, provavelmente porque as ameaças de guerra o haviam preocupado mais do que ele ousava admitir, Ambroise Fleury voltara a seu "período humanista", que fora enriquecido com tudo o que a França tinha a oferecer aos que acreditavam nas luzes. A série dos enciclopedistas, especialmente, pendurada às vigas, era muito bonita, ainda que um pouco inerte, como acontecia em ambientes fechados.

— Trabalhei bastante, como pode ver — disse meu tutor, com orgulho, alisando o bigode. — Os dias que estamos vivendo nos fazem perder um pouco a cabeça, e precisamos nos lembrar de quem somos.

Não éramos nem Rousseau, nem Diderot, nem Voltaire: éramos Mussolini, Hitler e Stálin. As pipas do período das "luzes" do antigo carteiro de Cléry nunca me pareceram tão inócuas. Eu continuava, no entanto, retirando de meu amor toda a cegueira necessária para acreditar na sabedoria dos homens, e meu tio não duvidava da paz nem por um segundo, como se seu coração pudesse sozinho triunfar sobre a história.

Uma noite em que eu estava com Lila às margens do Báltico, senti um puxão no braço. Ambroise Fleury, vestido com um camisolão que deixava seu corpo mais amplo, estava sentado em minha cama, uma vela na mão. Havia em seus olhos mais dor do que a necessária num olhar de homem.

— Foi declarada a mobilização geral. Mas a mobilização não é a guerra, claro.

— Claro que não — eu disse. E ainda não totalmente acordado, acrescentei: — Os Bronicki devem voltar à França para o Natal.

Meu tio ergueu a vela para melhor ver meu rosto.

— Dizem que o amor é cego, mas com você, quem sabe, a cegueira talvez seja uma maneira de ver...

Durante as horas que precederam a invasão da Polônia, desempenhei com irrepreensível imbecilidade meu papel no grande balé coletivo de tolos que acontecia de uma ponta a outra do país. Todos queriam ver quem levantaria mais alto a perna no pontapé imaginário no traseiro dos alemães, num *french-cancan* no palco do cabaré que se estendia dos Pirineus à Linha Maginot. A POLÔNIA RESISTIRÁ!, clamavam os jornais e o rádio, e eu sabia com feliz certeza que ao redor de Lila se erguia a barreira de torsos mais valentes do mundo, lembrando-me dos batalhões de cavaleiros que atravessavam Grodek cantando, com seus sabres e bandeiras. A "memória histórica" dos poloneses, eu dizia a meu tio, era uma fonte inesgotável de coragem, honra e fidelidade, e girando o botão de nosso velho aparelho de rádio, eu aguardava com impaciência o início das hostilidades e os primeiros boletins de vitória, irritando-me quando os comentaristas falavam em "últimas tentativas de salvar a paz". Eu acompanhava à estação os convocados, mais velhos que eu, cantava com eles "teremos a glória que nossos pais tiveram"; sentia meus olhos se umedecerem quando via estranhos se apertando as mãos nas ruas, gritando "Viva a Polônia, senhor!"; ouvia nosso velho pároco, o padre Tachin, anunciar do alto do púlpito que "a Alemanha pagã desmoronará como uma árvore oca e podre"; contemplava meu professor, o sr. Leduc, que vestia seu uniforme azul e ostentava suas condecorações para lembrar aos jovens a imagem do invencível veterano da Grande Guerra, garantia de nossa nova vitória. Eu quase não via meu tio, que ficava trancado em seu quarto, e quando eu batia à porta, ouvia-o dizer:

— Me deixe em paz e vá bancar o idiota com os outros, fedelho.

No dia 3 de setembro, eu estava sentado ao lado da lareira vazia, escurecida pelo fogo apagado. Ouvi, vindo do ateliê, estalos estranhos; não tinham nada dos ecos que chegavam até mim quando meu tio estava trabalhando. Levantei-me, um pouco preocupado, e atravessei o pátio.

Pedaços e fragmentos das pipas quebradas estavam espalhados por toda parte. Ambroise Fleury tinha nas mãos seu querido Montaigne; com um golpe seco, quebrou-o no joelho. Vi entre as obras despedaçadas alguns de nossos mais belos exemplares, e especialmente os preferidos de meu tio, Jean--Jacques Rousseau e a Liberdade Iluminando o Mundo. Ele não poupara nem mesmo as obras de seu "período naïf", as libélulas e os sonhos infantis que tantas vezes haviam emprestado sua inocência ao céu. Ambroise Fleury já destruíra um bom terço de sua coleção. Eu nunca vira em seu rosto aquela explosão de angústia.

— A guerra foi declarada — ele me disse, com a voz embargada.

Ele arrancou da parede seu Jaurès e o pisoteou. Dei um pulo para a frente, agarrei meu tio pela cintura e o empurrei para a rua. Eu não sentia nada, não pensava em nada. A única coisa que sabia era que precisava salvar as últimas pipas.

23

As primeiras notícias da invasão da Polônia me mergulharam num estado de choque do qual guardei uma única lembrança. Meu tio estava sentado em minha cama, a mão sobre meu joelho. O rádio acabara de anunciar que toda a região de Grodek, no Báltico, fora destruída por um bombardeio. O couraçado *Schleswig-Holstein*, sem declaração de guerra, subitamente abrira fogo com seus canhões. Somava-se a esse momento de glória da Marinha alemã um detalhe histórico: aquele navio de guerra, camuflado em navio-escola, alguns dias antes solicitara às autoridades polonesas permissão para ancorar "para uma visita de cortesia".

— Não chore, Ludo. Logo contaremos a infelicidade aos milhões. É normal que, em seu coração, ela só fale de uma voz. Você é tão bom em matemática, deveria lembrar um pouco da lei dos grandes números. Entendo que, por enquanto, só consiga contar até dois. Mas nunca se sabe...

E ele disse, com o olhar perdido em não sei que esperança profunda, pois era um dos loucos Fleury, para quem os direitos do Homem consistem às vezes em negar seu direito a uma realidade por demais odiosa:

— Essa guerra ainda pode acabar em poucos dias. Os povos da Europa estão velhos demais e já sofreram demais para se deixar levar a essa ignomínia. Dizem que negociações secretas já foram iniciadas em Genebra. As massas populares alemãs vão afastar Hitler. É preciso confiar no povo alemão como nos outros povos.

Apoiei-me num cotovelo.

— Pipas de todo o mundo, uni-vos — eu disse.

Ambroise Fleury não pareceu se ofender com minha agressividade. E eu sabia melhor que qualquer um que há coisas que não podem ser destruídas no coração dos homens porque estão fora de alcance.

Corri para me alistar. Meu pulso batia a cento e vinte e fui declarado inapto para o serviço militar. Tentei explicar que não era por nenhuma condição física, e sim por amor e sofrimento, mas isso tornou ainda mais severo o olhar do médico militar. Vaguei pelos campos, indignado com a serenidade das planícies e dos bosques, e nunca aquela natureza me pareceu mais distante da do homem. As únicas notícias que eu tinha de Lila eram as que anunciavam o esmagamento de todo um povo. Uma espécie de feminilidade perturbadora emanava do corpo da Polônia martirizada.

Em Cléry, lançavam-me olhares um pouco estranhos. Corriam rumores de que eu fora considerado inapto para o serviço militar porque, como todos os Fleury, tinha as ideias um pouco atrapalhadas. "É hereditário, na família." Comecei a entender que aquilo que eu sentia não era moeda corrente, como se diz, e que para os que tinham sanidade o amor não era o sentido da vida, apenas um pequeno benefício.

Chegou, porém, o momento em que Ambroise Fleury, o homem que dedicara sua vida às pipas, se preocupou seriamente comigo. Enquanto fazíamos a refeição da noite, sob a lâmpada a óleo pendurada acima de nossa cabeça, ele me disse:

— Ludo, você não pode continuar assim. As pessoas o veem caminhando pelas ruas e falando com uma mulher que não está aqui. Vão acabar internando você.

— Tudo bem, que me internem. Ela continuará comigo, fora ou dentro.

— Merda — disse meu tio, e foi a primeira vez que falou comigo na linguagem da razão.

Acredito que tenha sido para me trazer de volta à terra que ele pediu a Marcellin Duprat que se encarregasse de mim. Eu nunca soube o que os dois conversaram, mas o dono do Clos Joli me convidou a acompanhá-lo, todas as manhãs, nas idas aos mercados e fazendas, às vezes lançando-me olhares penetrantes, como para se assegurar de que a boa realidade dos sólidos produtos do solo normando produzisse sobre meu "estado" o efeito curativo desejado, sendo por natureza um antídoto poderoso aos desvarios da razão.

Naqueles meses do inverno de 1940, quando a guerra se limitava à atividade de unidades e de patrulhas, e quando "o tempo trabalhava a nosso favor", era preciso reservar uma mesa no restaurante com vários dias de antecedência, "apresentar sua candidatura", como dizia o príncipe dos gastrônomos, Curnonsky. A cada noite, depois do fechamento, Marcellin Duprat folheava com satisfação o grosso volume de couro vermelho que mantinha em seu escritório, detinha-se na página onde acabara de ser inscrita uma nova assinatura de ministro ou de chefe militar ainda não vencido e me dizia:

— Você vai ver, garoto. Um dia virão estudar o livro de ouro do Clos Joli para escrever a história da Terceira República!

Havia falta de pessoal, a maioria de seus ajudantes e funcionários fora mobilizada e substituída pela geração mais velha, que aceitara, por solidariedade — quase podemos dizer por patriotismo —, sair da aposentadoria para garantir ao Clos Joli, naquele momento difícil para o país, um serviço que eles tinham abandonado muitos anos antes. Duprat conseguira chamar até mesmo o sr. Jean, um sommelier que se aproximava do octogésimo sexto aniversário.

— Faz muito tempo que não tenho um sommelier — ele me explicou. — Os sommeliers sempre têm um ar tão autoritário, sabe o que quero dizer? É irritante quando atacam o cliente com a carta de vinhos na mão. Mas Jean conhece o ofício e ainda tem forças para trabalhar.

Todas as manhãs, às seis horas, eu chegava de bicicleta; e ao ver meu rosto abatido e meu ar perdido, Marcellin resmungava:

— Vamos, venha comigo. Isso vai fazê-lo voltar à terra.

Eu entrava na caminhonete e percorria os campos e mercados onde Duprat passava em revista os legumes, levando ervilhas ao ouvido para ver se "faziam cri-cri", isto é, se chocalhavam, ou se as vagens tinham "patas de veludo", escolhendo-as segundo a "tez" que apresentavam — "feijão-preto", "italianas" ou "chinesas" — e decidindo se as couves-flores eram "dignas de aparecer". Duprat servia os legumes intactos, "orgulhosos", como dizia; tinha horror a purês, que viravam moda, como se a França pressentisse o que a aguardava.

— Hoje tudo vira purê — ele reclamava. — Purê de aipo, purê de brócolis, de agrião, de cebola, de ervilha, de funcho... A França está perdendo o respeito pelos legumes. Sabe o que toda essa mania de purê anuncia, meu pequeno Ludo? Penúria. Para todos, você vai ver.

Era nos açougues que Marcellin Duprat se revelava em sua imperial exigência, principalmente quando se tratava de sua querida tripa normanda. Vi-o empalidecer de raiva por suspeitar que o sr. Dullin, que seria fuzilado em 1943, lhe dera tripas provenientes de dois bois diferentes.

— Dullin — ele berrou —, a próxima vez que tentar me aplicar esse golpe será a última! Ontem me passou as tripas de dois bois; como quer que cozinhem do mesmo jeito? E quero o pé do mesmo boi, considere-se avisado!

Ele ria quando via o açougueiro oferecer a uma dona de casa uma paleta de vitelo em "melão", toda redonda e amarrada, bonita de ver.

— Pode ter certeza de que encheram tudo de gordura para dar peso e, se pudessem, colocariam os cascos e os chifres junto!

Esse "retorno à terra" sob a égide de Marcellin Duprat me fazia bem. Continuei vendo Lila, mas mais privadamente. Aprendi a rir e a brincar com os outros para esconder sua presença. O dr. Gardieu ficou satisfeito, ainda que meu tio desconfiasse de que eu simplesmente aprendera a disfarçar.

— Sei que você não está curado e que o que tem é incurável em nossa família — ele me dizia. — Felizmente, aliás. Algumas curas nos deixam pior que a doença.

Eu fazia o melhor que podia. Precisava aguentar firme, e a própria Lila exigia isso de mim. Se me deixasse levar, tinha certeza de que chegaria ao desespero, e esta era a maneira mais certa de perdê-la.

O Clos Joli ficava perto do cruzamento das estradas de Noisy e Caen, à frente das primeiras casas do povoado de Ouvières, ao fundo de um pequeno jardim onde a primavera e o verão nos recebiam com magnólias, lilases e rosas. Por toda parte havia rolinhas, que "acalmam o cliente", dizia Duprat. "Meus preços não são uma facada, mas, mesmo assim, a visão de uma rolinha tranquiliza. Tive pombos por um tempo, porém a visão de um pombo na entrada de um restaurante deixa o cliente desconfortável." O caixa, onde eu geralmente trabalhava, ficava um pouco à parte, longe dos olhares, pela mesma razão.

— Não se deve, já no primeiro passo, começar a pensar na conta. É preciso tato.

Às vezes, ele vinha se apoiar no caixa, todo de branco — "não mudamos de uniforme desde Carême" — e me fazia algumas confidências.

— Tento aguentar firme, mas tudo desanda, tudo desanda — ele se queixava. — Agora o fogo os incomoda, eles se queixam do calor. Uma cozinha sem fogo é como uma mulher sem bunda. O fogo é o pai de todos os cozinheiros da França. Mas alguns começam a usar a eletricidade agora, e com minuterias automáticas, ainda por cima. É como fazer amor de olho no relógio para saber quando gozar.

Notei que a insígnia bordada em sua jaqueta mudara. Onde antes havia, em letras tricolores, *Marcellin Duprat, Clos Joli, France*, agora lia-se *Marcellin Duprat, France*. Dizer "Clos Joli" e "França" devia lhe parecer um pleonasmo.

Na cozinha, todas as panelas tinham as iniciais *C.J.* e um ano em números romanos. Seus inimigos diziam que ele se sentia da linhagem dos Césares. Ele não tolerava que se dissesse "as cozinhas".

— É um plural que fede a hotelaria. Para mim, o lugar onde trabalho é *a* cozinha. Hoje, querem multiplicar tudo.

Na entrada, havia um grande mapa da França, com as imagens dos produtos que faziam a glória de cada província: para a Normandia, ele escolhera a tripa.

— Afinal, foi o que formou o francês e a história da França.

Os preços eram salgados. O ministro Anatole de Monzie um dia lhe dissera:

— Meu caro Marcellin, degustar seus pratos é erotismo; ver seus preços é pornografia!

Já nos primeiros meses da "guerra de mentira", houve críticas a Duprat. Murmurava-se que havia certa indecência naquela festa gastronômica constante do Clos Joli enquanto o inimigo estava tão perto. Duprat dava de ombros com desdém.

— Point está aguentando firme em Vienne, Dumaine em Saulieu, Pic em Valence, La Mère Brazier em Lyon, e eu em Cléry — ele dizia. — Mais do que nunca, cada um precisa dar o melhor de si nas coisas que sabe fazer bem.

Esta também parecia ser a opinião de Ambroise Fleury, que voltara às suas pipas com um empenho que lembrava uma verdadeira profissão de fé. Ele retomara sua série "humanista", e novos Rabelais, Erasmo, Montaigne e Rousseau voaram acima dos bosques normandos. Eu acompanhava o trabalho das fortes mãos de meu tio, que ajustavam varinhas e velames, linhas e papel, numa carcaça em que era possível começar a reconhecer os traços de alguma figura imortal do Século das Luzes. Jean--Jacques Rousseau parecia ser seu preferido: estima-se que, ao longo da vida, Ambroise Fleury construiu mais de oitenta.

Eu sentia que ele estava certo e que Duprat também. Mais do que nunca, cada um devia dar o melhor de si. Eu sorria, lembrando de nossa infância, quando Lila, no sótão do Solar dos Jars, anunciava nossos caminhos na vida, segundo os dons de cada um:

— Tad se tornará um grande explorador, descobrirá túmulos de guerreiros citas e templos astecas, Bruno será mais conhecido que Menuhin e Rubinstein, Hans tomará o poder na Alemanha e matará Hitler; quanto a você...

Ela me olhava com gravidade.

— Você me amará — ela dizia, e eu ainda sentia no rosto o beijo que acompanhava essa revelação de minha razão de ser.

Anunciei a meu tio que não voltaria ao restaurante de Duprat.

— Vou para Paris. É mais fácil saber das coisas por lá. Talvez eu tente chegar à Polônia.

— A Polônia não existe mais — disse Ambroise Fleury.

— Seja como for, um novo exército polonês se forma na França. Tenho certeza de que conseguirei descobrir alguma coisa. Tenho esperança.

Meu tio baixou os olhos.

— O que posso dizer? Vá. Em nossa família, é sempre a esperança que manda. Essa maldita é incansável.

Quando voltei para me despedir, ficamos um bom tempo em silêncio; sentado em seu banco, com o velho avental de couro e as ferramentas, ele se parecia com todos os velhos mestres artesãos da história da França.

— Posso levar uma de lembrança?

— Escolha a que quiser.

Olhei em volta. O ateliê tinha vinte e cinco metros de comprimento por dez de largura, e a expressão que vinha à mente diante daquelas centenas de pipas era "abundância de riquezas". Todas eram grandes demais para mim, era mais fácil guardá-las na memória do que numa mala. Escolhi uma bem pequena, uma libélula de asas nacaradas.

24

Cheguei a Paris com quinhentos francos no bolso e percorri por um bom tempo uma cidade que me era desconhecida em busca de um lugar para ficar. Encontrei um quarto por cinquenta francos ao mês na Rue du Cardinal Lemoine, em cima de uma danceteria.

— O preço é bom por causa do barulho — disse o proprietário.

Os oficiais e os soldados poloneses que tinham conseguido chegar à França pela Romênia e que eram recebidos com um pouco de condescendência respondiam a minhas perguntas com má vontade: não havia nenhum Bronicki entre eles, eu precisaria me dirigir ao Estado-Maior do Exército polonês que se reunia em Coëtquidan. Eu ia todos os dias à Rue de Solférino: era educadamente mandado embora. Fiz novas tentativas junto às embaixadas da Suécia e da Suíça e junto à Cruz Vermelha. Precisei sair do quarto que alugara, depois de esbofetear o proprietário: ele me dissera que devíamos nos entender com Hitler.

— É preciso reconhecer que ele é um líder, precisamos de um homem assim.

Sua mulher chamou a polícia, mas consegui fugir e me esconder num mobiliado da Rue Lepic. O hotel era frequentado por prostitutas. A proprietária era uma mulher alta e magra, de cabelos pintados de preto, olhar duro e direto que me dava a impressão de estar sendo examinado, estudado e esquadrinhado. Raras vezes a vi sem um maço de Gauloises ao alcance da mão e sem um cigarro no canto dos lábios, tanto que seu rosto, em minha memória, permanece envolto em fumaça.

Ela se chamava Julie Espinoza.

Eu passava o tempo todo no quarto, deitado, libertando a Polônia e abraçando Lila às margens do Báltico.

Até que não tive mais dinheiro para pagar o aluguel. Em vez de me jogar na rua, a´ proprietária passou a me convidar a comer com ela na cozinha todos os dias. Ela falava de muitas coisas, não me fazia pergunta alguma e me observava com atenção, acariciando Tchong, seu pequinês, uma criaturinha de focinho preto, pelos brancos e marrons, sempre acomodado sobre seus joelhos. Eu me sentia desconfortável sob aquele olhar inflexível; os olhos pareciam à espreita, os cílios me faziam pensar em patas de aranhas vindas do fim dos tempos. Fiquei sabendo que a sra. Espinoza tinha uma filha que estudara no exterior.

— Em Heidelberg, na Alemanha — acrescentou, num tom quase triunfante. — Saiba, meu pequeno Ludo, que entendi o que iria acontecer. Desde Munique. A pequena tem um diploma que será muito útil quando os alemães chegarem.

— Mas...

Eu ia dizer "sua filha é judia, como a senhora", porém ela não me deu tempo.

— Sim, eu sei, mas seus papéis são o que há de mais ariano — ela anunciou, com uma das mãos em Tchong, enrolado sobre suas coxas. — Dei um jeito e ela tem o tipo certo de nome. Dessa vez não vai ser fácil nos pegar, pode acreditar. Não a mim, em todo caso. Temos mil anos de prática e experiência. Alguns esqueceram, ou acreditam que tudo isso acabou, que agora temos a civilização — os direitos do Homem, como dizem os jornais —, mas eu conheço seus direitos do Homem. São como rosas. Têm cheiro bom e nada mais.

Julie Espinoza fora assistente de madame em "casas" de Budapeste e Berlim por vários anos, falava húngaro e alemão. Notei que sempre usava o mesmo broche preso ao vestido, um pequeno lagarto de ouro, ao qual parecia muito apegada. Sempre que estava preocupada, seus dedos brincavam com o broche.

— Seu lagarto é muito bonito — disse-lhe um dia.

— Bonito ou não, o lagarto é um animal que sobrevive desde o início dos tempos e que não tem igual quando se trata de desaparecer entre as pedras.

Ela tinha uma voz viril e quando estava contrariada começava a praguejar como um carroceiro — diz-se "como um carroceiro", mas eu nunca tinha ouvido ninguém falar daquele jeito, na província —, e a vulgaridade de suas palavras às vezes era tão grande que a própria Madame Julie, no fim, ficava incomodada. Certa noite, parou no meio de um modesto "puta merda" precedido por outros palavrões que prefiro não escrever, por respeito e gratidão a quem tanto devo, interrompeu sua diatribe, que se referia a não sei que problema com a polícia hoteleira, e começou a pensar.

— É curioso, na verdade. Eles só me ocorrem em francês. Nunca me ocorriam em húngaro ou alemão. Talvez me faltasse vocabulário. Em Buda e em Berlim, aliás, os clientes eram diferentes. Eram o que havia de melhor. Vinham quase sempre de smoking ou casaca, depois da ópera ou do teatro, e nos beijavam a mão. Aqui, é uma ralé.

Ela pareceu preocupada.

— Isso não está certo — declarou com firmeza. — Não posso me permitir ser vulgar.

E concluiu com uma frase misteriosa, que sem dúvida lhe escapou, pois ainda não me concedera sua total confiança:

— É uma questão de vida ou morte.

Ela pegou o maço de Gauloises de cima da mesa e saiu, deixando-me bastante espantado, pois eu não via de que modo a vulgaridade de seu linguajar pudesse constituir um perigo para ela.

Meu espanto se transformou em estupor quando aquela mulher já avançada em idade começou a fazer aulas de etiqueta.

Uma velha solteirona, que fora diretora de um pensionato para moças, vinha duas vezes por semana ajudá-la a adquirir o que ela chamava de "classe", palavra que despertou em minha memória as piores lembranças de humilhações em Grodek, o caso dos objetos roubados, minha relação com Hans e a solene advertência de Stas Bronicki, aquele filho da puta — para falar como Madame Julie —, que aceitara que eu fosse amante de sua filha, mas me convidara a perder qualquer esperança de casamento com ela, dadas as minhas humildes origens e a insigne elevação do nome Bronicki. Minha irritação cresceu quando ouvi a professora explicar para Madame Julie o que ela entendia por "classe":

— Não basta, veja bem, adotar um comportamento diferente do das camadas inferiores da sociedade. Pelo contrário. Acima de tudo, nada deve parecer *adquirido*. Tudo deve parecer natural, como que de nascença...

Fiquei indignado com o amável sorriso com que Madame Julie aceitava aquelas advertências, pois muitas vezes eu a vira insultar um cliente que "se achava no direito". Ela não demonstrava a menor impaciência e obedecia. Surpreendi-a com um lápis entre os dentes, ou entre os lábios, recitando uma fábula de La Fontaine e parando para receber um casal, o que acontecia com frequência, pois cada uma das moças facilmente fazia de quinze a vinte programas por dia.

— Aparentemente, tenho um sotaque suburbano — ela me explicou. — De Pigalle. A velha bruaca o chama de "a fala do povo" e me prescreveu exercícios para me livrar dele. Pareço uma idiota, eu sei, mas o que posso fazer, é necessário.

— Por que tanto trabalho com isso, Madame Julie? Não é da minha conta, mas...

— Tenho meus motivos.

Sua maneira de caminhar também a preocupava.

— Pareço um homem — ela reconhecia.

Ela tinha um balanço de uma perna para a outra, acompanhado de um movimento nos ombros, os antebraços um pouco levantados, os cotovelos afastados, um caminhar que de fato não tinha nada de feminino e não deixava de lembrar a postura dos lutadores profissionais no ringue. A srta. De Fulbillac o deplorava vivamente.

— Não pode sair assim na rua!

Pude ver, então, Madame Julie caminhar vagarosamente de uma ponta à outra da sala, com três ou quatro livros equilibrados na cabeça.

— Mantenha-se ereta, senhora — ordenava a srta. De Fulbillac, cujo pai fora oficial da Marinha. — E, por favor, evite estar sempre com um cigarro na boca, não pode haver nada mais errado.

— Merda — dizia Madame Julie quando a pirâmide de livros caía ruidosamente.

Ela logo acrescentava:

— Preciso perder o hábito dos palavrões. Eles saem de repente e na hora errada. Eu já disse merda tantas vezes na vida que é como uma segunda natureza.

Seu porte não era "dos nossos", como a srta. De Fulbillac havia comentado comigo diversas vezes; para mim, ela parecia um pouco cigana. Muitos anos depois, quando eu já havia adquirido certos conhecimentos em matéria de arte, descobri que os traços de Julie Espinoza lembravam o rosto das mulheres dos mosaicos bizantinos e das efígies pintadas em madeira nos sarcófagos de Sacara. Seja como for, era um rosto de uma época muito antiga.

Uma vez, entrando na sala onde os clientes pagavam pelo quarto antes de subir, encontrei Julie Espinoza sentada atrás do balcão com um livro de história na mão. De olhos fechados, com um dedo pousado numa página do livro aberto, ela recitava uma lição, como se tentasse decorá-la:

— Pode-se dizer, portanto, que o almirante Horthy tornou-se regente da Hungria muito a contragosto... Sua popularidade, já grande em...

Ela deu uma espiada no livro.

— ... já grande em 1917, depois da batalha de Otranto, cresceu tanto que, depois que ele esmagou a revolução bolchevique de Béla Kun, em 1919, precisou se curvar à vontade popular...

Ela notou meu espanto.

— O que foi?

— Nada, Madame Julie.

— Não se meta.

Ela mexeu em seu pequeno lagarto de ouro com a ponta dos dedos, depois se acalmou e acrescentou, suavemente:

— Estou treinando para quando os alemães chegarem.

O tom de certeza com que me anunciava o impensável, isto é, que a França pudesse perder a guerra, tirou-me do sério e me fez sair batendo a porta.

Pensei que Madame Julie estivesse se preparando para abrir uma casa de "classe", depois me lembrei que era judia e não entendi como uma promoção social daquelas pudesse acontecer se os nazistas ganhassem a guerra, já que ela estava tão convencida disso. Talvez ela pensasse em abrir um bordel de luxo em Portugal, país no qual parecia interessada.

— A senhora vai se refugiar em Portugal?

A leve penugem escura acima de seus lábios teve um estremecimento de desprezo.

— Não sou do tipo que se refugia.

Ela apagou o cigarro, olhando-me bem dentro dos olhos.

— Mas não serei pega, pode ter certeza.

Fiquei desorientado com aquela mistura de coragem e derrotismo. Eu era jovem demais para entender tamanha vontade de sobreviver. E no estado de ansiedade e de privação afetiva em que me encontrava mergulhado, a vida não me parecia merecer tanto apego.

Julie Espinoza continuou me observando. Era como se me submetesse a um julgamento e se preparasse para pronunciar um veredicto.

Uma noite, sonhei que estava em cima do telhado e que Madame Julie me olhava lá de baixo, na calçada, esperando que eu me atirasse para me pegar nos braços. Até que um dia, sentado diante dela na cozinha, escondi o rosto entre os braços e comecei a chorar. Ela me ouviu até as duas horas da manhã, ao som dos bidês, que no Hôtel du Passage nunca paravam, por assim dizer.

— Não é possível que alguém seja tão burro — ela murmurou quando contei de minha intenção de voltar à Polônia a todo custo. — E não entendo por que não foi aceito no Exército, burro desse jeito.

— Fui dispensado. Meu coração bate rápido demais.

— Ouça bem, pequeno. Tenho sessenta anos, mas às vezes sinto como se vivesse, ou sobrevivesse, como preferir, há cinco mil anos, e mesmo como se estivesse aqui desde antes do início do mundo. Não se esqueça do meu nome. Espinoza.

Ela riu.

— Quase como Spinoza, o filósofo, talvez tenha ouvido falar. Eu poderia tirar o *E* e me passar por Spinoza, tamanho o meu conhecimento...

— Por que diz isso?

— Porque logo as coisas vão ficar tão difíceis, vai haver uma catástrofe tão grande, que você e seu grande dodói vão desaparecer no meio de tudo. Vamos perder a guerra e vamos ter os alemães na França.

Larguei o copo.

— A França não pode perder a guerra. É impossível.

Ela semicerrou um olho, acima do cigarro:

— Impossível não é francês — ela disse.

Madame Julie se levantou, o pequinês nos braços, e foi buscar a bolsa em cima da poltrona de plush verde-garrafa. Pegou um maço de dinheiro e voltou à mesa.

— Pegue isso, para começar. Haverá mais depois.

Olhei para o dinheiro em cima da mesa.

— Então, o que está esperando?

— Madame Julie, aqui há o suficiente para viver por um ano, e não sou tão apegado à vida assim.

Ela gargalhou.

— Ele quer morrer de amor — ela disse. — Então se apresse. Porque logo todos vão começar a morrer por todos os lados, e não vai ser de amor, acredite.

Senti um arroubo de simpatia por aquela mulher. Talvez começasse a pressentir que, quando se falava com desprezo de "putas" e "cafetinas", situava-se a dignidade humana do pescoço para baixo, para ficar mais fácil de esquecer as torpezas da cabeça.

— Ainda não entendi por que quer me dar esse dinheiro.

Ela estava sentada na minha frente, com seu xale de lã malva sobre o peito reto, com seus cabelos pretos, seus olhos ciganos e seus dedos compridos que brincavam com o pequeno lagarto de ouro preso à roupa.

— Você não entende, claro. Então vou explicar. Preciso de um rapaz como você. Estou formando uma pequena equipe.

Foi assim que, em fevereiro de 1940, enquanto os ingleses cantavam "We're Gonna Hang Out the Washing on the Siegfried Line", cartazes proclamavam que VENCEREMOS PORQUE SOMOS MAIS FORTES, e o Clos Joli retinia brindes à vitória, uma velha cafetina se preparava para a ocupação alemã. Não creio que mais ninguém no país tenha tido a ideia de organizar o que mais tarde seria chamado de "uma rede de resistência". Fui encarregado de estabelecer contatos com certo número de pessoas, dentre as quais um falsário que, mesmo depois de vinte anos de prisão, ainda tinha a nostalgia do ofício. Madame Julie me convenceu tão bem a guardar segredo de tudo que, ainda hoje, mal ouso escrever o nome delas. Havia o sr. Dampierre, que vivia sozinho com um canário — é preciso reconhecer que a Gestapo poupou o canário e o recolheu depois que o sr. Dampierre morreu de um ataque cardíaco durante um interrogatório, em 1942. Havia o sr. Pageot, mais tarde conhecido pelo nome de Valérien, dois anos antes de ser fuzilado com vinte outros no monte de mesmo nome, e o comissário de polícia Rotard, que se tornou chefe da rede Alliance e que fala da sra. Julie Espinoza em seu livro *Os anos subterrâneos*: "Ela tinha uma total ausência de ilusões, sem dúvida decorrente de uma longa prática de seu ofício. Eu às vezes imaginava a desonra entrando na casa daquela mulher que a conhecia tão bem e fazendo-lhe confidências. Devia murmurar-lhe ao ouvido: 'Minha hora está chegando, cara Julie. Prepare-se'. Em todo caso, ela conseguia convencer, e eu a ajudei a formar um grupo que se reunia regularmente para planejar as diversas medidas a serem tomadas, desde documentos falsos até a escolha de lugares seguros para nos encontrarmos ou nos refugiarmos sob a ocupação alemã, da qual ela não duvidou por um instante sequer".

Um dia perguntei à sra. Espinoza, depois de uma visita a um farmacêutico da Rue Gobin que me entregara "remédios" cuja natureza e cujo destinatário só fui conhecer muito mais tarde:

— Você faz algum pagamento?

— Não, meu pequeno Ludo. Há coisas que não podem ser compradas.

Ela me lançou um olhar estranho, num misto de tristeza e severidade.

— Serão os futuros fuzilados.

Um dia, eu também quis saber, já que ela estava tão segura de que a guerra seria perdida e considerava certa a chegada dos alemães, por que não se refugiava na Suíça ou em Portugal.

— Já falamos sobre isso e eu já respondi. Não sou do tipo que foge.

E riu.

— Talvez fosse isso que a Fulbillac quisesse dizer quando repetia que eu era do tipo "errado".

Certa manhã, descobri num canto da cozinha as fotografias do ditador português Salazar, do almirante Horthy, regente da Hungria, e de Hitler.

— Estou esperando alguém para autografá-las para mim — ela explicou.

Madame Julie nunca baixou a guarda a ponto de me confidenciar o novo nome que pretendia adotar. Assim, quando o "especialista" veio escrever nos retratos uma dedicatória a esse nome, fui convidado a sair.

Ela me fez tirar a carteira de motorista.

— Pode ser útil.

A única coisa que não se mostrava capaz de prever era a data da ofensiva alemã e da derrota que se seguiria. Ela esperava algo para "os primeiros dias quentes" e se preocupava com o destino de suas garotas. Eram trinta ou quarenta que se revezavam vinte e quatro horas por dia no Hôtel du Passage. Ela as aconselhava a fazer aulas de alemão, mas não havia uma única puta na França que acreditasse que pudéssemos perder a guerra.

Eu me surpreendia com a confiança que ela depositava em mim. Por que se fiava sem hesitar num rapaz de vinte anos que ainda tinha a vida toda pela frente, o que não necessariamente era uma boa coisa?

— Talvez eu esteja cometendo um erro — ela reconheceu. — Mas você quer que eu lhe diga? Você tem um quê de fuzilado nos olhos.

— Que merda, então! — exclamei.

Ela riu.

— Ah, assustei você? Mas isso não necessariamente significa doze balas no corpo. Pode-se viver até uma idade muito avançada com isso. É a polonesa que o deixa com esse olhar. Não se preocupe. Vai voltar a vê-la.

— Como pode saber, Madame Julie?

Ela hesitou, como se não quisesse me fazer sofrer.

— Seria bom demais se você nunca mais a visse. Tudo permaneceria intacto. Mas as coisas raramente permanecem intactas na vida.

Continuei indo de duas a três vezes por semana ao Estado-Maior do Exército polonês na França, até que um sargento, cansado de minhas perguntas, finalmente me disse:

— Não sabemos nada ao certo, mas é mais do que provável que toda a família Bronicki tenha perecido sob os bombardeios.

Mas eu tinha certeza de que Lila estava viva. Chegava a sentir sua presença a meu lado, como um pressentimento.

No começo de abril, Madame Julie desapareceu por alguns dias. Ela voltou com uma bandagem no nariz. Quando o curativo foi removido, o nariz de Julie Espinoza não tinha mais o aspecto um pouco curvo, tornara-se reto e menor. Não fiz nenhuma pergunta, mas, diante de meu espanto, ela me disse:

— A primeira coisa que aqueles canalhas vão olhar é o nariz.

Acabei confiando tanto em seu julgamento que, quando os alemães avançaram sobre Sedan, não me surpreendi. Também não fiquei surpreso quando ela me mandou buscar o Citroën na garagem alguns dias depois. Ao voltar, entrei em seu quarto e a encontrei com Tchong, sentada entre suas malas, um copo de aguardente na mão, ouvindo os boletins de rádio que anunciavam que "nada estava perdido".

— Um nada bastante estranho — ela disse.

Ela largou o copo, pegou o cachorro e se levantou.

— Bom, agora vamos.

— Para onde?

— Faremos uma parte do caminho juntos, porque você vai voltar para casa, na Normandia, que fica mais ou menos na mesma direção.

Era o dia 2 de junho e não havia sinal de derrota nas estradas. Nas aldeias que atravessávamos, tudo estava tranquilo. A sra. Espinoza me deixou dirigir, depois assumiu o volante. Usava um casaco cinza, um chapéu e um xale, ambos na cor malva.

— Onde vai se esconder, Madame Julie?

— Não vou me esconder, meu amigo. Os que se escondem são sempre encontrados. Tive sífilis duas vezes, os nazistas não serão mais que a terceira.

— Mas o que a senhora vai fazer, então?

Ela esboçou um pequeno sorriso e não me respondeu. A alguns quilômetros de Vervaux, ela parou o carro.

— Pronto. Vamos nos despedir. Não estamos muito longe de sua casa, você dará um jeito.

Ela me beijou.

— Manterei contato. Logo precisaremos de rapazes como você.

Ela me tocou o rosto.

— Agora vá.

— A senhora não vai me dizer de novo que tenho um olhar de fuzilado, vai?

— Digamos que você tem o que é preciso. Quando um homem sabe amar uma mulher que não está mais aqui, como você, há chance de que ele também saiba amar outras coisas... que não estarão mais aqui assim que os nazistas chegarem.

Saí do carro com minha maleta. Estava triste.

— Diga ao menos para onde está indo!

Ela arrancou. Fiquei parado no meio da estrada, perguntando-me o que seria dela. Também fiquei um pouco decepcionado com aquela falta de confiança final. Aparentemente, o que ela lia em meus olhos não era uma garantia suficiente. Bom, melhor assim. Eu talvez não tivesse um olhar de fuzilado, no fim das contas. Ainda tinha uma chance.

25

Um caminhão militar me recolheu na estrada e me deixou em Cléry por volta das três da tarde. Era possível ouvir o rádio pelas janelas abertas. O inimigo seria detido no Loire. Eu não acreditava que nem mesmo Madame Julie pudesse deter o inimigo no Loire.

Encontrei meu tio trabalhando. Assim que entrei, fiquei chocado com a mudança de atmosfera no ateliê: Ambroise Fleury estava enfiado até os joelhos na história da França, em seu aspecto mais guerreiro. Em torno dele, misturavam-se desordenadamente todos os Carlos Martel, os Luíses, os Godofredos de Bulhão e os Rolandos de Roncesvales, todos aqueles que, na França, tinham mostrado os dentes ao inimigo, de Carlos Magno aos marechais do Império, e não faltava o próprio Napoleão, sobre quem meu tutor costumava dizer: "Ponha-lhe um Borsalino e terá Al Capone". Agulha e linha na mão, ele estava remendando uma Joana d'Arc que devia ter passado por maus bocados, pois as pombas que a carregavam no céu pendiam de um lado e sua espada estava quebrada, provavelmente devido a algum choque contra o chão. Para um velho pacifista e objetor de consciência, aquela reconversão me deixou mudo de espanto. Eu tinha sérias dúvidas de que aquela mudança correspondesse a algum novo afluxo de encomendas, pois raras vezes, em toda a sua história, o país estivera menos propenso a se interessar pelas pipas. Ambroise Fleury é que havia mudado. Eu nunca o vira com uma expressão tão dura. Ele estava sentado ali, com sua Joana d'Arc estropiada sobre os joelhos, e era o mais belo exemplo de fúria no rosto de um velho normando. Ele não se levantou do banco e mal me fez um sinal com a cabeça.

— Então, o que há de novo? — perguntou-me, e sua indagação me deixou sem palavras, pois Paris acabara de ser declarada cidade aberta. Para mim, havia perguntas muito diferentes a serem feitas. Mas estávamos apenas em junho de 1940 e ainda não tínhamos entrado na fase em que os franceses seriam torturados e mortos por coisas que não existiriam mais, a não ser na cabeça deles.

— Não consegui descobrir nada. Tentei de tudo. Mas tenho certeza de que ela está viva e que voltará.

Ambroise Fleury fez um pequeno sinal de aprovação.

— Muito bem, Ludo. A Alemanha ganhou a guerra. O bom senso, a prudência e a razão tomarão conta do país. Para continuar acreditando e tendo esperança, é preciso ser louco. Por isso concluo...

Ele me olhou.

— É preciso ser louco.

Eu talvez deva lembrar que, naquele momento de capitulação, a loucura ainda não se instalara na cabeça dos franceses. Havia um único louco, e ele estava em Londres.

Foi alguns dias depois de meu retorno que vi meus primeiros alemães. Estávamos sem recursos e precisei resignar-me a recorrer a Marcellin Duprat, para ver se ele me aceitaria de volta. Meu tio fora vê-lo quando ficara evidente que nada poderia deter o avanço fulminante da Wehrmacht e o encontrara, de olhos vermelhos, na frente do mapa da França que decorava a parede de entrada e que tinha cada província ilustrada com seus produtos mais nobres. Ele tinha um dedo no presunto das Ardennes e disse:

— Não sei até onde os alemães vão chegar, mas precisamos a todo custo manter a comunicação com o Périgord. Sem trufas e sem foie gras, o Clos Joli está perdido. Ainda bem que a Espanha se manteve neutra: o único açafrão digno do nome vem de lá.

— Acho que também ficou louco — meu tio me disse, com afeto.

Havia três tanques na estrada, na frente do jardim, e um carro blindado na frente da porta, sob as magnólias em flor. Esperei ser interpelado, mas os soldados alemães não me lançaram nem mesmo um olhar. Atravessei o vestíbulo; as venezianas da rotunda e das galerias estavam fechadas; dois oficiais alemães estavam sentados a uma mesa, debruçados sobre um mapa. Marcellin Duprat se mantinha na penumbra riscada de luz, na companhia do sr. Jean, o velho sommelier octogenário, que aparentemente viera ao abandonado Clos Joli para oferecer a seu patrão algum conforto. Duprat, braços cruzados sobre o peito, cabeça alta, mas olhos ligeiramente agitados, falava numa voz forte, como se quisesse ter certeza de estar sendo ouvido pelos dois oficiais alemães.

— Reconheço que o ano vai bem; talvez seja um de nossos melhores, inclusive; desde que a chuva não inunde os vinhedos...

— Em todo caso, começou bem — disse o sr. Jean, sorrindo no meio de suas rugas. — A França lembrará da colheita de 1940, sinto que será uma de nossas melhores safras. Ouvi coisas boas de todos os lados. Do Beaujolais, de toda a Borgonha, de Bordeaux... As notícias nunca foram tão boas. Este ano o vinho será o mais encorpado de toda a história de nossos vinhedos. Eles vão aguentar.

— Na memória dos franceses, nunca se viu um mês de junho como este — reconheceu Duprat. — O céu parece estar do nosso lado. Nenhuma nuvem. Os lírios começaram a florescer, e em noventa dias estará tudo resolvido. Alguns desanimaram e dizem que é bom demais para ser verdade. Mas eu tenho confiança nos vinhedos. Sempre foi assim, na França. O que perdemos de um lado, ganhamos do outro.

— Obviamente, os vinhos da Alsácia estão perdidos — disse o sr. Jean.

— E uma carta de vinhos sem a Alsácia é uma catástrofe nacional — reconheceu Duprat, erguendo levemente a voz. — Veja bem, tenho em minha adega o suficiente para aguentar por quatro, cinco anos; depois disso, com um pouco de sorte, poderemos conseguir novos estoques... Encontrei-me com alguém que veio da parte de Point, em Vienne: parece que as coisas vão um pouco melhor por aquelas bandas, os vinhedos se superam. Parece que aguentam até mesmo no Loire. A França é um país estranho, meu amigo. Quando tudo parece perdido, de repente percebemos que o essencial permanece.

A mão do sr. Jean enxugou uma lágrima entre as rugas de seu sorriso.

— Pois sim. Ouça o que digo, sr. Duprat, dentro de alguns anos nós nos lembraremos de 1940 e diremos: nunca mais teremos um ano como aquele! Conheço alguns que olham para seus vinhedos e choram de emoção, de tão bonitos que estão!

Os dois oficiais alemães continuavam debruçados sobre o mapa. Pensei que estivessem estudando um mapa militar da França. Enganei-me. Era de fato um mapa da França, mas a França do Clos Joli: *Terrine de peixe às trufas Marcellin Duprat. Filé de abrótea ao estragão. Coelho dos bosques normandos ao vinagre de framboesa. Vieiras à la dieppoise.* Eu conhecia o cardápio de cor, das entradas até a caldeirada de sidra. Observei os dois oficiais alemães e de repente me ocorreu que a guerra ainda não estava totalmente perdida. Um dos oficiais se levantou e se aproximou de Duprat.

— O general à frente das tropas alemãs na Normandia e Sua Excelência o embaixador Otto Abetz virão almoçar aqui com catorze pessoas na próxima sexta-feira — ele disse. — Sua

Excelência o embaixador Abetz veio a seu estabelecimento várias vezes antes da guerra e lhe envia suas melhores lembranças. Ele espera que o Clos Joli se mantenha à altura de sua reputação e, para isso, lhe prestará toda a ajuda necessária. Encarregou-nos de lhe desejar um bom trabalho.

Duprat o encarou.

— Diga a seu general e a seu embaixador que não tenho funcionários, não tenho produtos frescos e que não tenho certeza de poder continuar.

— Essas ordens vêm lá de cima, senhor — disse o oficial. — Em Berlim, espera-se que a vida continue normalmente e pretende-se respeitar tudo o que fez a grandeza e o prestígio da França, e em primeiro lugar, obviamente, seu gênio culinário. Palavras do próprio Führer.

Os dois oficiais saudaram o proprietário do Clos Joli batendo os calcanhares e se retiraram. Duprat ficou mudo. Subitamente, vi surgir em seu rosto uma estranha expressão, mistura de raiva, desespero e determinação. Eu ainda não abrira a boca. O sr. Jean também pareceu preocupado.

— O que foi, Marcellin?

Ouvi então da boca de Marcellin Duprat palavras que sem dúvida nunca tinham saído de seus lábios.

— Filhos da puta — ele disse, com voz surda. — O que esses canalhas estão pensando? Que vou arriar as calças? Faz três gerações que o lema dos Duprat é: *Eu persistirei*.

Ele anunciou a reabertura do Clos Joli para a semana seguinte. À nossa volta, porém, as capitulações se sucediam; esperava-se a qualquer momento a da Inglaterra, e havia horas, sobretudo à noite, em que tudo me parecia perdido. Eu me levantava então para ir ao Solar dos Jars. Pulava o muro e ia esperar Lila na alameda das castanheiras, e o banco de pedra, que havia muito tempo permanecia vazio e frio sob a luz do luar, recebia-nos com amizade. Eu entrava por um dos janelões do terraço, cujos vidros eu quebrara, subia ao sótão e passava a mão no globo terrestre, seguindo com o dedo as linhas das futuras explorações de Tad. Bruno vinha se sentar ao piano e eu ouvia a "Polonesa" de Chopin com clareza, como se o silêncio, esse velho indiferente, por uma vez se deixasse enternecer. Eu ainda não sabia que outros franceses começavam a viver da memória, como eu, e que aquilo que não era mais e parecia ter desaparecido para todo o sempre podia continuar vivo e presente com tanta força.

26

O ateliê tinha voltado a receber encomendas. Havia grande demanda pela história da França. As autoridades viam aquela atividade com bons olhos: o passado era bem-visto. Os alemães tinham proibido que as pipas voassem a mais de trinta metros de altura, por medo de que algum sinal em código fosse transmitido à força aérea aliada ou aos primeiros "fora da lei". Recebemos uma visita do novo prefeito de Cléry, o sr. Plantier, que veio comunicar a meu tio a "recomendação" que recebera. Havia sido observado pelas altas esferas que entre as louváveis obras "históricas" que saíam do ateliê do "melhor artesão da França" — título que Ambroise Fleury recebera em 1937 — faltava a imagem do marechal Pétain. Era-lhe sugerido que, durante o encontro que os membros da associação Pipas da França organizariam em Cléry, o próprio Fleury lançasse, em apoteose, uma pipa com a imagem do marechal. A manifestação seria cercada de grande publicidade, com a palavra de ordem "Avante!", a fim de combater o moral baixo e a morosidade. Meu tio aceitou, com um levíssimo brilho malicioso no olhar sombrio. Eu sentia grande ternura por aqueles toques de alegria em seu olhar, aquele esboço de um sorriso zombeteiro sob o bigode grisalho: uma alegria antiga que vinha de nosso passado mais remoto e voltava à tona no rosto antes de seguir seu caminho rumo ao futuro. Ele construiu uma pipa de três metros com a efígie do marechal, e tudo teria acabado muito bem se a municipalidade, a conselho de meu tio, não tivesse convidado para a festa alguns oficiais e soldados alemães. Houve mais de cem concorrentes, e o primeiro prêmio — o marechal Pétain era hors-concours, obviamente — foi vencido pela pipa em duas partes de um padre dominicano, que representou uma Crucificação com um Jesus que descia da cruz e subia aos céus.

Eu nunca soube se Ambroise Fleury premeditou tudo ou se houve uma infeliz coincidência. Ele pareceu encontrar dificuldade para soltar uma pipa cujo tamanho estava mais de acordo com o momento histórico do que com as correntes de ar, e um cabo alemão, muito obsequioso, apressou-se a ajudá-lo — a menos que tenha sido meu próprio tio que tenha solicitado sua ajuda. O marechal Pétain finalmente conseguiu subir aos ares, mas quando abriu seus braços alados trinta metros acima de nossa cabeça, foi fotografado tendo sua linha segurada por um cabo alemão. Ninguém prestou atenção no fato durante a festa, e foi somente quando a fotografia esteve a ponto de ser publicada que a censura viu nela algo de mal-intencionado. Essa foto não foi publicada, mas outra, tirada por não se sabe quem, foi encontrada e não parou de circular em panfletos clandestinos até o fim da Ocupação: um magnífico marechal Pétain flutuando nos ares na ponta de uma linha segurada com firmeza por um hilário cabo alemão.

Esse episódio nos causou alguns aborrecimentos, e até meu tio reconheceu que talvez tivesse "colocado o pescoço para fora cedo demais". Os primeiros elementos da rede Espoir começavam a se organizar na Normandia, sob o comando de Jean Sainteny, que viera pessoalmente visitar Ambroise Fleury; os dois homens, apesar da diferença de idade, tinham sido feitos para se entender. Em Cléry, o episódio do marechal Pétain provocou reações variadas. Houve aqueles, no Petit Gris ou no Vigneron, que saudavam o "bom e velho Ambroise" com piscadelas e tapinhas nas costas; outros, porém, lembrando-se de seu período "Front Populaire", quando ele fora visto lançando um Léon Blum acima dos bosques normandos, diziam que, para um homem que tivera os dois irmãos mortos na Grande Guerra, aquela maneira de escarnecer do herói de Verdun deveria ter lhe valido um bom chute no traseiro. As pessoas também não estavam dispostas a esquecer que ele tinha sido um objetor de consciência. Uma bela manhã — sempre digo "uma bela manhã" porque as palavras criam seus próprios hábitos e não são os blindados alemães que irão mudá-los —, uma bela manhã, portanto, recebemos a visita de Grillot, meu amigo de infância, que dois anos depois teria a garganta cortada pela Resistência, que Deus o tenha. Ele veio com dois outros jovens do lado inimigo, e eles passaram a manhã revirando todas as nossas pipas, para ter certeza de que "o maluco do Fleury" não tinha outro truque na manga. Meu tio escondera todo o seu período "Front Populaire" e seu Jaurès com o padre Tachin, o pároco de Cléry, que a princípio protestara mas acabara levando tudo para o seu porão, menos Léon Blum, ao qual ateara fogo porque "afinal, caramba, não vamos exagerar". Meu tutor não ficou preocupado, mas sentiu de onde vinha o vento e decidiu, depois de muito refletir, que era preciso "fazer diferente". O encontro de Montoire deu-lhe a ocasião, e sua pipa representando o aperto de mão histórico entre o marechal Pétain e Hitler flutuou por cinco dias depois do fim do evento. "É preciso aproveitar o calor do momento", ele me confidenciou. A pipa foi reproduzida por uma equipe de voluntários, e mais de cem exemplares foram vistos mais ou menos por toda parte nos céus da França. Ninguém viu nisso qualquer ação mal-intencionada, a não ser Marcellin Duprat, que veio beber conosco e disse ao velho amigo:

— Seu patife, quando você decide zombar do mundo, é realmente para valer!

27

Em novembro de 1941, quando o silêncio que vinha da Polônia se tornava cada vez mais semelhante ao das valas comuns, passei a frequentar o solar para meus exercícios de memória. Naquela manhã, os homens do chefe da Gestapo em Cléry, Grüber, tinham nos visitado em La Motte, pois as boas línguas haviam espalhado o rumor de que Ambroise Fleury construíra uma pipa com a imagem da Cruz de Lorena e que se preparava para soltá-la muito alto, a fim de que pudesse ser vista de Cléry a Clos e de Jonquière a Prost. Era mentira; meu tio estava seguro demais de si mesmo para ser imprudente; os alemães não encontraram nada que não figurasse em todos os livros autorizados da história da França; eles hesitaram um pouco diante de uma Joana d'Arc carregada por vinte pombas, mas Ambroise Fleury observara com um sorriso que não se podia impedir Joana de subir aos céus. Ele ofereceu aos visitantes uma dose de calvados e mostrou-lhes o diploma de melhor artesão da França, recebido sob a Terceira República, e como os nazistas não teriam ganhado a guerra sem a Terceira República, o *Obersturmbannführer* disse *Gut*, *gut* e se retirou.

Eram cinco horas da tarde; eu estava parado no meio do velho assoalho poeirento do sótão; a nudez eriçada dos galhos escurecia as lucarnas; o piano de Bruno permanecia silencioso; eu poderia fechar os olhos, pois não enxergava nada. O bom e velho senso comum, naquele anoitecer, tentava resistir bravamente.

Os alemães se aproximavam de Moscou, e o rádio anunciava que Londres era reduzida a cinzas.

Não sei por qual esforço desesperado consegui superar minha fraqueza. Lila me olhou com cara feia, ela sempre sentira prazer em colocar minha fé à prova, e depois vi Tad, localizando no mapa-múndi os nomes de nossas vitórias futuras, até que Lila finalmente voltou e se atirou em meus braços. Uma valsa, foi apenas uma valsa, mas, assim que minha cabeça começou a girar, tudo voltou a ser o que era antes. Lila ria em meus braços, a cabeça atirada para trás; Bruno tocava; Tad se mantinha distraidamente apoiado num daqueles globos que descrevem tão mal a Terra porque ignoram seus infortúnios; eu estava novamente seguro de nossa sobrevivência e de nosso futuro, porque sabia amar.

Continuei valsando de olhos fechados, braços abertos, dando livre curso à minha loucura, quando ouvi a porta ranger. O vento entrava por todos os lados, e eu não teria prestado atenção no barulho, em meio ao ardor de minha celebração, se não tivesse cometido o erro, sempre grave nos que vivem de fé e de imaginação, de abrir os olhos.

Vi que a silhueta de um oficial alemão se destacava contra um retângulo de escuridão.

Reconheci Hans. Minha cabeça ainda girava um pouco e pensei estar sendo vítima de um excesso de memória. Levei alguns segundos para ter absoluta certeza do que via. Era de fato Hans. Ele estava ali, à minha frente, em seu uniforme de vencedor. Não se movia, como se compreendesse minhas dúvidas e me desse tempo de me convencer de sua presença. Ele não parecia surpreso de me encontrar no sótão, valsando com aquela que não estava lá. Tampouco estava comovido: os vencedores se acostumam ao infortúnio. Talvez já tivessem lhe dito que eu perdera um pouco da razão e devem ter acrescentado: "Coitado do pequeno Fleury, é verdade que tem a quem puxar". A Resistência estava em seus primeiros passos, e a palavra "loucura" ainda não adquirira o direito de ser "sagrada".

Havia sombras crepusculares suficientes para nos poupar de vermos claramente um ao outro. Mas consegui ver a cicatriz branca na bochecha de meu inimigo: a marca da *szabelka* polonesa que eu manejara com tanta falta de jeito. Hans parecia triste, quase respeitoso: a cortesia cai bem ao uniforme. Em seu pescoço, a Cruz de Ferro, sem dúvida conquistada durante a invasão da Polônia. Não sei mais o que nos dissemos ao longo daqueles minutos em que não trocamos palavra alguma. Ele teve um gesto delicado, signo da boa educação que a nobreza prussiana passava de pai para filho: estava bloqueando a porta e se afastou para me deixar passar. Depois de tantas vitórias, devia estar acostumado a observar a fuga dos outros. Não me mexi. Ele hesitou, depois começou a tirar a luva direita e por um momento acreditei que, dada a expressão de seu rosto, ele me estenderia a mão. Mas não, ele mais uma vez me poupou desse constrangimento: foi até a lucarna e olhou para os galhos nus na rua, enquanto retirava as luvas. Depois, virou-se para o piano de Bruno. Sorriu, dirigiu-se ao instrumento, abriu-o e sentiu-o com os dedos. Algumas notas se fizeram ouvir. Ele ficou parado por alguns instantes, a mão sobre o teclado, abaixando a cabeça. Então se virou, deu alguns passos, lentamente, como se hesitasse, vestindo as luvas. Antes de sair, deteve-se e se virou levemente na minha direção, como se fosse dizer algo, mas deixou o sótão.

Passei a noite vagando pelos campos, sem reconhecer os caminhos pelos quais passava desde a infância. Eu não sabia mais se realmente vira Hans ou se levara tão longe meus exercícios de memória que provocara o surgimento de um fantasma. Os irmãos Jarrot, que me encontraram na manhã seguinte inconsciente em seu curral, levaram-me para casa e aconselharam meu tio a me internar no hospital de Caen.

— Sabemos que o garoto é um pouco perturbado, mas dessa vez...

Chegavam em má hora. *"Tia Marthe virá passear ao amanhecer." "A vaca cantará com voz de rouxinol." "Os botões de meu calção serão costurados a tempo." "Meu pai é prefeito de Mamers e meu irmão é massagista."* As mensagens "pessoais" de Londres à Resistência, transmitidas em ondas longas de mil e quinhentos metros, ondas médias de duzentos e setenta e três metros ou ondas curtas de trinta metros e oitenta e cinco centímetros chegavam todos os dias. Ambroise Fleury agradeceu aos Jarrot por seus conselhos e, dispensando-os educadamente, veio à minha cama e me apertou o punho:

— Controle sua loucura, Ludo. Não a desperdice demais. O país precisará dela cada vez mais.

Tentei me recompor, mas o encontro com Hans me abalara profundamente. Voltei a rondar o Solar dos Jars; os alemães ainda não estavam instalados ali; a reforma não havia sequer começado.

No início de dezembro, quando pulava o muro, ouvi o portão se abrir e, deitando-me de barriga no chão, vi uma Mercedes com o estandarte do general no comando das tropas alemãs da Normandia entrar na alameda principal. Hans estava ao volante, sozinho no carro. Eu não sabia se estava voltando para preparar a ocupação do lugar ou, como eu, para pensar em Lila. Ao anoitecer, roubei cinco galões de gasolina do Clos Joli, amplamente abastecido pelos alemães, e levei-os um por um ao Solar. Naquela mesma noite, ateei fogo a tudo. O fogo não pegava; precisei começar de novo várias vezes. Andei de aposento em aposento, protegendo minhas lembranças, à espera das cinzas que as conservariam intactas. Quando finalmente tudo começou a arder até o teto, foi difícil sair dali, pois as chamas pareciam conter muita amizade.

Fui preso pela manhã, levado a Cléry e interrogado rudemente. A polícia francesa estava muito nervosa e preocupada com seu prestígio junto aos alemães. Para as autoridades, eu era o culpado ideal: aquele fora o gesto de um desequilibrado, sem qualquer intenção "terrorista".

Não neguei nada, apenas me recusei a responder; pensei em meus camaradas Legris e Costes, da rede Espoir, que tinham se recusado a falar sob tortura: se algumas bofetadas e socos pudessem me dispensar de uma confissão, eu de bom grado perderia a memória pela primeira vez na vida. Aguentei, portanto, os murros, sorri como um idiota e fingi cair numa espécie de estupor, que desencorajou bastante os policiais.

Meu tio jurou que eu não saía da cama havia uma semana; o dr. Gardieu percorreu trinta quilômetros em sua carroça, para grande desprazer do cavalo Clémentin, para confirmar suas palavras; mas as autoridades se apegaram ao "ato de um desequilibrado", e o interrogatório continuou no dia seguinte, dessa vez na presença de dois civis alemães.

Eu estava sentado numa cadeira, de costas para a porta. De repente, vi os dois alemães se levantarem, o braço erguido, e Hans passou ao meu lado, sem olhar para mim. Seu rosto estava tenso, as mandíbulas cerradas; percebia-se o esforço que fazia para dominar tanto seu desprezo quanto sua irritação. Ele não respondeu à saudação hitlerista dos homens de Grüber e se dirigiu ao comissário em francês.

— Não compreendo o motivo desta prisão. Não vejo como Ludovic Fleury, que conheço bem, poderia ter ido ao Solar dos Jars na noite do incêndio, se estive em sua companhia na casa de seu tio, em Clos, e só o deixei tarde da noite, depois de uma longa conversa sobre pipas com o mestre artesão Ambroise Fleury. É totalmente impossível que ele seja o incendiário, pois, segundo os testemunhos, as chamas eram visíveis a vários quilômetros de distância por volta das onze horas da noite.

Meu primeiro impulso foi recusar essa ajuda e essa proteção do mais forte, e por pouco não me levantei e gritei: "Fui eu que ateei fogo ao Solar". O que controlou o tumulto de meus pensamentos foi, mais uma vez, a raiva do mais fraco diante daquele gesto, no qual vi mais desdém e superioridade aristocrática do que grandeza de alma. Mas outra intuição a tempo varreu meu velho antagonismo: Hans permanecia fiel ao que nos unia e separava, Lila. Ele realmente a amava e vinha em socorro daquilo que, em mim, era o sentido de sua própria vida. Em seu ar altivo, na arrogância com que media os que me acusavam, pude reconhecer a marca de uma fidelidade à lembrança: não era minha pessoa que ele viera defender, mas nossa memória em comum.

Ele não esperou que lhe perguntassem alguma coisa e saiu: o testemunho de um oficial alemão não podia ser questionado. Fui liberado na mesma hora. Meu tio, o dr. Gardieu e o cavalo Clémentin me levaram para casa. Ninguém jamais viu três homens mais calados sobre as coisas que tinham a se dizer. Foi apenas quando fomos deixados em casa, e o dr. Gardieu e o cavalo Clémentin pegaram a estrada de Cléry, que meu tio me perguntou:

— Por que colocou fogo na casa?

— Para mantê-la intacta — respondi, e ele suspirou, pois sabia que milhares de franceses sonhavam em atar fogo na casa "para mantê-la intacta".

Ninguém, na região, tinha dúvida de minha culpa. Os que começavam a ouvir os primeiros chamados à "insensatez", que não vinham apenas da rádio de Londres, mas eram transmitidos por todos os comprimentos de onda, demonstravam-me uma espécie de tímida simpatia. Os demais me evitavam — aqueles do "tirar o time de campo", do "respirar fundo até que passe" —, enobrecendo com isso a loucura. Poucos acreditavam na vitória dos Aliados; no máximo se falava numa eventual paz avulsa, nas costas dos russos.

Fiquei sob observação no hospital psiquiátrico de Caen, onde passei quinze dias conversando em voz alta com o invisível, o que me valeu um certificado de desequilibrado mental de acordo com as normas, e nada me seria mais útil em minhas atividades na Resistência. Ninguém se preocupava de me ver vagando e gesticulando de fazenda em fazenda, e o líder de minha rede, Soubabère, me encarregou de todos os contatos. Eu magicamente recuperava a razão para continuar trabalhando na contabilidade do Clos Joli, o que fazia Duprat dizer que "alguns chutes no traseiro não adiantam nada". Ele devia suspeitar de minhas atividades clandestinas, pois pouquíssimas coisas lhe escapavam. Evitava aludir a elas — "para não se molhar", dizia meu tio — e se limitava a resmungar:

— Vocês nunca vão mudar! — E eu não sabia se falava apenas dos Fleury ou de todos os nossos irmãos insensatos, cada vez mais numerosos na Europa prostrada, que se deixavam levar a uma aberração que tantas vezes conseguiu, na história dos povos, demonstrar a possibilidade do impossível.

Ela está do outro lado do aposento, num canto escuro; na parede, há uma pipa desajeitada de corpo rosa e amarelado, salpicada de branco prateado, que um garoto de sete anos havia pintado e construído sozinho no ateliê. Não sei se é um pássaro, uma borboleta ou um lagarto, pois a imaginação infantil não se privara de nenhuma dessas possibilidades.

— Nem sempre fui gentil com você, Ludo, e agora você está se vingando. Ontem, esqueceu-se de mim por horas. Você sabe que estou à sua mercê e gosta de deixar isso bem claro. Uma atitude tipicamente masculina. Como se esperasse que eu dissesse: o que serei sem você? Você gosta de me amedrontar.

Confesso que gosto de seus temores e de suas preocupações: eis que essa garota da nobreza mais antiga depende de um camponês normando, de sua fidelidade e de sua memória. Mas nunca abuso de meus poderes sobre ela. Concedo-me no máximo a liberdade de prolongar indefinidamente alguns de seus gestos, como quando ela passa a mão pelos cabelos: preciso de alguns minutos dessa carícia todas as manhãs. Ou imobilizo seu braço e a impeço de colocar o sutiã.

— Vamos, Ludo! Já deu?

Gosto de despertar essa centelha de raiva em seus olhos. Nada me acalma mais do que vê-la assim inalterada, igual a si mesma.

— Você pensa que pode fazer qualquer coisa porque dependo de você. Ontem, me fez percorrer vinte quilômetros pelos campos. E não gostei nem um pouco desse blusão de lã verde com que me vestiu.

— É o único que tenho e estava frio.

E então, suavemente, ela se desfaz, volta à sua clandestinidade, e eu mantenho as pálpebras fechadas para protegê-la melhor.

28

Eu circulava com facilidade pela região; os alemães não se preocupavam comigo, pois sabiam que eu tinha perdido a razão, embora isso pudesse tê-los incitado a atirar em mim na mesma hora. Minha cabeça armazenava centenas de nomes e endereços de "caixas postais", que mudavam o tempo todo, e eu nunca carregava nenhum pedaço de papel.

Uma manhã, depois de uma noite na estrada, parei para descansar no Thélème. Numa mesa vizinha, um homem lia o jornal. Eu não via seu rosto, apenas o título na primeira página: O EXÉRCITO VERMELHO EM PLENA DERROCADA. O proprietário, sr. Roubaud, colocou diante do "pobre Ludo" duas taças de vinho branco, uma para mim, outra para me agradar. As pessoas tinham se acostumado à minha mania, na região, e não deixavam de lembrar aos recém-chegados que eu era ainda mais biruta que meu tio, o famoso carteiro de mesmo nome, com suas pipas. Meu vizinho pousou o jornal sobre a mesa, e reconheci meu velho professor de francês, o sr. Pinder. Eu não o via desde o oitavo ano. Seus traços, bastante acentuados pela passagem do tempo, não tinham perdido nada da exemplar severidade com que ele perseguia os erros de ortografia em nossos cadernos. O mesmo pincenê e a mesma barbicha ainda ornavam seu rosto. O sr. Pinder sempre tivera e ainda guardava um ar um pouco imperial, embora houvesse se tornado ilustre na vida graças à seção de palavras cruzadas que ele criava para a *Gazette* havia quarenta anos. Levantei-me.

— Bom dia, Fleury, bom dia. Permita-me apresentar meus cumprimentos a...

Ele ergueu levemente o corpo e se inclinou diante da cadeira vazia.

Bricot, o garçom que secava os copos atrás do balcão, parou o que estava fazendo, hipnotizado, depois voltou à tarefa. Um bom sujeito, que nunca fizera o menor esforço de imaginação na vida e que foi morto de maneira absolutamente injusta e inútil por alguns SS em fuga, depois do desembarque.

— Saúdo a loucura sagrada — disse o sr. Pinder. — A sua, a de seu tio Ambroise e a de todos os outros jovens franceses deste país a quem a memória fez perder completamente a cabeça. Fico feliz de constatar que muitos de vocês aprenderam o que merece ser aprendido em nosso bom e velho ensino público obrigatório.

Ele deu uma risadinha.

— Podemos interpretar de duas maneiras a expressão "manter a razão". Pedi-lhes uma redação sobre esse tema, acredito. Uma redação de francês, justamente.

— Lembro-me muito bem, sr. Pinder. *Saber manter a razão: agir segundo o bom senso, sensatamente.* Ou então, ao contrário: *manter sua razão de viver.*

Meu velho professor pareceu muito satisfeito. Estava aposentado havia muito tempo, ficara enrugado, e seu ar imperial se cansara um pouco, mas sempre existiu um outro tipo de juventude, que pode levar até mesmo um professor de setenta anos à deportação.

— Sim, sim — ele disse, sem especificar a que se referia.

O cachorro do proprietário, Lorgnette, um fox com duas manchas pretas em torno dos olhos, veio dar a pata ao sr. Pinder, que o acariciou.

— É preciso muita imaginação — ele disse. — Muita. Veja os russos: eles parecem já ter perdido a guerra, segundo este jornal, mas também parecem ter imaginação suficiente para não se darem conta disso.

Ele se levantou.

— Muito bem, aluno Fleury. Manter sua razão de viver pode ser o contrário de manter a razão. Sua nota será muito boa. Venha me ver um dia desses e não demore muito. Garçom!

Ele deixou vinte francos em cima da mesa, tirou o pincenê, que guardou delicadamente no bolso do colete, ao qual estava preso por uma fita de veludo preto. Ele se inclinou mais uma vez diante da cadeira vazia, colocou o chapéu e se afastou num passo um tanto duro, os joelhos não o ajudavam muito. De maio de 1941 a julho de 1942, ele redigiu boa parte da "literatura" clandestina difundida na Normandia. Foi preso em 1944, às vésperas do desembarque, pois confiou demais em suas palavras cruzadas, que eram publicadas duas vezes por semana na quarta página da *Gazette* e que passavam instruções à Resistência do Oeste, cuja chave de leitura fora entregue à Gestapo por um camarada, depois de algumas unhas arrancadas.

No entanto, quando os muros de Cléry certa manhã apareceram falando da "França eterna", com a nova e inesperada força dos clichês que de repente começam a se transformar e saem metamorfoseados de suas velhas peles surradas, as suspeitas recaíram sobre Ambroise Fleury. Fiquei surpreso com o faro inesperado dos profissionais da gravidade, que sabem muito bem que todo objeto atirado para cima — mesmo uma pipa — acaba caindo, qualquer que seja a força da esperança, e que com isso não deixavam de prestar uma homenagem ao velho ingênuo que com frequência era visto pelos campos cercado de crianças, os olhos erguidos para uma das *gnamas* que ele estava proibido de alçar a mais de quinze metros do chão.

A notícia da suspeita que pesava sobre meu tio nos foi comunicada pelo filho de nossos vizinhos, os Cailleux, que uma bela manhã chegou correndo ao ateliê. Jeannot Cailleux era loiro como se tivesse sido esfregado com trigo dos pés à cabeça, e estava sem fôlego, mais pela emoção do que pela corrida.

— *Eles* estão vindo!

Depois de prestar esse tributo à amizade, prestou outro à prudência normanda, correndo para fora e desaparecendo com a velocidade de um coelho assustado.

"Eles" eram o prefeito de Cléry, o sr. Plantier, e o secretário da prefeitura, Jabot, que o sr. Plantier convidou a permanecer na rua, sem dúvida por não querer ter seu homem de confiança como testemunha, pois a confiança tirava proveito de todas as situações. Ele entrou, secando a testa com um grande lenço vermelho quadriculado — suava-se bastante, entre os oficiais, desde as primeiras sabotagens —, e sentou-se num banco, com seu paletó de veludo cotelê cor de xixi e suas perneiras, sem nem mesmo um bom-dia, pois não estava de bom humor.

— Fleury, é você ou não?

— Sou eu — respondeu meu tio, pois ele tinha muito orgulho de nosso nome. — Fleury há dez gerações, no mínimo.

— Não banque o imbecil. Estão começando a fuzilar, talvez você ainda não saiba.

— Mas o que foi que eu fiz?

— Encontraram panfletos. Verdadeiros apelos à loucura, não há outra palavra para defini-los. É preciso ser louco para atacar as forças alemãs. Todos estão murmurando: só os loucos dos Fleury para fazer uma coisa dessas. O jovem incendiou a casa onde o Estado-Maior alemão pretendia estabelecer seu quartel-general — não negue, imbecil! —, e o velho passa seu tempo lançando proclamações aos céus.

— Que proclamações, velho granadeiro? — espantou-se meu tio, com um renovado carinho de velho pacifista por um vocabulário que vinha de Marne e Verdun.

— Suas pipas malucas e os panfletos, é tudo a mesma coisa! — gritou o prefeito, sob efeito de uma compreensão que parecia vir mais do coração do que da cabeça. — Meus rapazes viram no outro dia seu Clemenceau! E o que é isso?

Ele apontou para Zola com um dedo acusador.

— Acha mesmo que é o momento de lançar Zola aos céus? Por que não Dreyfus, já que está nisso? Meu velho, algumas infantilidades podem levá-lo ao pelotão de fuzilamento!

— Não temos nada a ver com essas sabotagens, e minhas pipas menos ainda. Um copo de sidra? Está imaginando coisas.

— Eu? — berrou Plantier. — Eu estou imaginando coisas?

Meu tio serviu-lhe um pouco de sidra.

— Ninguém está a salvo da imaginação, senhor prefeito. Daí a ver De Gaulle voando lá no alto... Ninguém está a salvo de um acesso de loucura, nem mesmo o senhor.

— O que quer dizer com isso, nem mesmo eu? Acha que eu não gostaria de ver os alemães longe daqui?

— Enfim, espero que o senhor não seja um desses que ouve a rádio de Londres todas as noites!

Plantier encarou-o sombriamente.

— Ora, não é da sua conta o que ouço ou deixo de ouvir!

Ele se levantou. Era gordo, e o peso o fazia suar mais ainda.

— Seria bom para todo mundo se pudéssemos provar que os loucos é que imprimem esses panfletos. Se começarem a acusar as pessoas sensatas, não teremos mais um momento de paz. Eu deveria ter deixado que o prendessem, para o bem geral. Não sei o que me deteve.

— O senhor vinha brincar com minhas pipas quando era criança, talvez por isso. Lembra?

Plantier suspirou.

— Deve ser isso.

Seu olhar passeou com suspeição pela sala. As pipas da "série histórica" dos reis da França estavam penduradas nas vigas, e quando ficavam assim, de cabeça para baixo, pareciam tristes. Plantier apontou para uma delas.

— Quem é aquele ali?

— O bom rei Dagoberto. Nunca foi subversivo.

— Ora, vá saber quem é subversivo e quem não é, hoje em dia.

Deu um passo na direção da porta.

— Faça uma boa limpeza, Fleury. Eles vão passar por aqui, e se encontrarem um único panfleto...

"Eles" não encontraram panfletos. A ideia de procurá-los dentro dos reis da França não lhes ocorreu. Tampouco encontraram a prensa. Ela estava enterrada num buraco embaixo de um monte de estrume. Eles deram alguns golpes de forcado no estrume, que reagiu da maneira esperada e fez com que não perguntassem mais nada.

Soldados alemães vinham com frequência encomendar *gnamas*, que enviavam como presentes a seus filhos. Algumas pipas dissimulavam não apenas apelos à resistência, redigidos em termos inflamados pelo sr. Pinder, como também a localização das principais concentrações de tropas alemãs e o posicionamento das baterias costeiras. Era preciso ter muito cuidado para não misturar os "artigos para venda" com os demais.

Nossos vizinhos, os Cailleux, não ignoravam nossas atividades, e Jeannot Cailleux com frequência nos servia de mensageiro. Quanto aos Magnard, eu às vezes me perguntava se eles teriam percebido que a França estava ocupada. Tinham com os alemães a mesma atitude que com o resto do mundo: ignoravam-nos. Ninguém jamais os viu manifestar o mínimo interesse pelo que acontecia ao redor.

— Mas eles seguem fazendo a melhor manteiga da região — dizia Marcellin Duprat, com aprovação.

O dono do Clos Joli nos recomendou à nova clientela, e chegamos a receber a visita do general Milch, o célebre aviador alemão.

Nosso mais assíduo visitante em La Motte era o prefeito de Cléry. Ele se sentava num banco do ateliê e ficava ali, sombrio e desconfiado, vendo meu tio dar corpo e asas às singelas imagens que as crianças lhe enviavam, depois se ia. Parecia inquieto, mas guardava seus temores para si. Até que, um dia, puxou meu tio para um canto.

— Ambroise, você vai acabar cometendo algum erro. Estou sentindo. Onde o esconde?

— Escondo o quê?

— Vamos, vamos, não se faça de bobo. Tenho certeza de que o esconde em algum lugar. Vai soltá-lo e será preso, estou dizendo.

— Não sei do que está falando.

— Você fez uma pipa do general De Gaulle, eu sei, estava esperando por isso. Sabe o que vai acontecer no dia em que decidir soltá-la?

Meu tio não disse nada, mas vi que ficou comovido. Quando ficava assim, seus olhos se enchiam de ternura. Ele foi se sentar ao lado do prefeito.

— Ora, ora, pare de pensar nisso o tempo todo, Albert, ou um dia vai acabar gritando "Viva De Gaulle!" da sacada da prefeitura, sem nem perceber. E não faça essa cara...

Ele riu dentro de seu grande bigode.

— Não vou denunciá-lo!

— Denunciar pelo quê? — gritou Plantier.

— Não irei dizer aos alemães que está escondendo De Gaulle em sua casa.

O sr. Plantier ficou mudo, olhando para os próprios pés. Depois se foi e não voltou mais. Conseguiu se conter por alguns meses e, em abril de 1942, chegou à Inglaterra num barco de pesca.

O país começava a mudar. A presença do invisível não parava de crescer. As pessoas que acreditávamos "razoáveis" e "equilibradas" arriscavam a vida escondendo aviadores ingleses abatidos em voo e agentes da França Livre, caídos de paraquedas e vindos de Londres. Homens "sensatos", burgueses, operários e camponeses, que dificilmente poderiam ser acusados de buscar o céu azul, imprimiam e difundiam jornais em que a palavra "imortalidade" se tornava corrente, embora os que a proclamassem fossem os primeiros a morrer.

29

Vamos construir nossa casa assim que a guerra terminar, mas não sei onde nem como conseguir dinheiro. Não quero pensar nisso. É preciso desconfiar do excesso de lucidez e de bom senso: com eles, a vida às vezes perde sua plumagem mais bela. Então fiz todo o trabalho sozinho, sem esperar, e os materiais não me custaram mais que uma pipa. Temos um cachorro, mas ainda não lhe demos um nome. É bom deixar algo para o futuro. Desisti de me preparar para os exames das *grandes écoles* e escolhi a profissão de professor primário, por fidelidade ao velho "ensino público obrigatório", que, no entanto, quando leio nos muros as listas de prisioneiros fuzilados, não sei se é digno de tantos sacrifícios. Às vezes tenho medo: a casa torna-se então meu refúgio; ela está ao abrigo de todos os olhares; sou o único a conhecer o caminho até ela; eu a construí no lugar de nosso primeiro encontro; não estamos na estação dos morangos silvestres, mas, no fim das contas, ninguém vive de lembranças de infância. Vou visitá-la exausto, muitas vezes, depois de dias percorrendo os campos e sufocando a tensão nervosa, e preciso fazer grandes esforços para encontrá-la. Nunca se falará demais do poder dos olhos fechados. Tenho mais dificuldade de superar minhas fraquezas agora que as vitórias dos alemães se sucedem na Rússia, e talvez não seja a hora de passar as noites construindo com tanta obstinação uma casa para um futuro que parece a cada dia mais distante. Lila deve me criticar por esses momentos de bom senso: ela depende totalmente daquilo que, no Clos Joli, chamam de minha aberração. Meu tio também se preocupa com minhas atividades clandestinas. Pergunto-me se não envelheceu de repente, pois dizem que a sabedoria se apodera de nós com a idade. Mas não: ele apenas me aconselha a ser um pouco mais prudente. É verdade que corro riscos demais, mas os paraquedas cheios de armas se tornam cada vez mais numerosos e é preciso recebê-las, acomodá-las em lugar seguro e aprender a utilizá-las.

Com frequência encontro a casa vazia. É normal que Lila não esteja à minha espera, pois embora não saibamos muito da resistência polonesa e dos grupos escondidos nas florestas, imagino que a realidade por lá deva ser ainda mais vigilante, mais odiosa e mais difícil de vencer do que aqui. Dizem que já fez milhões de mortos.

É quase sempre nos piores momentos de desânimo e cansaço que Lila vem me socorrer. Basta-me ver seu rosto cansado e seus lábios pálidos para lembrar que de uma ponta à outra da Europa há a mesma luta, o mesmo esforço insano.

— Esperei-a por noite e noites. Você não veio.

— Sofremos perdas enormes, precisamos entrar mais fundo ainda na floresta. Os feridos precisam de cuidados e quase não há medicamentos. Não tive tempo de pensar em você.

— Percebi.

Ela usa um pesado capote militar, carrega uma maca com uma cruz vermelha de enfermeira: mantive-a com os cabelos compridos e com a boina dos dias felizes.

— E como vão as coisas por aqui?

— Estamos no "respirar fundo até que passe" e no "tirar o time de campo". Mas vai mudar.

— Tome cuidado, Ludo. Se um dia for preso...

— Nada acontecerá com você.

— E se for morto?

— Bom, outro irá amá-la, só isso.

— Quem? Hans?

Fico quieto. Ela ainda gosta de me provocar.

— Quanto tempo ainda, Ludo?

— Não sei. Sempre teremos a velha expressão "viver de esperança", mas começo a acreditar que é a esperança que vive de nós.

O despertar é nosso melhor momento: uma cama quente, de certa forma, sempre é uma mulher. Prolongo meus despertares o máximo possível. Mas o dia nasce, com seu peso de realidade. Ouço o assoalho ranger, vejo Lila vestir-se, indo e vindo sob minhas pálpebras, descer à cozinha, acender o fogo, colocar a água para esquentar, e começo a rir com a ideia de que essa garota, que nunca precisou fazer nada, tenha aprendido tão rápido a ser dona de casa.

Meu tio praguejava:

— Só duas pessoas vivem como você, totalmente da memória, uma é De Gaulle, em Londres, a outra é Duprat, no Clos Joli.

Ele ria.

— Pergunto-me qual dos dois acabará ganhando.

30

O Clos Joli seguia prosperando, mas Marcellin Duprat começava a ser malvisto na região; criticavam-no por servir bem demais o ocupante; nossos camaradas, por sua vez, sentiam por ele um ódio cordial. Eu o conhecia melhor e o defendia quando meus amigos o chamavam de lambe-botas e de colaboracionista. A verdade era que, desde o início da Ocupação, quando os oficiais superiores alemães e toda a elite parisiense já se acotovelavam nas "galerias" e na "rotunda", Duprat fizera sua escolha. Seu restaurante continuaria sendo o que sempre fora: um monumento da França, e ele, Marcellin Duprat, pretendia mostrar diariamente ao inimigo algo que não podia ser vencido. Mas como os alemães se sentiam muito bem ali e não lhe poupavam proteção, a atitude de Duprat era incompreendida e severamente julgada. Eu mesmo assistira a uma altercação no Petit Gris, onde Duprat entrara para comprar um isqueiro e fora chamado à parte pelo sr. Mazier, o notário, que lhe disse sem rodeios:

— Deveria ter vergonha, Duprat. Enquanto a França inteira come nabo, você trata os alemães a trufas e foie gras. Sabe como chamam o cardápio do Clos Joli por aqui? O cardápio da vergonha.

Duprat se retesou. Sempre houve algo de militar em seu físico, com aquele rosto que endurecia de repente, os lábios apertados sob o bigodinho grisalho e os olhos azuis como aço.

— Vá à merda, Mazier. Se você é idiota a ponto de não entender o que estou tentando fazer, então a França está realmente fodida.

— E o que exatamente está tentando fazer, seu patife?

Ninguém jamais ouvira o notário falar daquele jeito.

— Garanto a permanência — rugiu Duprat.

— Que permanência? A do folhado de vieiras ao cerefólio? A da sopa de lagosta com legumes em *brunoise*? A do rodovalho com creme de alho-poró, a do salmonete salteado com flor de tomilho? A juventude francesa apodrece nos campos de prisioneiros, quando não está sendo fuzilada, e você... Musse de linguado na manteiga de ervas finas! Salada de lagostim! Na última quinta-feira, você serviu ao ocupante pudim de lagosta e moleja, salsicha de frutos do mar com trufas e pistaches, musse de fígado de frango ao mirtilo...

Ele pegou o lenço e enxugou os lábios. Acho que estava com água na boca.

Duprat esperou um pouco. Havia muitas pessoas no balcão: Gente, o engenheiro civil, o proprietário Dumas e um dos irmãos Loubereau, que seria preso algumas semanas depois.

— Escute bem, seu imbecil — acabou dizendo Duprat, numa voz contida. — Nossos políticos nos traíram, nossos generais se revelaram uns bananas, mas a grande cozinha francesa será defendida até o fim pelos homens responsáveis por ela. E quanto ao futuro...

Ele os fustigou com o olhar.

— A guerra não será vencida pela Alemanha, pelos Estados Unidos ou pela Inglaterra! Nem por Churchill, Roosevelt ou aquele outro, aquele que nos fala de Londres! A guerra será vencida por Duprat e seu Clos Joli, por Pic em Valence, por Point em Vienne, por Dumaine em Saulieu! Isso, imbecis, é tudo o que tenho a dizer!

Eu nunca vira quatro franceses com uma expressão de estupor como aquela. Duprat atirou algumas moedas no balcão da tabacaria e guardou o isqueiro no bolso. Ele os mediu de alto a baixo uma última vez e saiu.

Quando contei o incidente a Ambroise Fleury, ele fez um aceno com a cabeça para dizer que compreendia.

— É outro que está louco de tristeza.

Naquela noite, o pequeno furgão do Clos Joli parou na frente de nossa casa. Duprat veio buscar consolo junto ao melhor amigo. Os dois homens não trocaram palavra e se dedicaram ao calvados com seriedade. Um homem completamente diferente daquele que eu vira algumas horas antes no Petit Gris estava sentado na minha frente. O rosto de Marcellin estava lívido e desfeito, e não restava nenhum vestígio de seu voluntarismo.

— Sabe o que um daqueles senhores me disse outro dia? Ele se levantou da mesa e me declarou, sorrindo: "*Herr* Duprat, juntos, o Exército alemão e a cozinha francesa, faremos a Europa! Uma Europa da qual a Alemanha será a força, e a França, o sabor! O senhor dará à futura Europa o que ela espera da França e nós faremos com que a França inteira se torne um grande Clos Joli!". E acrescentou: "Sabe o que o Exército alemão fez, quando chegou à Linha Maginot? Seguiu em frente! E sabe o que fez, quando chegou ao Clos Joli? Parou! Ha, ha, ha!". E ele riu.

Pela primeira vez, vi lágrimas nos olhos de Duprat.

— Ora, Marcellin! — disse meu tio, delicadamente. — Sei que essas palavras parecem anunciar a derrota, mas... eles vão ver!

Duprat se recompôs. Seu olhar recuperou o famoso brilho cinzento do aço e até mesmo um toque de cruel ironia.

— Parece que, nos Estados Unidos e na Inglaterra, as pessoas dizem: "Não reconhecemos mais a França!". Muito bem, que venham ao Clos Joli e irão reconhecê-la!

— Assim é melhor — disse meu tio, enchendo seu copo.

Os dois sorriram.

— Porque eu — disse Duprat — não sou desses que ficam gemendo: "Não sei o que o futuro nos reserva!". Eu sei: sempre haverá uma França no Guia Michelin!

Meu tio precisou acompanhá-lo até sua casa. Acho que foi nesse dia que compreendi o desespero e a fúria, mas também a fidelidade de Marcellin Duprat, numa mistura bem normanda de habilidade e fogo oculto, o fogo que ele uma vez me dissera ser "nosso ancestral comum". Seja como for, quando surgiu a questão, em março de 1942, de atear fogo ao Clos Joli, onde toda a nata do colaboracionismo se acotovelava à mesa do ocupante, opus-me com veemência.

Éramos seis na reunião, entre os quais o sr. Pinder, com quem eu tinha conversado por um bom tempo e que me prometera fazer o possível para acalmar os que estavam com a cabeça quente. Entre os presentes havia Guédard, que mapeava pontos de aterrissagem clandestina no oeste; Jombey, agressivo e nervoso, como se já pressentisse seu fim trágico; Sénéchal, um professor de Caen; e Vigier, que viera de Paris para estudar "o caso Duprat" junto com os responsáveis locais e então tomar as providências necessárias. Estávamos reunidos na casa de Guédard, no segundo andar, bem na frente do restaurante, do outro lado da estrada. As Mercedes dos generais e os Citroën pretos da Gestapo e de seus colegas franceses se alinhavam à frente do estabelecimento. Jombey se mantinha à janela, com a cortina levemente aberta.

— Não podemos tolerar isso — ele repetia. — Faz dois anos que Duprat é a insuportável imagem do servilismo e da putaria. O lacaio se supera para encantar boches e traidores...

Ele foi até a mesa e abriu o "dossiê" de Duprat. As provas de sua colaboração com o inimigo, como se dizia então.

— Ouçam isso...

Não precisávamos ouvir. Conhecíamos as "provas" de cor. *Terrina de enguia ao molho esmeralda*, servida a Otto Abetz, embaixador de Hitler em Paris, e a seus amigos. *Fantasia gourmande Marcellin Duprat*, servida a Fernand de Brinon, embaixador de Vichy em Paris, fuzilado em 1945. *Folhado de lagostim e cabeças de aspargos, musse de fígado de frango ao mirtilo*, servido ao próprio Laval, acompanhado de sua corja de Vichy. *Cozido Velha França*, servido a Grüber e a seus ajudantes franceses da Gestapo. E os vinte ou trinta mais belos pratos do "melhor artesão da França", com que o general Von Tiele, novo comandante do Exército alemão da Normandia, satisfizera seu apetite de vencedor várias vezes ao longo de uma única semana, no mês anterior. A carta de vinhos, sozinha, seria suficiente para comprovar a ânsia de Duprat em oferecer ao ocupante o que o solo da França produzira de melhor.

— Ouçam isso, por favor, ouçam bem isso! — gritava Jombey. — Ele poderia ao menos ter escondido as melhores garrafas, guardá-las para os Aliados, quando eles chegarem! Mas não, entregou tudo, deu tudo... *vendeu* tudo! Um Château Margaux 1928 e um Château Latour 1934, e até um Château d'Yquem 1921!

Sénéchal estava sentado na cama, acariciava seu spaniel. Era um loiro parrudo. Sempre tento relembrar e reviver ao menos a cor dos cabelos desse homem do qual, poucos meses depois, não restaria mais nada.

— Encontrei Duprat há oito dias — ele disse. — Voltava de um tour pelas fazendas: a traseira de seu furgão estava cheia de pacotes. Tinha um olho roxo. "Delinquentes", ele disse. "Escute, sr. Duprat, não são delinquentes, e o senhor sabe muito bem disso. Não tem nem um pouco de vergonha?" Ele cerrou os dentes. "Até você, garoto? Pensei que fosse um bom francês." "E, segundo o senhor, um bom francês, neste momento, quer dizer o quê?" "Ora, vou mesmo lhe dizer, já que parece não ter a mínima ideia. O que me espanta, aliás. Vocês se esqueceram até mesmo da própria história! Um bom francês, nos tempos que correm, é aquele que aguenta firme." Fiquei abismado. Ele estava ali, ao volante do furgão, com a gasolina dos alemães, com os melhores produtos da terra francesa para os alemães e falava daqueles que "aguentam firme". "E, para o senhor, aguentar firme quer dizer o quê?" "É não ceder, não abaixar a cabeça e permanecer fiel àquilo que faz da França a França... É isso!" E mostrou as próprias mãos. "Meu avô e meu pai trabalharam para a grande cozinha francesa, e a grande cozinha francesa, por sua vez, não foi abatida, não conheceu a derrota e nunca conhecerá enquanto houver um Duprat para defendê-la dos alemães, dos americanos, de qualquer um! Sei o que pensam de mim, já o ouvi várias vezes. Que fico de quatro para agradar aos alemães. Porcaria. Quero saber se o padre da Notre-Dame impede os alemães de se ajoelhar! Em vinte, trinta anos, a França entenderá que foram os Pic, os Dumaine, os Duprat e mais alguns que salvaram o essencial. Um dia, a França inteira virá até aqui em peregrinação e será o nome dos grandes cozinheiros que levará aos quatro cantos do mundo a mensagem da grandeza de nosso país! Um dia, meu caro, seja quem for que ganhar a guerra, a Alemanha, os Estados Unidos ou a Rússia, este país estará afundado em tanta lama que, para acharmos nosso caminho, só restará o Guia Michelin, e mesmo assim não será suficiente! Aí, sim, teremos guias, anote o que digo!"

Sénéchal se calou.

— É um homem desesperado — eu disse. — Não podemos esquecer que é da geração da Grande Guerra.

Ele sorriu.

— Ele é um pouco como seu tio com as pipas.

— Acho que não está nem aí para ninguém — disse Vigier. — E que se dedica de corpo e alma a seu amor pela profissão e a rir de nossa cara.

O sr. Pinder pareceu constrangido.

— Duprat tem certa ideia da França — ele murmurou.

— O quê?! — protestou Jombey. — Está mesmo dizendo isso, sr. Pinder?

— Acalme-se, meu amigo. Porque, afinal, precisamos considerar uma hipótese aqui...

Ficamos na expectativa.

— E se Duprat for um visionário? — perguntou o sr. Pinder, serenamente. — Se estiver enxergando longe? Se realmente estiver vendo o futuro?

— Não estou entendendo — resmungou Jombey.

— Duprat talvez seja, de todos nós, o que mais claramente vê o futuro do país, e depois que todos tivermos sido mortos e os alemães derrotados, tudo isso talvez acabe numa grandeza... culinária. Podemos fazer a pergunta da seguinte maneira: quem, aqui, está disposto a morrer para que a França se torne o Clos Joli da Europa?

— Duprat — eu disse.

— Por amor ou por ódio? — perguntou Guédard.

— Parece que os dois andam juntos — eu disse. — "Quem bem ama bem castiga", e assim por diante. Acho que, se ele estivesse nas trincheiras da Grande Guerra, com um fuzil na mão, realmente poderia nos fazer entender o que tem no coração.

— Venham ver — disse Jombey.

Fomos à janela. Quatro rostos, três jovens e um velho. As cortinas eram de um algodão leve, com flores rosa e amarelas.

Alguns homens saíam do restaurante.

Entre eles, o chefe da Gestapo, Grüber, dois de seus colegas franceses, Marle e Dennier, e um grupo de aviadores, entre os quais reconheci Hans.

— Uma bomba lá dentro — disse Jombey. — Para queimar o Clos Joli até as cinzas.

— Um atentado como esse custaria caro demais à população — eu disse.

Eu estava desconfortável. Entendia Marcellin Duprat, sua mistura de desespero, de sinceridade e dissimulação, de astúcia e autenticidade em sua fidelidade a uma vocação que transcendia de longe o que ela podia ter de fútil. Eu não tinha dúvida de que, em sua raiva e em sua frustração de veterano da Grande Guerra, a grande cozinha francesa se tornara para ele o "último bastião". Havia, nele, certa cegueira deliberada, que era apenas outra maneira de ver: a que permite a um homem se agarrar a alguma coisa para não se afogar. Obviamente, eu não confundia alhos com bugalhos, mas, criado entre as pipas do "maluco do Fleury", sentia afeto por tudo o que permite ao homem dar o melhor de si mesmo.

— Sei que pode parecer absurdo, mas não esqueçam que o nome Duprat foi usado por três gerações de cozinheiros antes de Marcellin. Ele ficou profundamente traumatizado com a derrota, com a perda de tudo em que acreditava, e se dedicou de corpo e alma ao que lhe restou.

— Sim, à titica de galinha com molho pé torto — vociferou Jombey. — Está de brincadeira, Fleury?

Eu tinha um plano e já o compartilhara com Sénéchal.

— Precisamos usar o Clos Joli, em vez de destruí-lo. Com a ajuda do vinho, os alemães falam muito à mesa, e com muita liberdade. Precisamos colocar no restaurante alguém que saiba alemão e que nos mantenha informado. O que Londres quer de nós são informações, muito mais do que ações espalhafatosas.

Também destaquei o risco de represálias contra a população. Decidiu-se suspender a ação. Eu sabia, no entanto, que, cedo ou tarde, se não conseguisse provar a nossos camaradas que Duprat poderia ser útil, o Clos Joli arderia em chamas.

31

Passei alguns dias quebrando a cabeça. A noiva de Sénéchal, Suzanne Dulac, era licenciada em alemão, mas eu não sabia como fazer para que Duprat a contratasse.

Fazia alguns meses que eu fora encarregado de coordenar os intermediários da rota de fuga que levava os aviadores aliados abatidos em voo para a Espanha. Uma noite, fui avisado por um dos irmãos Buis que um piloto de caça da França Livre fora salvo e escondido em sua fazenda. Os Buis o ocultavam havia uma semana para que "a coisa esfriasse"; e quando as patrulhas alemãs em torno do avião derrubado se fizeram mais raras, fui avisado.

Encontrei o piloto à mesa diante de um prato de tripas na cozinha. Chamava-se Lucchesi. Com seu lenço de bolinhas vermelhas no pescoço e seu *battledress* azul-marinho com o emblema da Cruz de Lorena, seus cabelos pretos encaracolados e seu rosto astuto, ele estava tão à vontade que parecia ter passado a vida inteira caindo do céu.

— Diga-me uma coisa, vocês têm um bom restaurante aqui perto, que eu possa recomendar a meus colegas de esquadra? Andamos perdendo quatro ou cinco pilotos por mês, então se algum cair por aqui...

Foi naquele momento que tive uma ideia. Eu precisaria ficar com o piloto no mínimo oito dias até poder arranjar sua passagem para a Espanha.

Meu tio me acompanhou ao Clos Joli no dia seguinte, tarde da noite. Encontrei Duprat mergulhado numa sombria meditação, na companhia do filho, Lucien. A rádio de Vichy tocava ao fundo e havia razão para ficar consternado. A Marinha mercante britânica não existia mais, o Afrika Korps se aproximava do Cairo, o Exército italiano ocupava a Grécia... Eu nunca vira Marcellin Duprat tão preocupado com as más notícias. Só quando ele começou a falar é que percebi meu erro. O dono do Clos Joli simplesmente esquecera de desligar o aparelho e meditava sobre algo muito menos efêmero.

— Eu nunca quis o filé Rossini em meu cardápio. Outro legado de Escoffier. Ele gostava de truques. Sabe o que é o filé Rossini? Um *trompe-l'œil*, um engana-vista. Escoffier o inventou porque a qualidade da carne era suspeita, usou um tira-gosto, foie gras e trufas salteadas, para desviar a atenção do paladar. É nesse ponto que estamos, em política, em tudo: no filé Rossini. No engana-língua. O produto está avariado, então nós o cercamos de mentiras e belas palavras. Quanto maior a eloquência, maior a força, e pode ter certeza de que o conteúdo está avariado. Nunca aguentei Escoffier. Sabe como ele chamava as pernas de rã? "Asas de ninfas ao alvorecer"...

Dois porta-aviões americanos naufragados no Pacífico... Trezentos bombardeiros ingleses abatidos pela aviação alemã ao longo das duas últimas noites...

Duprat tinha o olhar levemente vidrado.

— Não podemos continuar assim — ele disse. — Tudo se torna vistoso. A apresentação, por exemplo. É preciso acabar com ela. O futuro está no prato. Mas não consigo ser ouvido. Até Point se recusa a reconhecer que a apresentação é um ato antinatural. A comida sempre perde a espontaneidade, a verdade e o momento durante a apresentação. Ela deve ir por inteiro para o prato, direto do fogo. E Vannier ousa dizer: "Só nas biroscas a comida sai da cozinha para o prato". E onde fica o sabor em tudo isso? O que conta é o sabor, capturado em seu momento de verdade, o momento em que a substância e o perfume desabrocham na união; esse é um instante a capturar e a não perder...

Centenas de milhares de prisioneiros no front russo... Vigorosa represália das forças da ordem contra os traidores e os sabotadores... Doze cidades arrasadas numa única noite na Inglaterra...

Entendi que Duprat falava para não estourar e que lutava, a seu modo, contra o desânimo e o desespero.

— Olá, Marcellin — disse meu tio.

Duprat se levantou e desligou o rádio.

— O que querem a uma hora dessas?

— O garoto tem algo a dizer. É pessoal.

Saímos. Ele nos ouviu em silêncio.

— Nada feito. A Resistência tem meu coração e já provei isso, aguentando firme, em condições impossíveis. Mas não posso receber aqui um aviador, debaixo do nariz dos alemães. O restaurante seria fechado.

Meu tio abaixou um pouco a voz.

— Não se trata de qualquer aviador, Marcellin. É o ajudante de campo do general De Gaulle.

Duprat foi atingido por uma espécie de paralisia. Se um dia um monumento fosse elevado àquele que conduzira o Clos Joli com mão firme durante a tempestade, seria assim que eu o veria representado numa praça de Cléry, o olhar duro, as mandíbulas cerradas. Creio que sentia certa rivalidade pelo grande resistente da França.

Ele pensou. Senti-o tentado e, ao mesmo tempo, hesitante. Meu tio o observava de canto de olho, não sem malícia.

— É muito bonito — ele acabou dizendo —, mas o De Gaulle de vocês está em Londres, e eu estou aqui. Sou eu quem enfrenta dificuldades todos os dias, não ele.

Ele resistiu mais um pouco. Eu sabia que era uma questão de vaidade, mas o que ela ocultava de profundidade em sua provocação não deixava de ter certa grandeza.

— Não vou arriscar tudo o que salvei para receber seu homem. É perigoso demais. Correr o risco de ter as portas fechadas por bravata, não. Mas posso fazer algo melhor. Vou passar a vocês o cardápio do Clos Joli para que seu homem o passe a De Gaulle.

Fiquei ali parado, estupefato. No escuro, o vulto alto e branco de Duprat parecia o de um fantasma vingador. Meu tio Ambroise ficou sem voz, mas quando Duprat voltou à cozinha, ele murmurou:

— Sabemos o que significa ter a alma atormentada, mas esse aí é um verdadeiro fanático.

Fazia algum tempo que o estrondo dos bombardeiros ingleses se misturava aos tiros da defesa antiaérea e trazia aos campos normandos a voz de todas as noites. Os feixes dos holofotes se cruzavam acima de nossa cabeça. E então o céu foi rasgado por um brilho alaranjado: um avião explodiu junto com suas bombas.

Duprat voltou. Trazia o cardápio do Clos Joli. Algumas bombas caíram para os lados de Bursières.

— Pronto. Ouçam. É uma mensagem pessoal a De Gaulle, de Marcellin Duprat...

Ele elevou a voz, para cobrir o som dos canhões da defesa antiaérea alemã.

Sopa-creme de lagostim de rio
Torta folhada com trufas ao vinho de Graves...
Lobo com compota de tomates...

Leu-nos todo o cardápio do dia, do foie gras à geleia de pimenta e da salada quente de batatas com vinho branco até o pêssego branco com granita de Pomerol. Os bombardeiros aliados rugiam acima de nossa cabeça e a voz de Marcellin Duprat tremia um pouco. Às vezes ele parava e engolia em seco. Acho que estava com um pouco de medo.

Para os lados da via férrea de Etrilly, um estrondo de bomba fez a terra tremer.

— Aqui está. Entregue a seu aviador. Que De Gaulle se lembre como é. Que saiba pelo que está lutando.

Os holofotes continuavam sua esgrima no céu, e o chapéu do cozinheiro número um da França parecia envolto em raios.

— Eu não mato os alemães — ele disse. — Eu os esmago.

— Você não está nem aí para ninguém, Marcellin — disse meu tio, delicadamente.

— Ah, acha isso, é? Muito bem, veremos. Veremos quem terá a palavra final, De Gaulle ou meu Clos Joli.

— Não vejo problema algum no triunfo da cozinha francesa, desde que não seja à custa de todo o resto. Acabei de ler o resultado de um concurso organizado por um jornal para saber o que se deve fazer com os judeus. O primeiro prêmio foi para uma jovem que respondeu: "Assá-los". Deve ser uma boa cozinheira que, nesses tempos de privações, sonha com um bom assado. De todo modo, não se deve julgar um país pelo que ele faz com seus judeus: em todas as épocas, os judeus foram julgados pelo que se fez a eles.

— Arre — exclamou Duprat de repente. — Tragam o aviador. Mas acima de tudo, não pensem que faço isso para ficar bem no futuro. Não temo nada nesse aspecto. Todo alemão com um pouco de inteligência, ao pisar no Clos Joli, percebe que está lidando com uma supremacia e uma invencibilidade históricas. Outro dia, o próprio Grüber veio jantar aqui. E quando acabou, sabem o que me disse? "*Herr* Duprat, o senhor deveria ser fuzilado."

Nós o deixamos sem falar nada. Voltamos pelos campos e meu tio me disse:

— No momento da invasão, enquanto o país afundava, pensei que Marcellin enlouqueceria. Lucien me contou que, depois da queda de Paris, ele entrou na cozinha e encontrou o pai de pé em cima de um tamborete, com uma corda no pescoço. Ele delirou por vários dias, gaguejando atropeladamente palavras em que o pato com ervas normandas e sua famosa *giboulée* com creme se misturavam aos nomes Foch, Verdun e Guynemer. Depois, ele quis fechar as portas e se trancou no escritório, com sua coleção de trezentos cardápios em que figura tudo o que, há gerações, faz a glória do Clos Joli. Acho que nunca mais se recuperou e que foi naquele momento que decidiu dar aos alemães e ao país o exemplo de um chef francês que não capitularia. Nem você nem eu podemos acusá-lo de "insensatez".

32

O almoço do tenente Lucchesi no Clos Joli foi memorável. Conseguimos um terno novo e documentos irrepreensíveis para ele, mesmo se, desde o início da Ocupação, nenhum controle jamais tivesse acontecido no restaurante de Duprat. O tenente foi servido na melhor mesa da "rotunda", ao lado dos altos oficiais da Wehrmacht, entre os quais o general Von Tiele em pessoa. Ao fim da refeição, Marcellin Duprat acompanhou Lucchesi à porta, apertou sua mão e lhe disse:

— Volte sempre.

Lucchesi o encarou.

— Infelizmente, não podemos escolher o lugar onde seremos abatidos — ele disse.

Depois daquele dia, Duprat não nos recusou mais nada. Não creio absolutamente que fosse porque nós o "tínhamos", de certo modo, ou porque ele começava a sentir que os ventos mudavam e quisesse provar algo à Resistência, mas porque, se as palavras "união sagrada" significavam alguma coisa para ele, era que esta deveria acontecer em torno do Clos Joli. Como dizia meu tio, de maneira mais afetuosa que zombeteira, "embora Marcellin seja mais velho que De Gaulle, ele tem todas as chances de sucedê-lo".

Assim, Duprat aceitou ter a seu serviço, na qualidade de "recepcionista" — "não quero putas aqui", foi sua única restrição — a noiva de Sénéchal, nossa camarada Suzanne Dulac, uma morena bonita de olhos alegres, que conhecia perfeitamente a língua alemã, e não houve dúvida de que as conversas que ela recolhia interessavam a Londres, particularmente preocupada em saber tudo o que acontecia na Normandia: nossas ordens eram para não negligenciar nada. Mas logo passamos a dispor de outra fonte de informações, tão importante que toda a atividade de nossa rede foi profundamente modificada. De minha parte, levei vários dias para me recuperar do choque, pois, além do efeito surpresa, eu não havia compreendido ainda até onde o ser humano — uma mulher, no caso — poderia ir em sua vontade implacável de luta e sobrevivência.

O nome que eu via com mais frequência nas faturas e nos livros de contabilidade em meu trabalho no restaurante de Marcellin Duprat era o de certa condessa Esterhazy — a *Gräfin*, como diziam os alemães — que meu patrão tinha em alta conta: ela sabia receber. O "bufê" de suas recepções era inteiramente fornecido pelo Clos Joli e garantia somas consideráveis ao restaurante.

— É uma grande dama — explicou-me Duprat, olhando para os números. — Uma parisiense de ótima família, que foi casada com um sobrinho do almirante Horthy, sabe, o ditador da Hungria. Parece que ele lhe deixou propriedades imensas em Portugal. Fui à casa dela uma vez: sobre o piano há retratos autografados de Horthy, de Salazar, do marechal Pétain e mesmo, acredite, do próprio Hitler: "Para a *Gräfin* Esterhazy, de seu amigo Adolf Hitler". Vi com meus próprios olhos. Não espanta que os alemães sejam muito atenciosos com ela. Quando voltou de Portugal, depois da vitória — enfim, quero dizer, depois da derrota —, ela se instalou na Mansão dos Cervos, mas quando a mansão foi solicitada pelo Estado-Maior alemão, deixaram-lhe por consideração o pavilhão dos jardins. Em todo caso, vemos em sua casa quase tanta gente da alta sociedade quanto na minha.

Cães não eram permitidos no Clos Joli. Duprat era intransigente nesse ponto. Até o pastor pomerânio que acompanhava Grüber por toda parte precisava esperar no jardim, para onde Duprat enviava, é verdade, um copioso patê. Um dia em que eu estava no escritório, o sr. Jean entrou, com um pequinês nos braços.

— É o cãozinho da Esterhazy. Ela me pediu para deixá-lo com você e disse que virá buscá-lo mais tarde.

Dei uma olhada no pequinês e comecei a suar frio. Era Tchong, o pequinês da sra. Julie Espinoza. Tentei me recompor e dizer a mim mesmo que era apenas uma semelhança, mas nunca fui capaz de enganar minha própria memória. Reconheci o focinho preto, cada tufo de pelo branco e marrom, as orelhinhas alaranjadas. O cãozinho veio até mim, ergueu-se colocando as patas em meus joelhos e começou a ganir, mexendo o rabo. Murmurei:

— Tchong!

Ele pulou sobre meus joelhos e lambeu minhas mãos e meu rosto. Fiquei ali, acariciando-o, tentando colocar meus pensamentos em ordem. Só havia uma explicação possível. Madame Julie fora deportada e o cachorro fora recolhido, depois de não sei quantos infortúnios, pela Esterhazy. Eu conhecia o respeito com que os alemães tratavam os animais e lembrei-me de um anúncio publicado pela *Gazette*, avisando a população que "o transporte de galinhas vivas com as patas amarradas e presas de cabeça para baixo no guidom da bicicleta será considerado tortura e estritamente proibido".

Tchong encontrara uma nova dona, portanto. Mas as lembranças voltavam com ímpeto e entre elas a da "patroa", convencida da derrota e preparando-se para o futuro com minuciosas precauções: documentos de identidade "acima de qualquer suspeita", milhões em notas falsas e retratos de Horthy, Salazar e Hitler, que tanto tinham me intrigado quando ainda estavam "sem dedicatória". Eu continuava suando de emoção quando o sr. Jean abriu a porta e vi a sra. Julie Espinoza entrar. Para falar a verdade, se não fosse por Tchong, eu não a teria reconhecido. A única coisa que restava da velha cafetina da Rue Lepic era a sombra no olhar, que parecia ocultar toda uma milenar e dura experiência de mundo. Sob os cabelos brancos, o rosto tinha um ar de frieza altiva; um casaco de lontra jogado negligentemente sobre os ombros, uma echarpe de seda cinza no pescoço, ela se dotara de um colo majestoso, engordara uma boa dezena de quilos e parecia no mínimo dez anos mais nova: confidenciou-me, então, que tirara proveito de suas relações e se fizera "desenrugar" no hospital militar para queimaduras graves de Berck. O pequeno lagarto de ouro que eu conhecia tão bem estava preso à echarpe. Ela esperou que o sr. Jean respeitosamente fechasse a porta, tirou um cigarro da bolsa, acendeu-o com um isqueiro de ouro e engoliu a fumaça, olhando para mim. Uma ponta de sorriso apareceu em seus lábios quando me viu daquele jeito, preso à cadeira, a boca aberta de espanto. Ela colocou Tchong embaixo do braço e me observou com atenção por mais uns instantes, quase com maldade, como se não aprovasse a confiança que se sentia obrigada a demonstrar, depois se inclinou na minha direção:

— Ducros, Salin e Mazurier estão sob suspeita — ela murmurou. — Grüber por enquanto não vai tocar neles, pois quer saber quem são os outros. Diga-lhes para sumirem por um tempo. E chega de reuniões na sala dos fundos do Normand, ou, em todo caso, que não sejam sempre com as mesmas pessoas. Entendeu?

Fiquei quieto. Eu tinha uma névoa diante dos olhos e senti uma súbita vontade de mijar.

— Vai se lembrar dos nomes?

Fiz que "sim" com a cabeça.

— E não fale de mim. Nem uma palavra. Você nunca me viu. Entendeu?

— Entendi, Madame Ju...

— Cale a boca, imbecil. É sra. Esterhazy.

— Sim, sra. Esther...

— Esther, não. Esterhazy. Esther não é um nome a ser usado nos tempos que correm. E seja rápido, porque não se sabe se vão pegá-los antes da reunião. Um dos rapazes de Grüber me mantém informada, mas o idiota está de cama há três dias, com pneumonia.

Ela ajustou o casaco de lontra nos ombros, arrumou a echarpe, encarou-me por um bom tempo, esmagou o cigarro no cinzeiro da mesa e saiu.

Passei a tarde inteira correndo para avisar os camaradas ameaçados. Soubabère quis saber a todo custo quem me informara, mas eu disse que um passante havia me entregado um bilhete na rua e logo se afastara às pressas.

Fiquei tão impressionado com a metamorfose da cafetina da Rue Lepic naquela espécie de Estátua do Comendador surgida em meu escritório que tentei não pensar a respeito e não falei nada com ninguém, nem mesmo com meu tio Ambroise. Acabei acreditando que meu "estado" se agravara e que eu fora vítima de uma alucinação. No entanto, duas ou três vezes por mês, na hora do almoço, o sr. Jean vinha me trazer o cãozinho da *Gräfin*, e quando sua dona vinha buscá-lo, era sempre para me passar informações, algumas tão importantes que se tornou difícil fingir que eu recebia bilhetes de desconhecidos nas ruas de Cléry.

— Escute, senhora... Enfim, senhora, como vou explicar de onde tirei essas informações?

— Proíbo-o de falar de mim. Não tenho medo de morrer, mas tenho certeza de que os nazistas vão perder a guerra e quero estar aqui para ver.

— Mas como faz para...

— Minha filha é secretária do Estado-Maior, na Mansão dos Cervos.

Ela acendeu um cigarro.

— E é amante do coronel Schtekker.

Deu uma risadinha e acariciou Tchong.

— A Mansão dos Cervos. Todos os cervos têm chifres. Diga que encontra essas informações em envelopes deixados em cima desta escrivaninha. Você não sabe de onde eles vêm. Diga que, se quiserem que isso continue, eles precisam parar de fazer perguntas.

Pela primeira vez, vi em seu rosto, enquanto ela me observava, uma sombra de preocupação.

— Confiei em você, Ludo. É sempre uma burrice confiar nos outros, mas corri esse risco. Sempre vivi ao rés do chão, então ao menos uma vez...

Ela sorriu.

— Outro dia fui ver as pipas de seu tio. Havia uma, muito bonita, que lhe escapou das mãos e saiu voando. Seu tio me disse que nunca mais será encontrada ou que, se for, estará toda estragada e rasgada.

— A busca do céu azul — eu disse.

— Nunca pensei que fosse acontecer comigo — disse a sra. Julie Espinoza, e vi lágrimas em seus olhos. — Acho que depois que vivemos demais na escuridão, o céu azul nos faz perder a cabeça.

— Pode confiar em mim, sra. Esterhazy — falei baixinho. — Não a trairei. Ouvi demais da senhora que tenho um olhar de fuzilado.

Soubabère não acreditou em uma palavra daquela história de envelope. Quando lhe entreguei um esquema com todo o dispositivo alemão na Normandia — número de aviões em cada terreno, localização das baterias costeiras e da defesa antiaérea, número das divisões alemãs recuadas para a Rússia e rumo ao oeste —, foi por pouco que ele não me passou um sermão.

— De onde tirou isso, diabos?

— Não posso dizer. Dei minha palavra.

Meus camaradas começaram a me olhar com ar estranho. Londres exigia imperativamente a origem das informações. Quebrei a cabeça em busca de uma solução, a ponto de não conseguir ver Lila por dias e dias. Eu precisava a todo custo encontrar uma maneira de sair dessa e conseguir daquela que eu não conseguia deixar de chamar em pensamento de "a judia" a autorização de pôr meu chefe de rede a par de tudo. No fim, apelei a um argumento do qual não me orgulho muito, mas que me pareceu justo.

Naquele dia, um domingo, a Esterhazy veio almoçar no Clos Joli depois de assistir à missa. O pequinês me foi devidamente confiado pelo sr. Jean. Por volta das três horas, a *Gräfin* entrou em meu escritório, tirou uma mensagem da bolsa, lançou um olhar prudente à porta e pôs o papel em cima da mesa.

— Decore e queime imediatamente.

Era a lista de "pessoas de confiança" — ou seja, dos informantes — de que a Gestapo dispunha na região.

Reli os nomes duas vezes e queimei o papel.

— Como conseguiu isso?

Madame Julie estava diante de mim toda vestida de cinza, acariciando Tchong.

— Não se preocupe com isso.

— Explique-se, pelo amor de Deus. Ninguém vai acreditar. Vem direto da Gestapo.

— Muito bem, vou dizer. O assistente de Grüber, Arnoldt, é homossexual. Ele vive com um amigo meu, que é judeu.

Com a bochecha, ela acariciou o focinho de Tchong.

— Sou a única que sabe que ele é judeu. Consegui falsos documentos de ariano para ele. Três gerações de arianos. Ele não pode me recusar nada.

— Agora que tem os documentos, ele pode se livrar da senhora, denunciando-a.

— Não, meu pequeno Ludo, porque eu guardei seus *verdadeiros* documentos.

Havia algo de implacável e quase invencível naquele olhar sombrio.

— Até logo, pequeno.

— Espere. O que acha que acontecerá com a senhora se eu for pego e fuzilado?

— Nada. Ficarei muito triste.

— Está enganada, sra. Esterhazy. Se eu não estiver mais aqui para testemunhar tudo o que a senhora fez pela Resistência, irão atrás da senhora logo nos primeiros dias da Libertação. E não haverá mais ninguém para defendê-la. Haverá apenas...

Engoli em seco e reuni toda a coragem que tinha.

— Haverá apenas a cafetina Julie Espinoza, que vivia em excelentes termos com os alemães. Os fuzilamentos serão tão rápidos quanto agora, a senhora pode ter certeza. Sou o único a saber de tudo que a senhora fez por nós e se eu não estiver mais aqui...

Sua mão se imobilizou na cabecinha de Tchong, depois voltou à carícia. Fiquei assustado com minha própria audácia. Mas a única coisa que vi no rosto da "patroa" foi um sorriso.

— Minha nossa, você endureceu muito, Ludo — ela me disse. — Virou um homem. Você está certo. Tenho testemunhas em Paris, mas provavelmente não terei tempo de voltar para lá. Bom, tudo bem. Pode contar a seus amigos. E diga-lhes também que, já amanhã, quero uma carta atestando os serviços que venho prestando. Será guardada em lugar seguro... onde ninguém procurará, na minha idade. E diga ao chefe de sua rede... quem é, mesmo?

— Soubabère.

— Que, à menor indiscrição, serei a primeira a saber e terei tempo de fugir, mas vocês não. Nenhum de vocês. Não restará nenhum de vocês, nem mesmo você. Já me fodi demais na vida para ser fodida de novo. Que seu chefe cale a boca ou farei com que ela seja calada para sempre.

Levei uma hora para explicar tudo a Souba naquela noite. A única observação que ele fez, depois de me ouvir, foi:

— Que mulher é essa puta.

Mais tarde quase lamentei o argumento a que recorri para convencer a *Gräfin*. Eu havia tocado em seu ponto mais sensível: seu instinto de preservação. A preocupação com o que poderia lhe acontecer nos dias que se seguiriam à partida dos alemães tornou-se para ela uma verdadeira obsessão: por pouco ela não exigiu de mim um recibo para cada informação que me fornecia. Depois do certificado de "grande resistente", datado e assinado por "Hércules" — o nome de guerra que Soubabère modestamente escolhera —, ela exigiu um outro para sua filha e um terceiro, batido à máquina, igualmente assinado e datado, com o nome do beneficiário em branco.

— Para o caso de eu precisar salvar alguém — ela me explicou.

Madame Julie logo ganhou um codinome em Londres: *Garance*. O papel que ela desempenhou na clandestinidade é hoje bem conhecido, pois ela recebeu a Roseta da Resistência, mas mudei aqui alguns nomes e alguns detalhes, para não a perturbar na fama que adquiriu depois da guerra. Ela continuou nos mantendo informados até o desembarque e nunca foi questionada nem esteve sob suspeita. Suas relações com o ocupante foram consideradas "vergonhosas" até o fim: ela ofereceu uma garden party aos oficiais alemães da Mansão dos Cervos alguns dias antes do desembarque. Tornou-se audaciosa a ponto de autorizar que instalássemos um transmissor-receptor em seu quarto de empregada, e a empregada em questão, Odette

Lanier, recém-chegada de um treinamento em Londres, pôde assim trabalhar com toda tranquilidade a cento e cinquenta metros do Estado-Maior alemão.

Desde o início ficara combinado entre nós que eu nunca tomaria a iniciativa de contatar a *Gräfin*.

— Se eu tiver algo, virei almoçar aqui e deixarei Tchong com você. Eu o buscarei quando estiver indo embora e então lhe direi o que tiver a dizer. Se eu quiser que você venha a minha casa, esquecerei o cachorro aqui e você irá devolvê-lo...

Alguns meses depois de nosso primeiro encontro, o sr. Jean entrou em meu escritório, onde Tchong dormia numa cadeira.

— A Esterhazy esqueceu o cão. Acabou de telefonar. Pediu para que fosse devolvê-lo.

— Merda — eu disse, para manter as aparências.

A casa, ocupada antes da guerra por uma família israelita de Paris, ficava no grande jardim da Mansão dos Cervos. Tchong não gostou da viagem de bicicleta, embaixo do meu braço, e não parou de espernear. Precisei fazer um pedaço do caminho a pé. Uma criada bastante graciosa respondeu à campainha.

— Ah, sim, madame o esqueceu...

Ela quis pegar o cachorro, mas eu não deixei, carrancudo.

— Espere um pouco, pedalei uma hora e...

— Vou ver.

Ela voltou pouco depois.

— Madame pede que entre. Ela quer lhe agradecer.

A *Gräfin* Esterhazy, vestida no cinza discreto que combinava tão bem com seus cabelos brancos, que usava em coque, apareceu na porta do salão na companhia de um jovem oficial alemão que se despedia dela. Eu o conhecia de vista: era o intérprete do Estado-Maior, que com frequência acompanhava o coronel Schtekker ao Clos Joli.

— Adeus, capitão. E, acredite, o almirante Horthy tornou--se regente muito a contragosto. Sua popularidade, já grande após a batalha de Otranto, em 1917, cresceu tanto depois que ele esmagou a revolução bolchevique de Béla Kun, em 1919, que ele precisou se curvar à vontade popular...

Era, palavra por palavra, o trecho do livro de história que eu a ouvira recitar em seu bordel, em 1940, enquanto ela se preparava para a vitória alemã.

— No entanto, atribuem-lhe ambições dinásticas — disse o capitão. — Ele nomeou vice-regente seu filho István...

Tchong foi se agitar em torno da dona.

— Ah, aí está você.

Ela sorriu para mim.

— Pobrezinho. Esqueci-o no restaurante. Venha, meu jovem, venha...

O oficial beijou a mão da *Gräfin* e saiu. Segui-a até o salão. Em cima do piano estavam os famosos retratos "autografados" de Horthy e Salazar que eu vira no Hôtel du Passage. Um retrato do marechal Pétain ocupava um lugar de destaque na parede. Faltava apenas o retrato de Hitler, que eu também vira "à espera" na Rue Lepic.

— Sim, eu sei — disse Madame Julie. — Mas estava me deixando doente.

Ela lançou um olhar para a entrada, depois fechou a porta.

— Está faturando a criada, o belo capitão — ela me disse. — Melhor assim, pode me ser útil. Mas mudo de empregados a cada dois ou três meses. É mais prudente. Eles sempre acabam sabendo demais.

Ela abriu mais uma vez a porta, bruscamente, e olhou para fora. Não havia ninguém.

— Bom, tudo certo. Venha.

Segui-a até o quarto de dormir. A mudança que em poucos minutos se operou nela foi extraordinária. No Clos Joli e, havia pouco, com o oficial alemão, via-se uma senhora distinta, que se mantinha muito ereta, a cabeça alta, apoiada numa bengala.

Ali, ela se arrastava pesadamente de uma perna à outra, como um estivador sob um peso esmagador. Parecia ter adquirido vinte quilos e o mesmo número de anos.

Ela caminhou até uma cômoda, abriu uma gaveta e tirou um frasco de perfume Coty.

— Tome, pegue isso.

— Perfume, Madame Ju...

— Nunca me chame assim, imbecil. Perca esse hábito, porque ele pode voltar na hora errada. Isso não é perfume. Pode matar, mas leva quarenta e oito horas para agir. Então, ouça bem...

Foi assim que ficamos sabendo que, em junho de 1942, o general Von Tiele, o novo comandante das tropas alemãs na Normandia, ofereceria um jantar no Clos Joli, do qual deveriam participar o chefe da Luftwaffe, o marechal Göring em pessoa, um punhado de ases da aviação, dentre os quais Garland, inimigo número um da aviação inglesa, bem como certo número de generais de alta patente.

Nossa primeira decisão, quando o dia e a hora do jantar de Göring nos foram comunicados, foi fazer um grande estrago. Nada seria mais simples do que envenenar os pratos. A decisão, porém, era importante demais para que pudéssemos tomá-la sozinhos, por isso consultamos Londres. Seria preciso prever todos os passos, inclusive a evacuação de Duprat por submarino para a Inglaterra. Os detalhes da operação Calcanhar de Aquiles foram avaliados diversas vezes desde então, com destaque nas memórias de Donald Simes, *As noites de fogo*.

A tarefa de convencer Duprat foi confiada a mim, que o abordei com apreensão. O cardápio escolhido pelo general Von Tiele continha, entre outras coisas, salsicha de frutos do mar com trufas e pistaches. Expus, com voz bastante fraca, preciso confessar, nosso plano.

Duprat recusou-o na mesma hora.

— Veneno em meus pratos? Nem pensar.

— Por quê?

Ele me fulminou com os olhos azuis como aço que eu conhecia tão bem.

— *Porque o gosto ficaria ruim.*

E me deu as costas. Quando tentei segui-lo timidamente até a cozinha, ele me pegou pelos ombros e me empurrou para fora, sem dizer mais nada.

Felizmente, Londres nos enviou uma mensagem cancelando a operação. Cheguei a me perguntar se não fora o próprio De Gaulle que a proibira, preocupado com o prestígio do Clos Joli.

33

Eu falava menos com Lila e a via menos, e assim a dissimulava melhor aos outros: esta era a regra da clandestinidade. De tempos em tempo, um camarada era apanhado por correr riscos demais e não saber esconder sua razão de viver. Eu armazenara na memória tantas centenas de endereços que mudavam o tempo todo, tantos códigos, mensagens, informações militares, que havia cada vez menos espaço para Lila, ela precisava se apertar e se contentar com menos. Quando eu tinha a mente livre para ouvi-la, quando não estava pensando no dia seguinte, nos encontros, nas prisões, nas traições sempre possíveis, sua voz mal chegava até mim e vinha com um quê de censura.

— Se continuar a me esquecer, será o fim, Ludo. O fim. Quanto mais você me esquecer, mais me tornarei uma simples lembrança.

— Não estou esquecendo você. Estou escondendo você, só isso. Não me esqueço nem de você, nem de Tad, nem de Bruno. Mas você precisa entender. Não é o momento de revelarmos aos alemães nossa razão de viver. Eles nos fuzilam por isso.

— Você se tornou tão seguro de si, tão tranquilo. Ri com frequência, como se nada pudesse me acontecer.

— Enquanto eu estiver seguro e tranquilo, nada poderá acontecer a você.

— Como sabe? E se eu estiver morta?

Meu coração quase parava quando eu ouvia esse murmúrio insidioso. Não era, porém, a voz de Lila. Era apenas a do cansaço e da dúvida. Nunca precisei fazer tanta força para conservar minha insensatez.

Não negligencio nenhum artifício, nenhuma sutileza. À noite, saio da cama, coloco água para esquentar e encho a banheira. Um banho quente, eles sonham com isso lá na floresta coberta de neve, onde o frio é tão grande que todas as manhãs eles encontram corvos congelados ao pé das árvores.

— Você realmente pensa em tudo, Ludo.

Ela está ali, sob minhas pálpebras, mergulhada na água quente até o queixo.

— É difícil, sabe. A fome, a neve... Eu que tenho tanto horror do frio! Pergunto-me quanto tempo ainda conseguiremos aguentar. Os russos estão em plena debandada. Ninguém nos ajuda. Estamos sozinhos.

— Como vai Tad?

— No comando de todos os aliados da região. Seu nome se tornou legendário.

— E Bruno?

Ela sorri.

— Coitado! Se o visse, com um fuzil na mão... Aguentou alguns meses...

— Para ficar ao seu lado.

— Agora está em Varsóvia, na casa de seu professor de música. Ele tem um piano.

Sinto uma mão no ombro, sacudindo-me com força. Meu tio estava ali, na monotonia chuvosa da manhã.

— De pé, Ludo. Um avião inglês foi encontrado perto dos pântanos de Goigne. Não havia ninguém a bordo. Os pilotos devem estar vagando em busca de refúgio. Precisamos encontrá-los.

Mais um mês, depois outro. A realidade ao nosso redor se tornava cada vez mais dura, cada vez mais implacável: toda a equipe do jornal *Clarté* foi presa, ninguém conseguiu escapar. Não vi Lila por semanas a fio: cheguei a consultar o dr. Gardieu, para ver se não estaria com algo no coração. Não, nada nesse departamento.

Quando o desânimo se tornava pesado demais, quando ficava sem forças e minha imaginação depunha as armas, eu visitava meu velho professor de francês em Cléry. Ele morava numa casa com um pequeno jardim que parecia espremido entre duas árvores. A sra. Pinder nos fazia um pouco de chá e o servia na biblioteca. Seu marido me fazia sentar e me analisava demoradamente, por cima do pincenê. Era provavelmente o último homem a usar mangas de lustrina. Ele ainda utilizava, para escrever, o velho bico de pena Sergent de minha infância. Dizia-me que na juventude sonhava em ser romancista, mas que a única obra de imaginação que realizara, acrescentava, fora sua mulher. A sra. Pinder ria, erguia os olhos ao céu e enchia as xícaras. Há mulheres idosas que, num gesto, num sorriso, voltam a ser jovens. Eu ficava quieto. Não estava ali para falar, mas para me tranquilizar; aquele casal que nunca se separara me acalmava por sua permanência; eu precisava daquela duração, daquela velhice a dois, daquela promessa. A casa não era aquecida, e o sr. Pinder ficava atrás da escrivaninha, o paletó sobre os ombros, um lenço de flanela no pescoço e um chapéu de abas largas; a sra. Pinder usava vestidos antiquados até os tornozelos e os cabelos brancos puxados para trás; eu os observava com avidez, como se eles me anunciassem o futuro. Eu sonhava com a velhice, com Lila ao meu lado às portas da terceira idade. Tudo o que em mim era dúvida, ansiedade e quase desespero acalmava-se diante daquele casal velho e feliz. Era uma bela visão.

— Continuam a rir de Ambroise Fleury e das pipas — disse o sr. Pinder. — É um bom sinal. O cômico tem uma grande virtude: é um lugar seguro para a seriedade se refugiar e sobreviver. O que me espanta é a Gestapo deixá-los em paz.

— Já vasculharam tudo e não encontraram nada.

O sr. Pinder sorriu.

— Esse é um problema para o qual os nazistas nunca vão encontrar solução. Ninguém tem êxito nesse tipo de busca. Como vai... sua amiga?

— Recebemos muitos paraquedistas. Transmissores-receptores de um novo tipo, com um instrutor. E armas. Só na fazenda dos Gambier, colocamos cem pistolas, granadas e placas incendiárias... Faço o melhor que posso.

O sr. Pinder fez um sinal com a cabeça para dizer que entendia.

— A única coisa que temo para você, Ludovic Fleury, é... o reencontro de vocês. Talvez eu não esteja mais aqui, e isso provavelmente me poupará de muitas decepções. A França, depois de voltar, precisará não apenas de toda nossa imaginação, como também de muito imaginário. Então, quando reencontrar essa jovem que você vem imaginando há três anos com tanto fervor... Continue a inventá-la com todas as suas forças. Ela com certeza será muito diferente daquela que conheceu... Nossos resistentes, que esperam da França não sei que retorno prodigioso, demonstrarão com uma risada estridente a medida de suas decepções, mas principalmente a medida de si mesmos...

— Falta de amor — eu disse.

O sr. Pinder puxava o ar de uma piteira vazia.

— Nada vale a pena ser vivido se não for uma obra da imaginação em primeiro lugar, ou o mar não seria mais que água salgada... Veja o meu caso, por exemplo, faz cinquenta anos que invento minha mulher. Não a deixei nem mesmo envelhecer. Ela deve estar cheia de defeitos que transformei em qualidades. E eu, a seus olhos, sou um homem extraordinário. Ela também nunca deixou de me inventar. Em cinquenta anos vivendo juntos, realmente aprendemos a não nos ver, a nos inventarmos e reinventarmos a cada dia que passa. Claro que sempre é preciso ver as coisas como elas são. Mas para melhor acabar com elas. A civilização, aliás, nada mais é que uma maneira contínua de acabar com as coisas como elas são...

O sr. Pinder foi preso um ano depois e nunca voltou da deportação; sua mulher também, ainda que não tenha sido deportada. Vou visitá-los com frequência em sua casinha, e eles me recebem com a mesma gentileza de sempre, embora não estejam lá há muito tempo, ao que parece.

34

Na luta clandestina na qual eu me engajara para apressar o retorno de Lila, eu estava encarregado sobretudo da ligação entre nossos camaradas. Com André Cailleux e Larinière, eu também garantia a etapa normanda da rota de fuga que abrigava e levava à Espanha os aviadores aliados abatidos em voo, sempre que conseguíamos chegar ao local antes dos alemães. Só nos meses de fevereiro e março de 1942, resgatamos cinco dos nove pilotos que conseguiram pousar o avião ou usar o paraquedas a tempo. No fim de março, Cailleux veio me avisar que havia um piloto de caça escondido perto da fazenda dos Rieux; o esconderijo era bom, mas os Rieux começavam a se impacientar, principalmente a velha, que tinha oitenta anos e temia pelos seus. Pegamos a estrada ao amanhecer, em meio ao nevoeiro. A terra úmida colava na sola dos sapatos. Tínhamos vinte quilômetros pela frente, sem contar os desvios para evitar as rotas e os postos de controle alemães. Caminhávamos em silêncio. Somente quando chegamos perto da fazenda foi que Cailleux me anunciou:

— Ah, esqueci de dizer...

Ele me lançou um olhar amigável, mas não sem malícia:

— Isto pode ser de seu interesse. É um aviador polonês.

Eu sabia que havia muitos aviadores poloneses nas esquadras da Royal Air Force, mas era a primeira vez que um deles era recolhido pela Resistência. Tad, pensei. Era absurdo; não havia a menor chance, naquilo que às vezes é tragicamente chamado de "cálculo das probabilidades", de que fosse ele. A esperança costuma nos pregar essas peças, mas é delas que vivemos, no fim das contas. Meu coração disparou; parei um instante e olhei para André Cailleux com olhos suplicantes, como se tudo estivesse em suas mãos.

— O que foi?

— É ele — eu disse.

— Ele quem?

Não respondi.

Um quilômetro depois da fazenda, dentro da floresta, havia uma cabana onde os Rieux deixavam seu estoque de lenha; tínhamos cavado, a cem metros dali, uma passagem subterrânea que levava a um esconderijo de armas que também servia de abrigo a camaradas perseguidos ou a aviadores resgatados. A entrada estava dissimulada, por fora, sob uma pilha de lenha seca. Afastamos as toras e os galhos; levantamos o alçapão e percorremos a passagem de cerca de vinte metros que levava ao abrigo. Estava muito escuro ali dentro; liguei minha lanterna; o aviador dormia num colchão, sob uma coberta; eu só via o escudo da Polônia na manga de seu *battle-dress* cinza e seus cabelos. Não precisava de mais nada, mas a ideia me pareceu tão impossível, tão estapafúrdia, que pulei em cima dele e, puxando o cobertor, iluminei seu rosto com a lanterna.

Fique curvado sobre ele, a ponta do cobertor na mão, convencido de que minha maldita memória, mais uma vez, ressuscitava o passado.

Não era uma ilusão.

Bruno, o doce Bruno, tão desajeitado, sempre perdido em devaneios musicais, estava ali, na minha frente, em seu uniforme de aviador inglês.

Não tive forças para me mexer. Foi Cailleux quem o sacudiu para acordá-lo.

Bruno se levantou lentamente. Ele não me reconheceu na escuridão. Foi somente quando voltei o feixe luminoso da lanterna para o meu rosto que o ouvi murmurar:

— Ludo!

Ele me abraçou. Não consegui nem mesmo responder a seu gesto. Todas as minhas esperanças formavam um nó em minha garganta. Se Bruno conseguira chegar à Inglaterra, então Lila também deveria estar lá. Finalmente perguntei, numa voz aterrorizada, pois dessa vez eu corria o risco de saber:

— Onde está Lila?

Ele balançou a cabeça.

— Não sei, Ludo. Não sei.

Havia tanta pena e tanta ternura em seu olhar que agarrei seus ombros e o sacudi:

— A verdade! O que aconteceu com ela? Não tente me poupar de nada.

— Acalme-se. Não sei, não faço ideia. Deixei a Polônia alguns dias depois de você, para ir ao concurso de piano, na Inglaterra. Em Edimburgo. Talvez você se lembre...

— Lembro-me de tudo.

— Cheguei à Inglaterra quinze dias antes da guerra. Desde então, fiz tudo o que pude para obter notícias... Como você, sem dúvida... Não consegui.

Ele estava com dificuldade para falar e abaixou a cabeça.

— Mas sei que está viva... que vai voltar. Você também, não?

— Sim, ela vai voltar.

Ele sorriu pela primeira vez.

— Aliás, ela nunca nos deixou...

— Nunca.

Ele havia colocado a mão direita em meu ombro e aos poucos aquele toque fraterno me acalmou. Vi condecorações em seu peito.

— Vejam só!

— O que queria? — ele disse. — As pessoas às vezes mudam, sob o golpe do infortúnio. Até mesmo um pacífico sonhador pode se tornar um homem de ação. Alistei-me na aviação inglesa no início da guerra. Tornei-me piloto de caça.

Ele hesitou, um pouco incomodado, como se lhe faltasse modéstia:

— Tenho sete vitórias em meu quadro. Sim, meu velho Ludo, o tempo da música passou.

— Ele voltará.

— Não para mim.

Ele tirou a mão de meu ombro e levantou-a. Usava uma prótese: perdera dois dedos. Ele olhou para a prótese com um sorriso.

— Mais um sonho de Lila que se vai pelos ares — ele disse. — Lembra? O novo Horowitz, o novo Rubinstein...

— E você pode pilotar com isso?

— Oh, muito bem. Levei quatro vitórias para casa com *isso*... Quanto a saber o que farei de minha vida, depois... É outra história. Mas a guerra ainda vai longe, e talvez essa questão não se apresente.

Ficamos juntos por dois dias. Com os excelentes documentos alemães que a filha da sra. Esterhazy lhe conseguiu, corremos alguns riscos, como o de almoçar no Clos Joli. A cara que Marcellin Duprat fez ao se ver diante do "jovem prodígio", como ele costumava chamar Bruno, foi para mim uma das delícias mais saborosas do restaurante, sem dúvida nunca prevista no cardápio. Sua expressão continha surpresa, prazer e uma boa dose de medo, enquanto ele olhava para os oficiais alemães e para o chefe das milícias de Evreux, sentados na "rotunda".

— Ah, o senhor! — foi a única coisa que conseguiu dizer.

— O *squadron-leader* Bronicki tem sete vitórias em seu quadro — eu disse, sem baixar demais a voz.

— Cale a boca — grunhiu Duprat, tentando sorrir.

— Está voltando à Inglaterra para continuar a luta — acrescentei, erguendo a voz.

Não sei se o valente Marcellin sorriu ou arreganhou os dentes.

— Não fiquem parados aí, por Deus. Venham.

Ele nos arrastou "a bombordo", como costumava dizer, e nos sentou à mesa menos visível da sala.

— Os Fleury são todos loucos — resmungou.

— Se não houvesse a loucura, sr. Duprat, a França há muito tempo teria fechado as portas. E o senhor em primeiro lugar.

Não falamos mais de Lila. Ela estava ali, conosco, tão presente que falar dela a teria afastado. Bruno falou de sua admiração pela Inglaterra, contou-me da vida daquele povo que venceria a guerra porque em 1940 não quisera entender que a havia perdido.

— E eles conservam toda a sua gentileza e seu bom humor. Não demonstram nenhuma animosidade pelos estrangeiros que somos e que não se privam de dormir com as irmãs e as mulheres dos soldados ingleses que lutam no exterior. E os franceses, como vão?

— Estamos nos recuperando. Foi um golpe muito duro, levou tempo.

Marcellin Duprat veio sondar o clima ao nosso redor por duas vezes, com uma cara a um só tempo preocupada e um tanto culpada.

Comíamos um frango *en vessie* ao molho Fleurette.

— Como pode ver, aguento firme — ele disse a Bruno.

— Está muito bom. Tão bom quanto antes. Parabéns.

— Diga a eles, lá. Eles podem vir. Serão bem recebidos.

— Direi.

— Mas não demore muito…

Ele não disse se para comer ou para agir. Melhor lhe deixar o benefício da dúvida.

Na segunda vez, depois de olhar escrupulosamente ao redor, ele perguntou a Bruno:

— E sua família? Tem notícias?

— Não.

Duprat suspirou e se afastou. Depois do almoço, fomos tranquilamente até La Motte. Meu tio estava na frente da fazenda, fumando seu cachimbo. Não pareceu surpreso ao reconhecer Bruno.

— É, tudo pode acontecer — ele disse —, o que prova que os sonhadores às vezes têm a palavra final e que os sonhos nem sempre nos quebram a cara.

Contei que Bruno se tornara piloto na Inglaterra, que tinha sete vitórias em seu quadro e que em cerca de dez dias retomaria seu lugar nos combates. Ao apertar-lhe a mão, meu tio deve ter sentido os dois dedos de aço da prótese: lançou-lhe um olhar rápido e penalizado. Depois, teve uma crise de tosse que o fez ficar com lágrimas nos olhos.

— Fumo demais — ele resmungou.

Bruno pediu para ver as *gnamas*, e meu tio o levou ao ateliê, onde algumas crianças mexiam em papéis e tubos de cola.

— O senhor já conhece todas — disse Ambroise Fleury. — Não faço novas, no momento, e me atenho às antigas. Nos tempos que correm, temos menos necessidade de inovação do que de memórias. E não podemos mais fazê-las voar. Os alemães não permitem que ganhem altura. Primeiro limitaram a trinta metros, depois a quinze, e agora só falta exigirem que minhas pipas rastejem. Eles temem que, no céu, elas sirvam de ponto de referência aos aviadores aliados e talvez vejam nelas alguma mensagem em código aos resistentes. Não estão totalmente errados, na verdade.

Ele tossiu de novo por um bom tempo, constrangido, e Bruno se apressou a responder àquela pergunta não formulada:

— Infelizmente não tenho nenhuma notícia de minha família. Mas não estou preocupado por Lila. Ela voltará.

— Temos absoluta certeza disso, aqui — disse meu tio, olhando para mim.

Ficamos mais uma hora em La Motte, e meu tutor pediu que Bruno entrasse em contato com seu amigo lorde Howe e lhe comunicasse toda a amizade e a gratidão de Ambroise Fleury aos membros da associação Pipas da Inglaterra, aos quais a "seção local" de Cléry enviava seu abraço fraterno.

— Foi extraordinário como eles aguentaram, sozinhos, em 1940.

E ele disse uma frase um pouco cômica, que me espantou, vindo de um homem tão modesto:

— Fico feliz de ter servido para alguma coisa.

Bruno pegou a rota de fuga para a Espanha naquela noite e, quinze dias depois, recebemos uma "mensagem pessoal" da BBC confirmando sua chegada à Inglaterra: "O virtuose tomou seu lugar ao piano".

Nosso encontro me abalou profundamente. Foi como um primeiro anúncio do fim do impossível, uma promessa de um outro retorno. Eu não deixava de ver nesse desafio ao cálculo de probabilidades um sinal da bondade de Deus em relação a mim. Descrente como eu era, pensava em Deus com frequência, pois vivíamos numa época em que, mais do que nunca, o homem precisava de todas as suas mais belas criações. Já contei, como se me desculpasse, que, ocupado na ação que deveria apressar seu retorno, eu sentia cada vez menos a presença física de Lila ao meu lado, e nisso também eu via um bom sinal, como na época em que ela cessara de me escrever de Grodek, porque nosso reencontro era iminente. Eu vivia no pressentimento dessa iminência. Tinha a impressão de que a qualquer instante a porta se abriria e... Era apenas uma invocação e a única coisa que fez foi mudar minha relação com as portas. Mais certo de sua sobrevivência, eu não precisava mais inventá-la, contentava-me com a memória. Lembrava de nossos passeios às margens do Báltico, quando Lila sonhava consigo mesma com tanta frustração e tanto fervor.

— A única coisa que posso fazer é escrever uma obra genial. Nenhuma mulher jamais escreveu *Guerra e paz*. Talvez seja isso que eu deva fazer...

— Tolstói já o escreveu.

— Pare, Ludo! Toda vez que eu tento fazer alguma coisa de minha vida, você me impede. Que coisa!

— Lila, não tenho a menor intenção de me tornar a primeira mulher Tolstói, mas...

— Ah, com ironia, agora! Era só o que faltava!

Eu ria. Estava quase feliz. Tirava de minha memória, como dizia Ambroise Fleury, a força "de que os franceses precisam para fazer o sol subir no horizonte todas as manhãs".

35

Com a frequência crescente das sabotagens, os alemães começaram a ver "agentes inimigos" em toda parte, uma obsessão comparável à "espionite" que contaminara os franceses em 1939-40. O ocupante apertou o cerco e até Duprat teve problemas. No entanto, o chefe da Gestapo na Normandia, Grüber, era um frequentador assíduo do Clos Joli. Creio que se interessava principalmente pelas relações que os oficiais superiores da Wehrmacht mantinham com as personalidades francesas.

Grüber era um homem corpulento, de cabelos de um loiro desbotado, cortados rente às orelhas, e pele lívida. Acontecia-me de observá-lo enquanto ele degustava uma das especialidades da casa e eu ficava impressionado com seu ar ao mesmo tempo atento e desdenhoso. Em alguns alemães, como o general Von Tiele ou Otto Abetz, homens de grande cultura, costumava haver no olhar, na expressão, uma admiração mesclada de satisfação profunda, como se, depois de ter conquistado a França, eles viessem à nossa mesa para saboreá-la em toda a sua incomparável unicidade. Penso que para muitos alemães, ontem e hoje, a França era e continua sendo um lugar de deleite e inteiramente dedicado a isso. Eu estava acostumado, portanto, a toda gama de expressões com que nossos conquistadores degustavam mesmo um simples coq au vin ou uma *cassolette duchesse*. Quanto ao que realmente se passava pela cabeça deles, eu não fazia a menor ideia. Talvez houvesse um rito simbólico, não muito diferente, no fim das contas, dos ritos das grandes civilizações do passado, como os incas ou os astecas, em que o vencedor arrancava o coração do vencido e o comia, a fim de possuir sua alma e seu espírito. Mas a cara que Grüber fazia ao mastigar era muito diferente da que eu costumava ver. Havia nele, como eu disse, uma atenção desconfiada e um pouco desdenhosa, ou no mínimo sardônica, de um homem que não se deixava facilmente impressionar. Foi Lucien Duprat quem encontrou a palavra certa:

— Veja. Ele está *investigando*. Quer saber como foi feito.

Era isso mesmo. Creio que muitos alemães destacados na França durante a Ocupação também se perguntavam "como foi feito".

Era, no entanto, difícil entender que tipo de fascínio o Clos Joli exercia sobre um homem tão inculto quanto Grüber. A expressão de Duprat — "ele pressente o inimigo" — não me parecia levar em consideração o caráter primário do personagem, tanto que ele não parava de proclamar que o restaurante era "um antro de decadência".

Marcellin Duprat não se esforçava para agradar a Grüber, embora este assegurasse o abastecimento de seu restaurante a despeito de todas as regras em vigor. Ele se sabia protegido nos altos escalões, e é certo que, desde o início da Ocupação, os alemães tinham se esforçado para poupar as elites francesas e garantir sua participação. Para Duprat, a explicação dessa política era simples: os dirigentes do Terceiro Reich falavam em "fazer a Europa" e se esforçavam em mostrar que, no seio dessa Europa, a França ocuparia o lugar que lhe cabia por direto. Mas supondo que Grüber tivesse ordens severas em relação ao restaurante e que as respeitasse a contragosto, era difícil explicar o ar de rancor e quase ódio com que ele degustava um *boudin* de ostras, como se houvesse nisso algum desafio à sua fé de nazista. Segundo Duprat, que às vezes o observava com zombaria, ele se comportava como um homem a quem eram infligidas derrotas simultâneas no front russo e no front oeste.

Seja como for, ninguém esperava o que ele fez, a despeito de todas as ordens no tocante à "colaboração": em 2 de março de 1942, prendeu Marcellin Duprat.

O restaurante fechou as portas por oito dias, e o caso ganhou tamanha proporção que, depois da guerra, foram encontrados telegramas indignados de Abetz para Berlim, incluindo o seguinte, citado por Sterner: "O próprio Führer deu ordens para que os monumentos da história da França fossem respeitados".

Duprat voltou de sua semana na prisão furioso e bastante orgulhoso — "Sei enfrentá-los, só isso" —, mas se recusou a dizer o que levara Grüber a detê-lo e interrogá-lo. Pensava-se, em Cléry, que se tratasse de algo em torno do mercado negro e de uma alta nas taxas de suborno que Marcellin teria se recusado a aceitar. Havia também o fato de que Duprat era o protegido de Von Tiele, e as relações entre os nazistas e a "casta" da Wehrmacht se deterioravam rapidamente. De minha parte, eu estava convencido de que Grüber quisera lembrar a todos quem era o verdadeiro dono do Clos Joli.

Meu tio parecia ter uma ideia bastante diferente do episódio. Eu nunca soube se foi de propósito ou não que contou uma anedota a respeito de seu amigo Marcellin, pois gostava de se divertir. Talvez tivesse apenas bebido um pouco a mais com os amigos, quando disse, no balcão do Petit Gris:

— Eles interrogaram Marcellin dia e noite. Ele aguentou firme.

— Mas o que eles queriam saber? — perguntou o proprietário, sr. Meunier.

Meu tio alisou o bigode.

— A receita, ora essa.

Houve um longo silêncio. Além do proprietário, estavam presentes Gaston Cailleux, nosso vizinho, e Antoine Vaille, que hoje tem o filho no memorial aos mortos.

— Que receita? — perguntou enfim o sr. Meunier.

— A receita — repetiu meu tio. — Os chucrutes queriam saber como fazer o coelho da casa ao vinagre de framboesa, o peito de frango catedral de Chartres, enfim, todo o cardápio. Ora, o maldito Marcellin se recusou a falar. Eles o fizeram sofrer os piores maus-tratos, com direito a banheira e tudo, mas ele aguentou firme. Não revelou nem a receita da sua *panade* aos três molhos. Meus caros, alguns dão com a língua nos dentes ao primeiro arranhão, mas nosso Marcellin quase morreu e não falou.

Os três velhos gargalharam. Meu tio não precisou nem piscar um olho.

— Eu tinha certeza de que nosso monumento Marcellin não falaria — disse Cailleux. — A receita do Clos Joli é sagrada. Mas que beleza, caramba.

— De ficar comovido — disse Vaille.

O proprietário encheu os copos.

— Isso precisa ser contado a todos — murmurou meu tio.

— E como! — gritou Vaille. — Nossos netos precisam contar isso a seus netos, e assim por diante.

— Sim, e assim por diante — aprovou Cailleux. — Devemos isso a ele.

— É preciso fazer o que precisa ser feito — concluiu meu tio.

A história do grande cozinheiro francês que se recusou a entregar suas receitas aos alemães, mesmo sob tortura, foi publicada, alguns talvez se lembrem, em setembro de 1945, pelo *Stars and Stripes*, jornal do Exército americano. Ela teve considerável repercussão nos Estados Unidos. Quando Marcellin Duprat foi questionado a respeito, ele deu de ombros. "Já se disse muita bobagem. Na verdade, eu representava aos olhos dos nazistas algo que eles não podiam suportar: uma França invencível, que mais uma vez daria a volta por cima. Só isso. Então eles quiseram se vingar. Quanto ao resto... Estou dizendo que muita bobagem já foi dita."

— Você é modesto demais, Marcellin — dizia-lhe meu tio.

Presenciei, no início da "lenda", os momentos em que Duprat se encolerizava e negava "todos esses disparates". Meu tio Ambroise colocava então o braço em torno de seus ombros e dizia gravemente:

— Vamos, vamos, Marcellin. Algumas coisas são maiores do que todos nós. Um pouco de humildade. O Clos Joli viveu anos terríveis e precisa se reerguer.

Marcellin Duprat reclamou por mais algum tempo, depois deixou que falassem.

36

Em 27 de março de 1942, o tempo andou frio e cinzento. Precisei garantir uma entrega em Verrières, a dez quilômetros de Cléry: dois novos receptores do tipo AMK II, mais certo número de "curiosidades", como bombas de ação retardada no formato de queijos de cabra e cigarros explosivos, tudo escondido entre algumas tábuas e embaixo de um carregamento de palha: eu pegara o material com os Buis, o dr. Gardieu me emprestara a carroça e o cavalo Clémentin, que ia a bom passo, e eu colocara algumas pipas sobre a palha, para disfarçar. O ateliê de Ambroise Fleury ainda era bem-visto e figurava na lista das "atividades a incentivar" do Comissariado da Juventude, como o próprio prefeito de Cléry nos confidenciara.

Meu caminho passava pela estrada que contornava o Solar dos Jars; chegando à entrada, percebi que o portão fora deixado escancarado. Eu tinha uma atitude bastante estranha de proprietário para com o solar, ou, mais exatamente, de "guardião da memória". Não admitia intrusos, mesmo sabendo não poder fazer nada. Parei Clémentin, desci e segui pela alameda principal. Tinha uma centena de metros a percorrer. Estava a vinte passos da fonte quando vi um homem sentado no banco de pedra, à direita, sob as castanheiras desfolhadas. Ele estava com o rosto baixo e tinha o nariz enfiado no colarinho de pele do casaco, segurava uma bengala com a qual traçava riscos no chão. Era Stas Bronicki. Não senti nenhuma emoção; meu coração não se acelerou; eu sempre soubera que a vida não era desprovida de sentido e que fazia seu melhor, embora às vezes falhasse. *Eles* estavam de volta. Aproximei-me. Bronicki não pareceu me ver. Olhava para os próprios pés. Tinha traçado vários números com a bengala e, sobre um deles, empurrara uma das folhas caídas das castanheiras.

A Mercedes de Von Tiele estava parada na frente das ruínas do solar; a vegetação crescera sobre a varanda e a escadaria semidestruídas; o telhado e o sótão tinham desaparecido. Todos os andares superiores haviam queimado; intacta restava apenas, enegrecida pelo fogo, a parte baixa da fachada em torno da entrada, com suas janelas abertas para o vazio. As únicas peças que tinham escapado às chamas eram as do térreo. A porta fora arrancada das dobradiças por alguém em busca de madeira para o inverno.

Ouvi o riso de Lila no interior.

Fiquei imóvel, os olhos erguidos. Primeiro vi Hans e o general Von Tiele saírem; um pouco depois, vi Lila. Dei um ou dois passos e ela me avistou. Não pareceu surpresa. Permaneci imóvel. Havia, naquela aparição, algo de tão simples e tão natural que ainda hoje não sei dizer se aquela ausência de choque não foi o efeito de um choque tão forte que me esvaziou de todas as sensações. Tirei o boné, como um criado.

Lila vestia uma *canadienne* branca e uma boina; segurava alguns livros embaixo do braço. Ela desceu os degraus, aproximou-se de mim e me estendeu uma mão enluvada, sorrindo.

— Ah, bom dia, Ludo. Que bom revê-lo. Estava mesmo pensando em fazer uma visita. Tudo bem?

Fiquei mudo. Comecei a sentir dentro de mim um estupor crescente que se transformava em medo e em pânico.

— Tudo bem. E você?

— Ah, sabe, com todos esses horrores, com tudo o que vem acontecendo, posso dizer que tivemos sorte. Menos meu pai, que... Enfim, algo médico, e ele deve melhorar. Desculpe por ainda não ter ido a La Motte, mas juro que estava pensando nisso.

— Ah, bom.

Tudo era dito com tanta educação, com tanta mundanidade, que comecei a me sentir num pesadelo.

— Vim ver o que havia sobrado — ela disse.

Acho que falava do solar.

— Quase tudo foi queimado; mas consegui encontrar alguns livros. Veja: um Proust, um Mallarmé, um Valéry... Não sobrou muita coisa.

— Não.

Murmurei:

— Mas vai voltar.

— Como? O que disse?

— Vai voltar.

Ela riu.

— Você não mudou. Sempre um pouco estranho.

— Sofro de um excesso de memória, como bem sabe.

Ela pareceu contrariada, um pouco incomodada, mas logo se recompôs e olhou para mim com gentileza.

— Eu sei. Não devia. Claro que, com tantos... infortúnios, o passado se torna mais feliz quanto mais distante estiver.

— Sim, é verdade. E... Tad?

— Ficou na Polônia. Não quis partir. Está na Resistência.

Von Tiele e Hans estavam a dois passos de nós e ouviam.

— Eu sempre soube que Tad faria grandes coisas — disse Lila. — Aliás, nós todos sabíamos. Ele é um dos homens que um dia terão o destino da Polônia nas mãos... Enfim, o que restar dela.

Von Tiele se afastara discretamente.

— Pensou um pouco em mim, Ludo?

— Sim.

Seu olhar se perdeu em algum lugar entre as copas das árvores.

— Era um outro mundo — ela disse. — Parece que séculos se passaram. Bom, não posso deixar meus amigos esperando. Como vai seu tio?

— Levando.

— Ainda com as pipas?

— Ainda. Mas agora elas não podem voar lá no alto.

— Mande um abraço de minha parte. Bom, até logo, Ludo. Passarei para vê-lo, com certeza. Temos tanta coisa para conversar. Você não foi convocado?

— Não. Fui dispensado. Parece que sou um pouco louco. É de família.

Ela roçou meu braço com a ponta dos dedos e foi ajudar o pai a entrar no automóvel. Sentou-se entre ele e o general Von Tiele. Hans assumiu o volante.

Ouvi a gargalhada dos corvos.

Lila acenou para mim. Retribuí. A Mercedes desapareceu no fim da alameda.

Fiquei ali por muito tempo, tentando me encontrar. Tinha a sensação de não estar ali, em parte alguma, em lugar nenhum, e depois senti o lento avanço do desespero. Lutei. Não queria trair. O desespero é sempre uma submissão.

Atordoado, incapaz de me mover, fiquei parado no cascalho, boné na mão, e à medida que os minutos passavam, a impressão de irrealidade se acentuava diante daquelas ruínas, naquele jardim fantasmagórico de árvores brancas de gelo, onde tudo estava mergulhado na imobilidade e na ausência de vida.

Não era verdade. Não era possível. Minha imaginação me pregara uma peça, ela me torturara para se vingar de tudo o que eu exigira dela por tantos anos. Mais uma daquelas visões, mais um daqueles sonhos acordados aos quais eu me deixava levar com tanta facilidade e que agora zombavam de mim. Lila não podia ser aquela aparição, tão mundana, tão indiferente e tão distante daquilo que vivera durante cerca de quatro anos com tanta intensidade em minha memória. A indiferença de sua voz, a cortesia com que conversara comigo, a ausência de qualquer vestígio de nosso passado no azul frio de seu olhar — não, nada disso havia acontecido, meu mal se agravara, de tanta solidão, e eu acabara de pagar o preço por alimentar demais minha "loucura". Uma fantasia do horror, resultado de um esgotamento nervoso e de um desânimo passageiro.

Consegui me arrancar daquele atoleiro e me virei em direção ao portão.

Tinha acabado de dar alguns passos quando reparei no banco onde pensara ter visto Stas Bronicki traçando com a bengala os números de sua roleta imaginária no chão.

Quase não ousei olhar para baixo, para ter certeza.

Os números estavam ali, uma folha seca fora colocada sobre o número 7.

Consegui, quase sem consciência do que fazia, entregar meu carregamento em Verrières e voltar para casa. Meu tio estava na cozinha. Bebera um pouco. Estava sentado perto do fogo, acariciando o gato Grimaud, que dormia sobre seus joelhos. Eu mal conseguia falar.

— ... ela não me deixou por um instante sequer desde que foi embora, e, agora que voltou, é outra pessoa...

— Mas é claro, meu velho. Você a inventou demais. Quatro anos de ausência deixam muito espaço para a imaginação. O sonho aterrissou, e isso sempre causa estragos. Até as ideias deixam de parecer consigo mesmas quando se concretizam. Quando a França voltar, você vai ver a cara das pessoas! Diremos: não é a verdadeira, é outra! Os alemães nos deram muita imaginação. Depois que forem embora, o reencontro será cruel. Mas algo me diz que você vai reencontrar sua pequena. O amor é engenhoso e tem o dom de aceitar tudo. Você achava que vivia da memória, mas viveu principalmente da imaginação.

Ele riu.

— Não é com a imaginação que se trata uma mulher, Ludo.

À uma da manhã, eu estava na janela do meu quarto, o rosto em chamas, esperando da noite não sei que carícia materna. Ouvi um carro, um longo silêncio, a escada rangendo, a porta abrindo atrás de mim; virei-me: meu tio apareceu, lamparina na mão, depois desapareceu, e eu vi Lila. Ela soluçava, e seus gemidos pareciam emergir de alguma floresta noturna. Um lamento, como um pedido de desculpa, porque ninguém tinha o direito de sentir tanta tristeza, tanta dor. Corri até ela, mas ela reagiu com um gesto de recuo.

— Não, Ludo. Não me toque. Mais tarde, talvez, mais tarde. Primeiro você precisa saber... Precisa entender...

Peguei-a pela mão. Ela se sentou na beira da cama, enrolada em sua *canadienne*, as mãos comportadamente unidas sobre os joelhos. Permanecemos em silêncio. Ouvimos, na rua, o estalo dos galhos de inverno. Seus olhos tinham uma expressão de interrogação quase suplicante e de hesitação, como se ela ainda duvidasse de poder confiar em mim. Esperei. Eu sabia o que a fazia hesitar. Eu ainda era o Ludo que ela conhecera, o pequeno camponês normando que passara os três anos da guerra ao lado do tio e de suas pipas, e que não podia entendê-la. Em tudo o que ela me disse, as palavras "Você entende, Ludo? Entende?" voltavam sem parar, num tom ansioso e quase desesperado, como se ela estivesse convencida de que aquelas revelações, aquela confissão, estivessem acima de tudo o que eu pudesse conceber, aceitar e, mais ainda, perdoar.

Ela me lançou um olhar suplicante e começou a falar. Senti que ela precisava falar, menos para que eu soubesse do que para tentar esquecer.

Ouvi. Sentei na outra ponta da cama e ouvi. Tremendo um pouco, mas fazendo a minha parte. Ela fumava um cigarro atrás do outro e eu lhe passava o fogo. A lâmpada de querosene unia nossas sombras na parede.

No dia 1º de setembro de 1939, às quatro horas e quarenta e cinco minutos, o encouraçado alemão *Schleswig-Holstein*, sem declaração de guerra, abrira fogo sobre a guarnição polonesa da península de Grodek. Nas horas e nos dias que se seguiram, o resto do trabalho sujo foi concluído pela aviação.

— Ficamos todos presos sob o bombardeio... Tad havia conseguido se refugiar com seu grupo de combate, sabe, aquele que organizava reuniões políticas enquanto você esteve conosco...

— Sim, me lembro.

— Bruno havia viajado quinze dias antes para a Inglaterra... Conseguimos nos refugiar numa fazenda... Meu pai estava em estado de choque; minha mãe, completamente histérica... Felizmente, conheci um oficial alemão que foi um cavalheiro...

— Eles existem.

Ela me lançou um olhar temeroso.

— Eu precisava sobreviver, salvar os meus... Você entende, Ludo? Entende?

Eu entendia.

— Uma relação que durou três meses... Ele foi enviado para outro lugar e...

Ela se calou. Eu não perguntei: e depois dele, quem? Quantos outros? Com minha maldita memória, eu realmente não queria fazer aquele tipo de conta. Era preciso sobreviver, salvar os seus...

— Se Hans não tivesse nos encontrado em Varsóvia, onde tínhamos nos refugiado, não sei o que teria sido de nós... Ele havia lutado na campanha da França e tinha conseguido uma transferência para a Polônia somente para cuidar de nós...

— De você.

— Ele queria se casar comigo, mas os nazistas proibiam casamentos com polonesas...

— E quando penso que poderia tê-lo matado! — eu disse. — Primeiro, poderia tê-lo estrangulado quando ele me atacou na

Velha Fonte, quando éramos crianças, e depois durante nosso duelo em Grodek... Definitivamente, Deus existe!

Eu não devia ter colocado tanto sarcasmo na voz. Cedi ao mais fácil.

Ela me encarou.

— Você mudou, Ludo.

— Desculpe, minha querida.

— Quando Hitler atacou a Rússia, Hans seguiu o general Von Tiele ao front de Smolensk... Conseguimos nos refugiar na Romênia... No início, ainda nos restavam algumas joias, mas depois...

Ela se tornou amante de um diplomata romeno, depois de um médico que a tratara: um aborto que quase lhe custou a vida...

— Você entende, Ludo? Entende?

Eu entendia. Era preciso sobreviver, salvar os seus. Ela fizera "amizades" nos meios diplomáticos. Não faltava nada a seus pais. Em suma, ela se saíra bem naquela história de sobrevivência.

— Em 1941, finalmente conseguimos visto para a França, graças a alguém na embaixada que eu... que eu conhecia... Mas não tínhamos mais nenhum centavo e...

Ela se calou.

Eu sentia crescer em mim uma tranquilidade sorridente, como se soubesse que, essencialmente, nada poderia nos acontecer. Eu não saberia explicar o que entendia por "essencialmente", e como nunca sabemos de que forma os outros amam, não gostaria de soar como se me vangloriasse. A imagem de nossa bela Quatromares, tão magnífica no céu azul, e depois desaparecida e reencontrada, toda estragada, rasgada e quebrada, passou-me ligeiramente pela mente. Não sei se o sofrimento despertara em mim alguma velha veia cristã, mas, como disse, eu tinha adquirido um agudo senso de insignificância. E que inferno também o velho "tudo compreender é tudo perdoar" que o sr. Pinder outrora nos convidara a comentar em aula, o "tudo compreender é tudo perdoar" que esteve presente em todos os antros de abandono e aceitação. Não fiz prova de nenhuma "tolerância" para com Lila; é fácil provar que a tolerância costuma levar direto à intolerância e que, nesse caminho, somos guiados por nosso próprio nariz. Eu amava uma mulher com todos os seus infortúnios, só isso.

Ela ergueu para mim um olhar intenso.

— Muitas vezes pensei em enviar algum sinal, vir aqui, mas me sentia tão...

— Culpada?

Ela não disse nada.

— Ouça bem, Lila. Uma culpa de cama não representa nada nos tempos que correm. Em todos os tempos, aliás. A culpa de cama é quase uma santidade se comparada ao resto.

— Como você mudou, Ludo!

— Talvez. Os alemães me ajudaram muito. O que há de terrível no nazismo, dizem, é seu lado desumano. Sim. Mas é preciso render-se ao óbvio: esse lado desumano faz parte do humano. Enquanto não reconhecermos que a desumanidade é uma coisa humana, permaneceremos na mentira piedosa.

O gato Grimaud entrou, com o rabo para cima, e veio se esfregar em nossas pernas, pedindo carícias.

— Em Paris, nos seis primeiros meses, você não pode imaginar... Não conhecíamos mais ninguém... Trabalhei como garçonete numa brasserie, como vendedora num supermercado... Minha mãe tinha enxaquecas terríveis...

— Ah, as enxaquecas. Elas podem ser terríveis.

Quanto a seu pai, ele havia perdido a visão, por assim dizer. Uma espécie de cegueira mental. Tinha fechado os olhos para o mundo.

— Minha mãe e eu precisamos cuidar dele como de uma criança. Ele foi amigo de Thomas Mann, de Stefan Zweig, um homem para quem a Europa era uma luz incomparável... Então, quando essa luz se apagou e tudo aquilo em que acreditava desmoronou, ele se retirou da realidade, digamos assim... Teve uma atrofia completa da sensibilidade.

Que merda, pensei. Muito conveniente.

— Os médicos tentaram de tudo...

Por pouco não perguntei: "Até um chute no traseiro?", mas precisava respeitar a velha porcelana aristocrática. Eu tinha certeza de que Bronicki encontrara um jeito de se desobrigar de todas as suas responsabilidades em relação à mulher e à filha. Ele não podia, afinal, permitir-se saber o que a filha fazia para "sobreviver, salvar os seus". Estava defendendo a própria honra, portanto.

— Depois consegui trabalhar como manequim para Coco Chanel...

— Coco quem?

— Chanel... Sabe, a grande costureira...

— Sim, sim, claro... O Clos Joli!

— Como?

— Não, nada.

— Mas eu não ganhava o suficiente para cuidar de meus pais, e tudo isso...

Uma pausa. O gato Grimaud ia de um para o outro, surpreso com nossa indiferença. A pausa se prolongava, entrava em mim, invadia-me por inteiro. Eu esperava o "Você entende, Ludo? Entende?", mas vi apenas o sofrimento mudo de seu olhar e baixei os olhos.

— Fomos salvos por Georg.

— Georg?

— Georg von Tiele. O tio de Hans. Nossas terras eram vizinhas no Báltico...

— Sim, sim. Suas terras. Claro.

— Ele foi nomeado para vir à França, e assim que ficou sabendo que estávamos em Paris, cuidou de tudo. Instalou meus pais num apartamento perto do Parc Monceau. E depois Hans voltou do front oriental...

Ela se animou.

— Sabe, pude até voltar a estudar. Tenho meu *baccalauréat* do liceu francês de Varsóvia, vou me inscrever na Sorbonne e talvez também na École du Louvre. Sou apaixonada por história da arte.

— Por... história da arte?

Eu tinha dificuldade de engolir.

— Sim. Acho que encontrei minha vocação. Lembra de como eu tentava me encontrar? Acho que agora consegui.

— Na hora certa.

— Claro que preciso de muita coragem e perseverança, mas acho que vou conseguir. Eu gostaria de viajar para a Itália, principalmente Florença, visitar os museus... O Renascimento, sabe. Mas preciso esperar.

— O Renascimento pode esperar, de fato.

Ela se levantou.

— Quer que eu a acompanhe?

— Não, obrigada. Hans está lá fora, no carro.

Ela parou na porta.

— Não se esqueça de mim, Ludo.

— Não sou bom em esquecer.

Segui-a na escada.

— Bruno está na Inglaterra. Ele é piloto de caça.

Seu rosto se iluminou.

— Bruno? Mas ele era tão desajeitado!

— Não no céu, aparentemente.

Não falei dos dedos.

— Devo tudo a você — ela me disse.

— Não vejo por quê, na verdade.

— Você me manteve intacta. Pensei ter perdido a mim mesma e agora tenho a impressão de que isso não é verdade e que durante esse tempo todo, três anos e meio!, estive aqui, com você, sã e salva. Intacta. Mantenha-me assim, Ludo. Preciso disso. Dê-me um pouco mais de tempo. Preciso me recuperar.

— A história da arte pode ajudar bastante. Principalmente o Renascimento.

— Não zombe de mim.

Ela ficou ali ainda um momento, depois me deixou, uma única sombra na parede.

Eu estava calmo. Fazia, junto com milhões de outros homens, uma travessia em que cada um se abastecia de infortúnios.

Fui me juntar a meu tio, na cozinha. Ele me serviu algo, observando-me de canto de olho.

— Sim, vai ser engraçado — ele disse.

— O quê?

— Quando a França voltar. Espero reconhecê-la.

Cerrei os punhos.

— Sim, mas não quero nem saber que cara terá ou o que fez nesse meio-tempo. Desde que volte, só isso.

Meu tio suspirou.

— Não se pode mais nem conversar com esse daí — resmungou.

Não fui poupado dos rumores de que Lila se tornara amante de Von Tiele. Permaneci tão indiferente aos mexericos quanto às vozes que se lamuriavam que "a França está perdida", que "ela nunca se recuperará", que "ela perdeu sua alma" e que os resistentes morriam "por nada". Minha certeza era profunda demais para que eu precisasse ventilá-la, como se diz aqui daqueles que precisam falar aos quatro ventos.

37

Eu não odiava mais os alemães. Quatro anos depois da derrota, o que eu vira a meu redor tornava difícil a rotina que consiste em reduzir a Alemanha a seus crimes e a França a seus heróis. Eu tivera o aprendizado de uma fraternidade bem diferente desses clichês luminosos: parecia-me que estávamos indissoluvelmente ligados pelo que nos tornava diferentes uns dos outros, mas que podia se inverter a qualquer momento para nos tornar cruelmente semelhantes. Acontecia-me até de acreditar que, na luta da qual eu participava, eu também ajudava nossos inimigos. Ninguém é criado impunemente por um homem que passou a vida com os olhos para o céu.

Vi um alemão ser morto pela primeira vez num dos campos depois de La Grange, onde tínhamos aberto uma pista de aterrissagem. Éramos três, naquela noite, esperando a chegada de um Lysander que levaria à Inglaterra uma personalidade política cujo nome ignorávamos. Os arredores tinham sido cuidadosamente inspecionados diversas vezes, desde o pôr do sol. Nossas ordens consistiam em tomar todas as precauções necessárias; quinze dias antes, uma equipe fora surpreendida na Haute-Seine durante o recebimento de um paraquedas, e cinco nomes tinham sido acrescentados à lista de fuzilados de nosso lado.

As balizas foram acesas à uma hora da manhã, e exatamente vinte minutos depois o Lysander se aproximou. Ajudamos o passageiro a subir a bordo; o Lysander decolou e começamos a recolher as lamparinas. Estávamos no caminho de volta, a trezentos metros do terreno, quando Janin agarrou meu braço; vi um brilho metálico na grama, à nossa direita, e ouvi um movimento furtivo; o brilho metálico se mexeu e desapareceu.

Era uma bicicleta, uma garota e um soldado alemão. Eu conhecia a garota de vista, ela trabalhava na padaria do sr. Boyer, em Cléry. O soldado estava deitado de barriga para baixo, ao lado dela; olhava para nós sem qualquer expressão.

Não sei quem atirou, se Janin ou Rollin. O soldado simplesmente abaixou a cabeça e assim ficou, de rosto no chão.

A garota se afastou bruscamente, como se ele tivesse se tornado repugnante.

— Levante-se.

Ela se levantou com pressa, arrumando a saia.

— Não digam nada, por favor — ela murmurou.

Janin pareceu surpreso. Ele vinha de Paris e não conhecia a vida num vilarejo. Até que entendeu, sorriu e baixou a arma.

— Como é seu nome?

— Mariette.

— Mariette de quê?

— Mariette Fontet. O sr. Ludovic me conhece. Não contem nada a meus pais, por favor.

— Tudo bem. Não diremos nada, fique tranquila. Pode voltar para casa.

Ele olhou para o corpo.

— Espero que não tenha tido tempo de entender — ele disse.

Mariette começou a chorar.

Passei uma noite de cão. Era como se eu tivesse cometido uma traição. Tentei pensar em todos os nossos que tinham sido mortos, mas só piorava.

Alguns dias depois, entrei na padaria e fiquei ali parado, como se tivesse que ser perdoado por alguma coisa. Mariette corou e hesitou. Depois se aproximou de mim e murmurou ansiosamente:

— Eles não vão dizer nada a meus pais, ao menos?

Encontrar-se com um homem no mato não era algo bem--visto. Acho que era a única coisa com que se preocupava. Não tínhamos nada a temer.

Várias vezes vi Lila atravessar Cléry na Mercedes de Von Tiele; uma vez, na companhia do próprio general. Certa manhã, quando eu voltava de bicicleta de uma reunião de treinamento na fazenda dos Grollet, onde um camarada que voltara de um estágio na Inglaterra nos ensinara a manejar novos explosivos, a Mercedes passou por mim e parou. Parei também. Lila estava sozinha no carro, com o motorista. Tinha olheiras e estava com as pálpebras inchadas. Eram sete horas da manhã; eu sabia que houvera uma festa, naquela noite, na casa da Esterhazy: as encomendas ao Clos Joli iam de champanhe a salmão da Noruega, e Duprat fora pessoalmente ao local para fiscalizar seu salteado de cordeiro mamão e seu coq au vin, "que pode ser arruinado por uma pitada de alho a mais ou a menos". Era preciso esmero; toda a nata alemã estaria presente. "Nessa porcaria de trabalho", ele resmungara, "nossa reputação está sempre em jogo."

Lila desceu do carro. Precisei ajudá-la: ela tinha bebido um pouco. Usava um vestido vermelho muito chique sob um impermeável branco, sapatos vermelhos de salto alto e um grosso xale de lã vermelho e branco nos ombros e no pescoço. As cores polonesas, pensei. Estava maquiada em excesso, como se quisesse esconder o rosto. Sobre a cabeleira, a boina, que parecia ter sido esquecida por outra vida. Somente o olhar era familiar, em sua azulada aflição. Ela segurava um livro: Apollinaire. Tínhamos Hugo completo em La Motte, mas nenhum Apollinaire. Sempre se esquece de algo.

— Bom dia, meu Ludo.

Beijei-a. O motorista militar estava de costas para nós.

— Dizem muitas coisas a meu respeito por aqui, não é mesmo?

— Sou um pouco surdo, sabe.

— Dizem que sou amante de Von Tiele.

— Dizem.

— Não é verdade. Georg é um amigo de meu pai. Nossas famílias estão unidas desde sempre. Precisa acreditar em mim, Ludo.

— Eu acredito, mas não estou nem aí.

Ela começou a falar febrilmente dos pais. Não lhes faltava nada, graças a Georg.

— É um homem admirável. Francamente antinazista. Salvou até judeus.

— Normal. Ele tem duas mãos.

— E o que isso quer dizer? Que história é essa?

— Não sou eu quem digo, é William Blake. Ele tem um poema sobre isso. *Uma de suas mãos estava coberta de sangue. A outra segurava a tocha.* Por que não vem me ver?

— Irei. Preciso me encontrar, sabe. Você pensa um pouco em mim?

— Às vezes não penso em você. Tenho brancos, acontece com todo mundo.

— Sinto-me um pouco perdida. Não sei nem onde estou. Bebo demais. Tento me esquecer.

Peguei o livro de suas mãos e o folheei.

— Parece que os franceses nunca leram tanto quanto hoje em dia. O sr. Jolliot, sabe, o livreiro...

— Sei muito bem quem é — ela disse, com inesperada veemência. — É um amigo. Vou quase todos os dias à sua livraria.

— Muito bem, ele diz que os franceses se lançam à poesia com a coragem do desespero. Como vai seu pai?

— Está completamente fora da realidade. Uma atrofia total da sensibilidade. Mas há esperança. Ele às vezes dá sinais de consciência. Talvez volte a si.

Eu não podia deixar de sentir certa admiração por Stas Bronicki. Aquele gigolô aristocrata tinha encontrado uma maneira bastante surpreendente de se proteger das baixas contingências. Sua mulher e sua filha o poupavam de todo contato com uma época histórica repugnante. Uma verdadeira natureza elitista.

— Nunca vi mais esperto — eu disse.

— Ludo! Proíbo-o de...

— Desculpe. É meu lado camponês. Devo ter um rancor hereditário dos aristocratas.

Demos alguns passos para nos afastar do motorista.

— Sabe, as coisas vão mudar em breve, Ludo. Os generais alemães não querem a guerra em duas frentes. E eles detestam Hitler. Um dia...

— Sim, conheço essa teoria. Já a ouvi de Hans, na véspera da invasão da Polônia.

— Precisamos esperar um pouco mais. As coisas não estão ruins o suficiente para os alemães...

— Ah, isso é verdade.

— Mas vou conseguir.

— Conseguir o quê?

Ela se calou, olhando reto para a frente.

— Preciso esperar um pouco mais — ela repetiu. — Claro que vai ser muito difícil e às vezes tenho dúvidas e perco a confiança... E bebo demais. Eu não deveria. Mas tenho certeza de que com um pouco de sorte...

— O quê? Com um pouco de sorte o quê?

Ela se enrolou em suas cores polonesas, tremendo de frio.

— Eu sempre quis fazer algo de minha vida. Uma coisa grandiosa e... terrivelmente importante...

O sonho continuava se arrastando.

— Sim — eu disse. — Você sempre quis salvar o mundo.

Ela sorriu.

— Não, esse era Tad. Mas quem sabe...

Eu conhecia muito bem aquele ar misterioso, impenetrável, que Tad chamava de "ares de Garbo".

— Talvez seja eu — ela disse, tranquilamente.

Era lamentável. Ela mal se aguentava em pé. Precisei ajudá-la a subir no carro. Arrumei a coberta sobre seus joelhos. Ela ainda ficou um momento em silêncio, com o pequeno volume de Apollinaire nas mãos, um sorriso nos lábios, o olhar perdido no horizonte. E de repente se virou para mim num impulso caloroso e me surpreendeu, tanto sua voz se tornara grave e quase solene.

— Confie em mim, Ludo. Confie totalmente em mim, mais um pouco. Vou conseguir. Deixarei um nome na história e você terá orgulho de mim.

Dei-lhe um beijo na testa.

— Vamos, vamos — eu lhe disse. — Não tenha medo. Eles viveram felizes para sempre e tiveram muitos filhos.

Não tenho o que dizer. Não prestei nenhuma atenção nas palavras daquela que, no Clos Joli, era chamada de "a pobre polonesinha com seus alemães". Sempre tão fantasiosa e imaginativa, pensei. Fiquei ali, na beira da estrada, com minha bicicleta, olhando tristemente para a Mercedes que se afastava. "Deixarei um nome na história e você terá orgulho de mim..." Era tão trivial. Parecia-me que, em sua queda, Lila precisava sonhar consigo mesma mais do que no Solar dos Jars e nas praias do Báltico: caído, o sonho perdido continuava batendo fracamente as asas. Não fui visitado por nenhuma dúvida, nenhuma intuição premonitória. Talvez devido às implacáveis exigências dos anos de luta, em que era preciso "manter a razão", a loucura começasse a me faltar. Eu não desconfiava de que, de todas as nossas pipas perdidas, havia uma, vinda da Polônia, que voaria mais alto e estaria mais perto de mudar o curso da guerra do que todas as outras que tinham partido em busca do céu azul.

38

Não voltei a ver Lila por vários meses.

O verão de 1942 foi de reviravolta nas ações clandestinas: numa única noite, na região de Fougerolles-du-Plessis, "o diabo passou seis vezes", segundo a mensagem em código: o que significava seis paraquedas com minas antitanque, bazucas e morteiros. O material precisava ser escondido em poucas horas. Em Sauvagne, meu colega de classe André Fernin foi preso com cinquenta placas incendiárias; teve tempo de engolir sua cápsula de cianeto. Hoje essas histórias se tornaram tão conhecidas que foram esquecidas. As buscas se intensificaram na região, e La Motte não foi poupada, seja devido a alguma denúncia, seja porque a Gestapo farejasse em Ambroise Fleury um inimigo natural. Nada foi encontrado. O "esconderijo" dos Buis, por exemplo, onde Bruno encontrara refúgio, seguiu em funcionamento até a vitória. No ateliê, Grüber pegara nosso velho Zola, esquecido num canto — com as palavras *"j'accuse"* brilhando em todas as direções numa auréola em torno de sua cabeça —, mas não reconheceu a efígie e se limitou a perguntar:

— Quem ele está acusando, *der Kerl*?

— É o título de uma canção muito conhecida no início do século — disse meu tio. — A mulher parte com o amante, e o marido a acusa de infidelidade.

— Ele não tem cara de cantor.

— Mas tinha uma bela voz.

O próprio comissário de polícia de Cléry dera, amigavelmente, o aviso a Ambroise Fleury, não sem sorrir, pois a ideia de que o "dócil pacifista" pudesse estar envolvido em alguma ação subversiva lhe parecia cômica.

— Meu bom Ambroise, eles devem pensar que a qualquer momento uma Cruz de Lorena surgirá nos céus!

— Ah, o senhor sabe, essas coisas... — disse meu tio.

— Eu sei, eu sei.

Mas os sonhadores não tinham boa reputação; o sonho e a rebelião sempre andaram juntos. Éramos vigiados, e nosso esconderijo de armas tornou-se inutilizável por algum tempo. Ele ficava embaixo da estrumeira e da latrina que havia meses não esvaziávamos.

Foi, no entanto, durante esse período particularmente perigoso que meu tio se permitiu um gesto insensato. Ao final de julho de 1942, a notícia da batida do Velódromo de Inverno chegou a Cléry. Naquela noite, estávamos no Clos Joli: uma dessas reuniões em torno de um vinho envelhecido para as quais o dono do restaurante frequentemente convidava seu amigo Ambroise Fleury. Duprat, que gostava de escrever, às vezes nos lia um de seus poemas em versos alexandrinos. Naquela noite, porém, estava num humor particularmente sombrio.

— Você ouviu a última, Ambroise? A batida do Velódromo de Inverno?

— Que batida?

— Eles prenderam todos os judeus e os deportaram para a Alemanha.

Meu tio ficou quieto. Não havia nenhuma pipa à qual ele pudesse se agarrar naquele momento. Duprat deu um soco na mesa.

— E as crianças também. Eles entregaram as crianças também. Nunca mais as veremos com vida.

Ambroise Fleury segurava um copo de vinho na mão. Foi a única vez na vida que vi sua mão tremer.

— Então é isso. Vou dizer uma coisa, Ambroise. É um grande golpe para o Clos Joli. Você pode me perguntar o que isso tem a ver, mas tem *tudo* a ver. *Tudo*. Merda. É impossível, para um homem como eu, que se mata tentando preservar certa imagem da França, aceitar uma coisa dessas. Você se dá conta? Crianças enviadas para a morte. Sabe o que vou fazer? Vou fechar por uma semana. Em protesto. Claro que depois vou reabrir, porque nada daria mais prazer aos nazistas do que se eu fechasse de vez. Faz muito tempo que eles tentam me quebrar. Tudo o que querem é que a França desista de ser ela mesma. Mas fecharei por oito dias, está decidido. Há uma incompatibilidade entre o Clos Joli e o fato de crianças serem entregues aos boches.

Ninguém jamais ouvira Duprat pronunciar a palavra "boches".

Meu tio colocou o copo em cima da mesa e se levantou. Seu rosto estava cinza e pareceu duas vezes mais enrugado. Saímos pela noite com nossas bicicletas rangentes. Havia uma lua bonita. Na frente de casa, ele me deixou sem dizer palavra e se fechou no ateliê. Não consegui dormir. Compreendi subitamente que muitas pessoas utilizavam os alemães e mesmo os nazistas para se esconder. Fazia tempo que uma ideia se alojara em minha mente. Mais tarde, tive muita dificuldade para me livrar dela, e talvez não tenha conseguido de todo. Os nazistas eram *humanos*. E o que havia de humano neles era sua desumanidade.

Saí de La Motte às quatro horas da manhã: precisava ir a Ronce para me encontrar com Soubabère e marcar com ele no mapa os novos pontos de aterrissagem. E também para dizer aos camaradas que evitassem La Motte por algum tempo. Ao sair de casa, vi que a luz continuava acesa no ateliê. Pensei não sem irritação que era preciso ser um francês realmente teimoso para fazer pipas num momento de tanta ignomínia. As crianças sempre tinham sido suas melhores amigas. Parecia-me que, se Ambroise Fleury decidisse levar aos céus um Montaigne ou um Pascal numa hora daquelas, os céus os cuspiriam de volta em sua cara.

Voltei para casa dois dias depois, por volta das onze da manhã. Percorri os últimos quilômetros a pé, empurrando a bicicleta. Eu já tinha remendado cada pneu uma dezena de vezes e precisava poupar o que restava. Cheguei ao lugar conhecido como Petit Passage, onde hoje há uma estrela em memória de Jean Vigot, que aos dezesseis anos foi surpreendido com armas na mão pelos milicianos, depois do desembarque, e fuzilado ali mesmo. Parei para acender um cigarro, mas ele me caiu dos lábios.

Vi sete pipas no céu acima de La Motte. Sete pipas amarelas. Sete estrelas de Davi.

Larguei a bicicleta e comecei a correr. No gramado em frente ao ateliê, meu tio Ambroise estava rodeado por algumas crianças de Clos, os olhos erguidos para o céu, onde flutuavam as sete estrelas da vergonha. Com as mandíbulas cerradas, o cenho franzido, a cara fechada entre os cabelos grisalhos à escovinha e o bigode, o velho parecia uma figura de proa que perdera o navio. Eu conhecia todas as crianças, cinco meninos e uma menina, os Fournier, os Blanc e os Bossis, e todas estavam de cara fechada.

Murmurei:

— Eles vão vir…

Mas foram os outros que vieram primeiro. Oh, não muitos: os Cailleux, os Monnier e o velho Simon, que foi o primeiro a tirar o boné.

Meu tio foi levado ao entardecer e mantido preso por quinze dias. Foi Marcellin Duprat quem o tirou de lá. Nós, os Fleury, éramos birutas, aquilo passava de pai para filho, era sabido, ele lhes explicou. Uma loucura hereditária. Era o que antigamente se chamava de "o mal francês", vinha de longe. Não devíamos ser levados a sério, pois, aí sim, correríamos o risco de fazer algo sério. Duprat mexeu todos os pauzinhos, e ele tinha vários a mexer, de Otto Abetz a Fernand de Brinon. No dia seguinte à prisão, o Citroën de Grüber parou na frente de nossa casa, seguido por um caminhão de soldados. Eles jogaram todas as pipas no pátio e fizeram uma fogueira. Grüber, com as mãos atrás das costas, contemplou o incêndio do trabalho amoroso feito por velhas mãos francesas.

La Motte foi vasculhada como nunca antes. Grüber reconhecera o inimigo. Meteu o próprio nariz em tudo, como se buscasse algo palpável, concreto, que pudesse ser destruído.

Meu tio foi solto num domingo e trazido a La Motte por Marcellin Duprat. Suas primeiras palavras, ao ver o ateliê vazio, todas as suas obras transformadas em fumaça, foram:

— Mãos à obra.

A primeira pipa que fez representava um vilarejo sobre um fundo montanhoso, cercado por um mapa da França que permitia situá-lo. O nome do vilarejo era Le Chambon-sur-Lignon, nas Cevenas. Meu tio não me explicou por que escolhera aquele vilarejo e não outro. Limitou-se a dizer:

— Le Chambon. Guarde esse nome.

Não entendi nada. Por que o interesse naquele vilarejo, onde ele sem dúvida nunca colocara os pés, e por que fazia subir aos céus a pipa Le Chambon-sur-Lignon, contemplando-a com tanto orgulho? Insisti. A única coisa que consegui tirar dele foi:

— Ouvi falar a respeito dele na prisão.

Meu espanto estava apenas começando. Algumas semanas mais tarde, depois de ter reconstruído algumas de suas peças históricas, meu tio me anunciou que estava saindo de Clos.

— Para onde vai?

— Para Chambon. Como já lhe disse, fica nas Cevenas.

— Mas será possível! Que história é essa? Por que Chambon? Por que as Cevenas?

Ele sorriu. Estava com tantas rugas no rosto quanto fios no bigode.

— Porque precisam de mim por lá.

À noite, depois da sopa, ele me abraçou.

— Viajo bem cedo pela manhã. Não desista, Ludo.

— Fique tranquilo.

— Ela voltará. Terá muito a ser perdoada.

Eu não sabia se estava falando de Lila ou da França. Quando acordei, ele não estava mais ali. Em cima da mesa do ateliê, ele me deixara um bilhete: "Não desista dela". Ele havia levado a caixa de ferramentas.

Somente alguns meses depois do desembarque aliado descobri a resposta à pergunta que eu não parava de me fazer: por que Chambon? Por que Ambroise Fleury nos deixara para ir, com sua caixa de ferramentas, para aquele vilarejo das Cevenas?

Le Chambon-sur-Lignon foi o vilarejo que, sob a égide do pastor André Trocmé, de sua esposa Magda e com a ajuda de toda a população, salvou da deportação várias centenas de crianças judias. Toda a vida de Chambon, ao longo de quatro anos, foi dedicada a isso. Preciso escrever mais uma vez esses nomes de grande fidelidade: Le Chambon-sur-Lignon e seus habitantes. E se hoje paira o esquecimento sobre essa história, que todos saibam que nós, os Fleury, sempre fomos prodígios da memória, e que recito seus nomes com frequência, sem me esquecer de nenhum, pois dizem que o coração precisa se exercitar.

Eu, porém, não sabia de nada disso quando recebi uma fotografia de meu tio com uma pipa na mão, em Chambon, cercado de crianças, com as seguintes palavras no verso: "Tudo bem por *aqui*". *Aqui* estava sublinhado.

39

Eu estava sem notícias de Lila, mas a Alemanha recuava no front russo; seu exército fora vencido na África; a resistência deixava de ser uma "loucura" e a razão começava a se unir ao coração. O próprio Marcellin Duprat participava de nossas reuniões clandestinas. Seu prestígio junto às autoridades, porém, estava no auge; em maio de 1943, cogitou-se nomeá-lo prefeito de Cléry. Ele recusou.

— É preciso saber diferenciar a história e a permanência do que é cambiante e aleatório como a política — ele nos explicou.

A personalidade do dono do Clos Joli era um fator tão importante para o fascínio que ele exercia sobre o ocupante quanto a qualidade de sua cozinha. Sua erudição, sua facilidade de expressão e uma dignidade pessoal que vinha não apenas de sua presença física como da tranquila segurança com que assumia a tarefa que atribuíra a si mesmo, em meio às piores dificuldades, impressionavam até mesmo aqueles que, no início, o chamavam de "colaboracionista". Quem mais demonstrava estima por ele era o general Von Tiele. Os dois homens tinham uma relação curiosa: quase poderíamos falar em amizade. O general tinha a reputação de desprezar os nazistas. Ele um dia dissera a Suzanne:

— A senhorita sabe que o Führer garantiu que sua obra durará mil anos. Pessoalmente, eu apostaria mais na de Marcellin Duprat, que, sem dúvida, tem um gosto muito melhor.

Um de seus tenentes se permitira anunciar a chegada do chefe da Luftwaffe nos seguintes termos:

— *Herr* Duprat, um de seus maiores conhecedores poderá assegurar-se pessoalmente de que a França não perdeu nada do que constitui seu gênio.

Von Tiele, que estava presente, chamou o oficial à parte e despejou sobre ele palavras que o outro, muito pálido, ouviu em posição de sentido. Depois disso, o general apresentou suas desculpas pessoais a Marcellin. Quando eu via o general pegar Marcellin pelo braço e passear com ele no pequeno jardim do Clos Joli, numa conversa animada, sentia que os dois homens tinham conseguido superar aquilo que Duprat com desdém chamava de "as circunstâncias", ou de "as contingências", e tinham encontrado um terreno em que um aristocrata prussiano e um grande cozinheiro francês podiam falar de igual para igual. Mas só fui entender de fato até que ponto essas duas naturezas de elite tinham ido — não apenas na estima recíproca como também numa espécie de real cumplicidade acima do conflito — quando fiquei sabendo por Lucien Duprat que seu pai dava aulas de culinária ao general *Graf* Von Tiele, em segredo. No início, não pude acreditar.

— Está zombando de mim. Von Tiele deve ter outras preocupações.

— Bom, talvez seja por isso mesmo. Posso mostrar.

Dei de ombros. Se tivessem me dito que o general tocava violino para relaxar, eu teria achado normal: o gosto pela música sempre foi um dos clichês mais conhecidos e reconhecidos da alma germânica. E não havia nada mais cômodo, durante a Ocupação, do que reduzir a Alemanha a seus crimes e a França a seus heróis. Mas que um dos mais prestigiosos líderes da Wehrmacht pudesse estar, no fundo, tão convencido da proximidade da derrota a ponto de buscar o esquecimento em lições de *haute cuisine* com um chef francês parecia-me contrário a tudo o que, para nós, significava um "general alemão". O ódio se alimenta de generalizações, e "uma típica cara de prussiano" ou "um perfeito representante da raça dos senhores" são expressões que nos deixam à vontade quando se trata de ampliar o campo de nossas ignorâncias.

Questionei Lucien Duprat quase raivosamente.

— Foi seu pai quem disse isso, não é mesmo? Ele é bem capaz de inventar uma coisa dessas para se dar importância. Típico dele. "Sim, senhores, eu que ensinei tudinho ao general Von Tiele, herói de Sedan e de Smolensk."

— Estou dizendo: o general vem aprender a cozinhar com meu pai duas ou três vezes por semana. Obviamente, ele não quer que ninguém saiba, pois as coisas estão piorando muito para eles e poderia parecer um pouco desesperado e quase derrotista de sua parte. Eles começaram com ovos fritos e omeletes. Não entendo por que tanto espanto.

— Nada me espanta. Estamos todos mergulhados em sangue e merda, enquanto duas almas elevadas comungam acima da barbárie. O poder alemão precisa da sutileza e da leveza francesas. Os dois preparam o futuro. Céus, eu gostaria de ver isso.

— Aviso quando ele vier.

Naquele mesmo dia, quando saí da contabilidade, Lucien me cochichou:

— Hoje à noite, por volta das onze horas. Deixarei a porta do corredor entreaberta. Mas tenha cuidado. Eles são muito amigos e meu pai nunca me perdoaria por isso.

Fiz o trajeto até lá a pé. Temia cruzar com as patrulhas que começavam a percorrer os campos e os bosques à noite em busca das lamparinas dos paraquedas.

Entrei pelo corredor que ficava ao lado da cozinha. A porta estava entreaberta. Com os sapatos na mão, aproximei-me e espiei.

Von Tiele estava em mangas de camisa, com um avental amarrado na cintura. Parecia um tanto embriagado. A seu lado, Marcellin Duprat, altivo e ereto sob o chapéu de cozinheiro, também estava no estado de dignidade excessiva facilmente explicado por duas garrafas de Pomerol vazias e uma garrafa de conhaque significativamente consumida em cima da mesa.

— Não vale a pena vir aqui se não for para me ouvir, Georg — resmungou Duprat. — Você não tem muito jeito e, se não seguir minhas instruções à risca, não chegará a nada.

— Mas memorizei tudo. Um copo e meio de vinho branco...

— *Que* vinho branco?

O general emudeceu, levemente surpreso.

— ... seco! — reclamou Duprat. — Um copo e meio de vinho branco seco! Pelo amor de Deus, não é tão difícil assim!

— Marcellin, não venha me dizer que, se o vinho branco não for seco, vou estragar tudo?

— Se quiser fazer um verdadeiro coelho recheado à normanda, o vinho branco precisa ser seco. Se não, fica uma porcaria. E o que você colocou no recheio dessa vez? É inacreditável. Não entendo, Georg, um homem com a sua cultura...

— Outro tipo de cultura, Marcellin. É por isso que precisamos um do outro... Usei três fígados de coelho, cem gramas de presunto cozido, cinquenta gramas de miolo de pão... uma xícara de cebolinha...

Ouvia-se o estrondo dos bombardeiros aliados, que cruzavam a costa.

— Só isso? Meu general, você estava com a cabeça nas nuvens. Em Stalingrado, provavelmente. Eu disse para usar uma colher de café de *quatre-épices*... Amanhã recomeçamos.

— É terceira vez que erro.

— Não se pode vencer em todas as frentes ao mesmo tempo.

Os dois homens estavam completamente bêbados. Pela primeira vez desde que os conhecia, fiquei impressionado com a semelhança entre eles. Von Tiele era mais baixo, mas tinha o mesmo rosto de traços finos, o mesmo bigodinho grisalho. Duprat empurrou para longe, enojado, o prato com o coelho culpado.

— Uma porcaria.

— Sim, está bem. Gostaria de vê-lo à frente de uma divisão de blindados, Marcellin.

Eles se calaram, igualmente melancólicos, e voltaram à garrafa de conhaque.

— Quanto tempo isso ainda vai durar, Georg?

— Não sei, meu velho. Alguém vai ganhar essa guerra, sem dúvida. Provavelmente seu coelho à normanda.

Retirei-me com cautela. No dia seguinte, uma mensagem avisou Londres de que o general comandante da *Panzer* na Normandia começava a dar sinais de afrouxamento de sua fibra moral.

O pequinês Tchong deveria ter ganhado o título de agente de ligação da Resistência. Toda vez que sua dona vinha buscá-lo em meu escritório — menos quando o sr. Jean ou Marcellin Duprat a acompanhavam respeitosamente —, ela me contava o que a Gestapo andava tramando ou me passava algum detalhe dos mecanismos de "recepção" alemã em torno da Muralha do Atlântico. Vários de nossos camaradas devem sua salvação a esses informes. A *Gräfin* também me disse que Lila estava morando em Paris com os pais, mas que frequentemente vinha passar alguns dias num casarão para os lados de Huet.

Lila logo voltou ao Clos Joli, sempre na companhia de Hans e de Von Tiele. Eram chamados de "trio". "Reserve uma mesa para o trio à uma da tarde", dizia Lucien Duprat. Eu sempre ficava sabendo da presença dela pelo sr. Jean, que vinha anunciá-la num ar constrito. A "pequena" chegara com seus alemães, aquilo devia ser de partir o coração para Ludo. Não era. Dizem que o amor é cego, mas aquele não era o meu caso, muito pelo contrário. Eu tinha a impressão de que algo nas relações do "trio" me escapava. Estava convencido de que Lila não era amante de Von Tiele e duvidava de que fosse de Hans. Sua frase cômica — "nossas terras eram vizinhas no Báltico" — para explicar os laços com os "primos" alemães começava a se assemelhar, em minha cabeça, às mensagens pessoais que recebíamos de Londres, como "Os pássaros voltarão a cantar esta noite" ou "A catedral submersa soará seus sinos à meia-noite". Entre aqueles dois cavalheiros prussianos e aquela polonesa não menos aristocrática, havia uma cumplicidade que eu vagamente adivinhava, mas cuja verdadeira natureza me escapava. Aconteceu-me de cruzar com Lila quando ela saía do restaurante com seus dois junkers. Fazia vários meses que eu não a via e fiquei impressionado com a mudança em sua pessoa. Percebi, na expressão de seu rosto, quando ela me olhou, um orgulho e um ar quase triunfal, como se quisesse me dizer: "Você vai ver, Ludo, você vai ver. Enganou-se a meu respeito".

Essa impressão foi confirmada na semana seguinte e da maneira mais desconcertante possível. Lila entrou em meu escritório num pé de vento e mal tive tempo de me levantar antes que ela começasse a me beijar.

— Muito bem, meu Ludo, o que anda fazendo?

Fazia anos que eu não a via tão alegre e feliz.

— Não sei o que ando fazendo, na verdade. Pouca coisa. Faço a contabilidade do Clos Joli e cuido das pipas, quando sobra tempo. Meu tio foi viajar e tento fazer o melhor que posso.

— Para onde ele foi?

— Le Chambon-sur-Lignon. Nas Cevenas. Não me pergunte o que foi fazer do outro lado do país, não faço ideia. A única coisa que me disse foi que precisavam dele por lá. Pegou a caixa de ferramentas e se foi.

Vi que ela queria me dizer alguma coisa, que se continha, e detectei inclusive um pouco de ironia em seus olhos, como se se compadecesse de mim por não saber o que a deixava tão feliz.

— Hans foi nomeado para o Estado-Maior na Prússia Oriental — ela me disse.

— Ah!

Ela riu.

— Você não está nem aí, claro.

— É o mínimo que se pode dizer.

— Bom, erro seu. É algo muito importante. Tenho muita influência sobre Hans, sabe.

— Não tenho dúvida.

— Grandes coisas estão sendo preparadas, Ludo. Você logo ficará sabendo.

Eu sentia que ela queria me dizer mais. Também sentia que seria melhor que não o fizesse.

— Você sempre me tomou por uma inconsequente, desde nosso primeiro encontro. E sei o que as pessoas falam de mim. É um erro lhes dar ouvidos.

— Não dou ouvidos a ninguém.

— Você se enganou a meu respeito, meu pequeno Ludo.

— Mas...

— Você logo vai me pedir desculpas. Acho que vou finalmente conseguir fazer algo extraordinário em minha vida. Eu sempre disse que faria, aliás.

Ela me deu um beijo rápido e saiu, não sem me lançar da porta um olhar de triunfo.

Avistei-a alguns dias depois na estação de Cléry, descendo do carro, acompanhada por Von Tiele. Ela acenou para mim e eu acenei de volta.

40

No dia 8 de maio de 1943, por volta das dez da noite, enquanto lia, ouvi um automóvel. Aproximei-me da janela e vi o brilho azulado dos faróis. O motor parou; alguém bateu à porta; acendi uma vela e abri. O general Von Tiele estava parado nos degraus da entrada; naquele rosto, de linhas nítidas, os olhos, de um cinza que todos chamam "de aço", tinham uma fixidez lívida. Ele usava a Cruz de Ferro com diamantes no pescoço.

— Boa noite, sr. Fleury. Peço desculpas pela visita inesperada. Queria falar com o senhor.

— Entre.

Ele passou por mim, parou, olhou para as pipas que pendiam das vigas.

— Trago um conhecido seu em meu carro.

Ele se calou e se sentou no banco, as mãos juntas. Esperei. Era a hora dos bombardeiros aliados, que cruzavam a costa para chegar às cidades alemãs. Von Tiele ergueu um pouco a cabeça e ouviu os tiros das baterias costeiras.

— Mil e duzentos bombardeiros sobre Hamburgo ontem — ele disse. — O senhor deve estar satisfeito.

Eu não entendia o que aquele grande general queria comigo.

— O senhor conhece o homem que trago — ele disse. — Mas não sei se o considera um amigo ou um inimigo. Venho, no entanto, pedir que o ajude.

Von Tiele se levantou. Olhava para os próprios pés.

— Eu gostaria que o ajudasse a chegar à Espanha...

A sombra de um sorriso.

— ... como faz tão bem com os aviadores aliados.

Fiquei tão assombrado que não consegui nem protestar.

— O senhor, sem dúvida, não tem motivos para salvar a vida de um oficial alemão, sr. Fleury. Compreendo isso muito bem. Venho vê-lo a conselho de Lila. Isso também pode lhe parecer estranho. Mas Hans, como o senhor, está muito apaixonado por ela. Um rival, em suma. Talvez o senhor fique feliz em vê-lo sumir. Para isso, basta chamar o chefe da Gestapo local, *Herr* Grüber...

Ele não se dirigia a Grüber por sua patente militar.

— Mas talvez haja na expressão "amar a mesma mulher" algo que poderíamos chamar de... como direi? Uma fraternidade...

Ele me observava com atenção, com uma inesperada bondade naquele rosto desfeito, quase lívido.

Mantive o silêncio.

Von Tiele levantou a mão.

— Ouça o céu. Quantas crianças mortas na noite de hoje? Não falemos disso. Eu dizia apenas que estou tentando salvar um jovem que é meu sobrinho e que amo como a um filho. Agora, preciso ir. Temos cerca de... vinte e quatro horas. Tenho que tomar algumas providências. Ainda não me deu sua resposta, sr. Fleury.

— Lila está a par?

— Sim.

Hans estava de uniforme. Definitivamente, a infância e a adolescência deixam marcas indeléveis: não trocamos um aperto de mão. Mas precisei segurá-lo pelo braço para que não caísse. Ele deu alguns passos e desabou. Von Tiele me ajudou a transportá-lo para o meu quarto.

— Não deve mantê-lo aqui, sr. Fleury. Correria risco de vida. Trate de escondê-lo em algum lugar, hoje mesmo. Como lhe disse, creio que temos vinte e quatro horas...

Ele sorriu para mim.

— Espero que o senhor não se sinta cometendo uma traição... ao esconder um oficial alemão?

— Penso apenas que o senhor me deve uma explicação, diabos.

— O senhor a terá. Hans explicará tudo. De todo modo, também explicarei, amanhã. Almoço no Clos Joli, como todas as sextas-feiras.

Hans dormia quando voltei ao quarto. Mesmo no sono, seu rosto continuava contraído; o queixo e os lábios às vezes tremiam convulsivamente. Contemplei por um bom tempo aquele rosto cuja beleza antes despertava em mim tanta animosidade. Ele usava um medalhão no pescoço. Abri-o: Lila.

Era uma hora da manhã, e o sol nascia às cinco. O tique-taque do relógio começou a me dar arrepios. Coloquei o café para esquentar e acordei Hans. Ele olhou para mim sem entender e saiu da cama num pulo.

— Não posso ficar aqui. Você seria fuzilado.

— O que fez?

— Mais tarde, mais tarde...

O café estava pronto.

— Não temos muito tempo — eu disse. — Temos três horas de caminhada.

— Até onde?

— A Velha Fonte. Lembra?

— E como! Você quase me estrangulou. Tínhamos o que... doze, treze anos?

— Mais ou menos. Hans, o que você fez?

— Tentamos matar Hitler.

A única coisa que consegui dizer foi:

— Jesus!

— Nós colocamos uma bomba em seu avião.

— Nós quem?

— A bomba estava com defeito. Ela não explodiu e foi encontrada. Dois de nossos camaradas tiveram tempo de se suicidar. Os outros vão acabar falando. Consegui fugir com meu avião para avisar...

Ele se calou.

— Sei.

— Sim. Consegui aterrissar no campo de Ouchy. Queria levar o general para a Inglaterra...

Precisei me sacudir, me beliscar, respirar fundo. E tive uma crise de riso. Hans queria levar o general Von Tiele para a Inglaterra e lá fundar a França Livre. A Alemanha Livre, quer dizer. Com a Cruz de Lorena como símbolo, talvez.

— Puta que pariu — eu disse. — Estamos em maio. Ainda falta um mês para o 18 de junho. Vocês, alemães, sabem sonhar. Ora fazem um Goethe, um Hölderlin, ora milhões de mortos. Jogam cara ou coroa com seus sonhos, pelo jeito. Se entendi bem, seus oficiais de elite ainda acreditam que as coisas podem se arranjar, entre cavalheiros? A paz dos senhores? Fazer um 18 de junho de 1940 alemão em Londres, em 1943, nas costas dos russos, provavelmente?

Ele abaixou a cabeça.

— Todos os nossos oficiais tradicionais foram contra Hitler e contra a guerra, desde 1936 — ele disse.

— E depois ficou tarde demais, vocês já estavam em Paris e diante de Moscou. Bom, vamos. Você ficará seguro por alguns dias na Velha Fonte, depois veremos. Consegue aguentar? Temos sete quilômetros pela frente.

— Estou bem.

Peguei minha preciosa lanterna elétrica — restava-me uma última pilha de reserva — e saímos. A noite estava bonita, propícia para o brilho irônico das estrelas. Um resistente francês que arriscava a pele por um oficial alemão gaullista. O luar ainda estava forte, e só precisei ligar a lanterna quando chegamos ao fundo da ravina. O caminho de nossa infância fora invadido pelo mato e pelos espinhos, e a fonte, ao fundo, também havia envelhecido e não tinha mais força para jorrar de sua abertura.

Deslizamos um atrás do outro pelas paredes cheias de musgo, até o beco sem saída. O *wigwam* continuava ali, como meu tio Ambroise me ajudara a construir, onze anos antes. Estava um pouco caído, mas aguentava firme. Foi somente quando chegamos à frente do *wigwam* de nossa infância que a frase de Lila me voltou à mente, a frase que ela havia murmurado em meu escritório com tanta alegria e certeza: "Acho que vou finalmente conseguir fazer algo extraordinário em minha vida. Tenho muita influência sobre Hans, sabe". Olhei para Hans. Foi ela, pensei. Foi por ela.

Agachei-me e tentei encontrar um pouco de água no fundo da fonte. Tinha a garganta seca e mal conseguia falar.

— Virei uma ou duas vezes por semana, com víveres. Depois, faremos com que atravesse os Pirineus. Preciso falar com meus amigos.

O ar tinha cheiro de terra e umidade. Uma coruja sonhava acima de nossas cabeças. O céu clareava.

Hans tirou a jaqueta militar e atirou-a no chão. De camisa branca ele não era muito diferente daquele que estivera diante de mim na sala de armas de Grodek, por ocasião de nosso duelo.

— Devo-lhe minha vida e pagarei por ela — ele disse.

— Ela é quem decidirá, meu velho.

Foi a única vez que pronunciamos o nome de Lila.

Às onze horas, eu estava no trabalho, cuidando da contabilidade, incapaz de pensar em outra coisa que não nos acontecimentos da noite. Tudo o que Lila me dissera, cada frase, cada palavra, cada ênfase, não parava de ecoar em minha cabeça. "Vou conseguir... Tenho certeza de que com um pouco de sorte...

Tenho muita influência sobre Hans, sabe... Eu sempre quis fazer uma coisa grandiosa e terrivelmente importante..."

O sr. Jean entreabriu a porta.

— O general Von Tiele telefonou para que preparemos sua fatura mensal...

— Sim...

"Confie em mim, Ludo... Deixarei meu nome na história..."

Ela convencera Hans, pacientemente, e sem dúvida sem dificuldade, pois este, antes mesmo do início das hostilidades, sempre falara em "salvar a honra do Exército alemão". E Von Tiele sabia que, se a Alemanha continuasse a lutar em duas frentes, a guerra estaria perdida. Então, sem Hitler, uma paz avulsa com os Estados Unidos e a Inglaterra e...

— A conta da mesa cinco — disse a voz do sr. Jean.

— Sim... Agora mesmo...

— O que foi, Ludo? Está doente?

— Não, nada, tudo bem...

"Um dia, você terá orgulho de mim... Deixarei um nome na história..." O complô fracassara e Lila corria risco de vida. "Tenho muita influência sobre Hans, sabe..." Eu precisava fazer os dois chegarem à Espanha. Perguntava-me como. Os dois aviadores escondidos com os Buis seriam encaminhados a Bagnères em poucos dias, mas eu nem sequer sabia onde Lila estava; eu precisava da aprovação de Soubabère para que Hans pudesse fazer parte do comboio, e para Souba não havia "bons" alemães. Também precisávamos comunicar Londres com urgência dos detalhes desse primeiro complô dos oficiais da Wehrmacht contra Hitler.

Eu estava nesse ponto de minha angústia quando ouvi um gemido. Tchong estava sentado a meus pés e balançava o rabo, olhando-me com desaprovação. Eu o esquecera completamente. Quando a Esterhazy vinha almoçar no Clos Joli, eu era encarregado de dar o patê ao cão. Saí do escritório e chamei Lucien Duprat.

— A Esterhazy ainda está aqui?

— Por quê?

— Ela esqueceu o cachorro.

— Vou ver.

Ele voltou para dizer que a *Gräfin* estava no café. Fui à cozinha, peguei um prato de carne e fui alimentar o cão. Ao atravessar o corredor de entrada, vi o carro de Von Tiele estacionando na frente. O motorista abriu a porta e o general desceu. Von Tiele tinha o rosto contraído, mas parecia de bom humor e subiu rapidamente os degraus, respondendo ao cumprimento de alguém. Duprat recebera naquela manhã uma mensagem escrita por ele e, depois da Libertação, colou-a numa página de seu livro de ouro. "Amigo Marcellin, estou prestes a ser transferido para outro lugar e irei ao Clos Joli me despedir nesta sexta-feira, às catorze horas."

Sua presença significava, para mim, que a Gestapo ainda não estava a par do ocorrido. No máximo vinte e quatro horas, ele me dissera. Restavam-me poucas horas para encontrar Lila. Mas Hans ou Von Tiele com certeza tinham cuidado dela.

Alguns instantes depois, a *Gräfin* entrava em meu escritório. Ela pegou o cachorro no colo.

— Pobrezinho. Quase o esqueci.

Ela colocou à minha frente uma bola de papel amassado. Abri-a. Era a letra de Lila. "Quase consegui. Amo você. Adeus."

Madame Julie pôs fogo no papel com seu isqueiro. Um pequeno monte de cinzas.

— Onde ela está?

— Não sei. Von Tiele a enviou a Paris na noite passada. Levou-a para tomar o trem da meia-noite em seu próprio carro, o imbecil.

— Mas esse papel...

Ela estava nervosa e se abanava com as luvas.

— O que tem o papel?

— Como a senhora o conseguiu?

— Ora, houve uma belíssima recepção ontem à noite na Mansão dos Cervos. Os oficiais subalternos receberam os funcionários civis e as secretárias. Todo o alto Estado-Maior estava presente. O próprio general Von Tiele participou por alguns minutos. A pequena bebeu bastante e dançou bastante. Depois entregou à minha filha uma carta para você. Rindo. Uma carta de amor, parece. Cartas de amor ou não, eu abro todas nos tempos que correm. É isso. Você tem sorte, pequeno. Se ela tivesse entregado a carta a outra pessoa...

— Eles... eles já sabem?

— A Gestapo sabe desde as nove horas da manhã. Meu amigo cem por cento ariano, que na verdade se chama Isidore Lefkowitz, me avisou ao meio-dia. Eles ainda não prenderam Von Tiele porque não querem que ninguém saiba. O herói de Smolensk, entende, haveria repercussão. Receberam ordens de enviá-lo a Berlim, com todas as honras...

— Mas o general está aqui...

— Não por muito tempo.

Ela apertou carinhosamente o focinho de Tchong contra a própria bochecha.

— Venha, meu querido. A mamãe ainda deve ter um coração em algum lugar, pois começa a fazer bobagens.

Ela me olhou com firmeza.

— Você não pode fazer nada por ela, então mantenha a calma e diga aos outros para fazer o mesmo. A coisa vai feder.

A *Gräfin* Esterhazy me deu as costas e saiu.

Eu estava saindo do escritório para correr até a casa de Soubabère quando o sr. Jean veio me dizer que o general Von Tiele desejava falar comigo.

— Ele está no salão Éd...

O velhote se conteve. O salão "Édouard Herriot", antigamente frequentado pelo líder radical socialista, perdera o nome.

Duprat, no entanto, muito corajosamente não lhe dera outro. Simplesmente tirara a placa "Édouard Herriot" e a guardara numa gaveta.

— Nunca se sabe — ele me explicara. — Ela pode voltar.

Havia várias personalidades parisienses e locais no restaurante, tanto na "rotunda" quanto nas "galerias", pois era chique abster-se de carne vermelha na sexta-feira, a devoção e a religião tinham voltado à moda desde que o país começara a enfrentar tantas desgraças; Marcellin Duprat, para não ter prejuízo nos dias sem carne, dedicara-se às variedades de pescados, com toda a sutileza e todos os recursos de sua arte. O salão sem nome ficava no primeiro andar, e precisei atravessar a rotunda lotada com a alta sociedade, coisa que eu nunca fazia, pois meu desleixo me valia reprimendas do dono da casa toda vez que me aventurava para fora dos bastidores.

Encontrei Von Tiele à mesa. Duprat, muito pálido, o guardanapo de pano embaixo do braço, abria aquela que considerava sua melhor garrafa: um Château Laville 1923. Eu nunca o tinha visto tomado de tanta emoção. Para se deixar levar a tal sacrifício, devia realmente ter sido tocado no que havia de mais profundo em si mesmo. Estava claro que Von Tiele o pusera a par da natureza exata de sua "transferência". Duprat, ao mesmo tempo, lançava olhares para a janela: dois carros da Gestapo, entre eles o Citroën preto de Grüber, estacionavam no pátio.

— Não tenha medo, meu bom Marcellin — dizia-lhe o general. É minha escolta, desde as nove e meia da manhã. Fui transferido para Berlim e preciso pegar o avião que está à minha espera. O Führer quer evitar comentários inoportunos. Aliás, minha nomeação para o Estado-Maior do general Von Keitel é uma promoção. É provável, porém, que eu sofra um acidente aéreo antes de chegar a Tempelhof, pois não creio que haja muita preocupação com a vida da tripulação. Meus três colaboradores diretos devem me acompanhar nesse voo, menos o coronel Schtekker, que é um bom nazista e que continuará sendo seu cliente, espero. Mas nem tudo acontecerá como eles previram, pois não vejo por que eu deixaria uma tripulação perfeitamente inocente morrer, enquanto a Luftwaffe começa a perder pilotos. Acima de tudo, recuso-me a jogar o jogo... a colaborar, se preferir. Quero que todos saibam. O caporal Hitler se considera um estrategista genial e conduz o Exército alemão para a sua ruína. Minha "traição", portanto, precisa ser conhecida por meus camaradas e, tendo em vista minha reputação militar, ouso me gabar, todos os meus colegas no escalão responsável compreenderão minhas razões, que de resto compartilham, em sua maioria. É um aviso que lhes dirijo e quero, portanto, que seja conhecido. Mas falemos de coisas menos desagradáveis...

Ele provou o Château Laville 1923.

— Prodigioso! — exclamou. — Ah, o gênio da França!

— Preparei-lhe um ragu de vieiras e um rodovalho grelhado na mostarda — disse Marcellin Duprat, com voz trêmula. — Nada especial, obviamente. Se eu soubesse...

— Sim, obviamente, o senhor não tinha como saber, meu bom Marcellin. Eu também não, aliás. Sabe, nosso fracasso se deveu a... como direi? À falta de confiança nos pequenos e nos humildes. Mantivemo-nos num nível superior, entre oficiais de elite. Não ousamos confiar num simples sargento ou caporal de artilharia, o que foi um grande erro. Se tivéssemos buscado auxílio entre os graus... não digo "inferiores", mas "subalternos", a bomba teria sido montada corretamente e teria funcionado. Mas quisemos ficar entre nós: sempre o velho espírito de casta. Nossa bomba não foi suficientemente... democrática. Faltou-nos um simples soldado.

Eu me lembraria desse pequeno discurso do general conde Von Tiele alguns meses depois. Em 20 de julho de 1944, quando outro "oficial de elite", o coronel conde Von Stauffenberg, deixou uma bomba dentro de uma pasta no QG de Hitler em Rastenburg e a explosão deixou o Führer com alguns arranhões, pensei comigo mesmo que mais uma vez faltara a todos aqueles senhores um simples caporal de artilharia para conferir à bomba a potência necessária. Era uma bomba à qual faltara fôlego popular.

Von Tiele terminou o rodovalho grelhado na mostarda. E se virou para mim.

— Então, meu pequeno Fleury... Deu tudo certo?

— Tudo certo até agora... Ele está bem escondido...

Hesitei e, pela primeira vez na vida, eu disse a um alemão:

— ... meu general.

Encarou-me com amizade. Ele entendia.

— A srta. De Bronicka está em Paris — ele disse. — Em lugar seguro. Bem, desde que ela não vá visitar os pais... O senhor a conhece!

— Meu general, o senhor não poderia...

Ele fez que sim, tirou uma caderneta do bolso e escreveu um endereço e um número de telefone. Arrancou a folha e estendeu-a para mim.

— Trate de enviá-los à Espanha, os dois...

— Sim, meu general.

Enfiei o papel no bolso.

Georg von Tiele comeu mais algumas vieiras e encerrou a refeição com o famoso suflê de maçãs ácidas, um café e um cálice de conhaque.

— Ah, a França! — ele ainda murmurou, não sem ironia, pareceu-me.

Duprat chorava. Ofereceu, com mão trêmula, uma caixa de charutos cubanos ao general, que os recusou. Von Tiele olhou para o relógio e se levantou.

— Agora, senhores — disse secamente —, devo pedir que me deixem a sós.

Duprat foi o primeiro a sair. Correu ao banheiro para lavar o rosto. Se a Gestapo o visse aos prantos antes da morte de Von Tiele, teria que dar explicações.

O tiro ecoou enquanto eu pegava a bicicleta, com Tchong embaixo do braço. Ainda tive tempo de ver os homens de Grüber saindo dos carros e correndo para o restaurante.

Marcellin Duprat passou o dia deitado, o rosto voltado para a parede. À noite, antes do início do serviço, disse algo extraordinário, que eu nunca soube se foi um lapso ou um elogio supremo:

— Ele foi um grande francês.

41

Pedalei tão rápido, com o pequinês numa mão e o guidom na outra, que quando finalmente cheguei ao pavilhão dos jardins e desci da bicicleta, meus joelhos fraquejaram e acabei estatelado no chão, a vista turva. A emoção e o medo tinham parte naquilo, sem dúvida, pois, apesar do "lugar seguro" de que me falara Von Tiele e do endereço que estava em meu bolso, eu não via como Lila poderia escapar da Gestapo e da polícia francesa, inteiramente às ordens do ocupante. Passei uns bons minutos soluçando, com Tchong me lambendo as mãos e o rosto. Enfim me recompus, peguei o cachorro no colo e subi os três degraus do alpendre. Toquei a campainha, esperando ver Odette Lanier, a "arrumadeira" vinda de Londres nove meses antes com o novo transmissor-receptor, mas foi a cozinheira quem abriu a porta.

— Ah, é você. Venha, querido, venha...

Ela estendeu as mãos para pegar Tchong.

— Eu gostaria de falar com a sra. Esterhazy pessoalmente — murmurei, ainda tentando recuperar o fôlego. — O cachorro está doente. Não para de vomitar. Passei no veterinário e...

— Entre, entre.

Encontrei Madame Julie na sala de estar, com a filha. Eu tinha visto duas ou três vezes em Cléry a "secretária", que todos sabiam ser amante do coronel Schtekker, do Estado-Maior de Von Tiele. Era uma morena bonita de olhos que pareciam ter herdado toda a profundeza insondável do olhar da mãe.

— Hermann sempre desconfiou do general — ela dizia. — Achava que Von Tiele era um decadente, de uma francofilia que se tornava intolerável, e que dizia coisas inadmissíveis ao falar do Führer. Hermann enviava a Berlim um relatório atrás do outro sobre ele. Se o que dizem for verdade, ele será promovido.

— Trair o próprio país, que coisa terrível! — disse Madame Julie.

As duas mulheres estavam sozinhas na sala. A conversa claramente se dirigia a mim. Concluí que Madame Julie, para quem a desconfiança era a chave da sobrevivência, convidava-me a tomar muito cuidado com o que diria. Nunca se podia saber quem estaria ao lado, com a orelha colada à porta. Mãe e filha pareciam bastante preocupadas, aliás. Pensei ter visto as mãos de Madame Julie até tremerem um pouco.

— Ah, meu Deus — ela disse, erguendo a voz. — Vejo que esqueci de novo o pobrezinho no Clos Joli. Tome, meu amigo...

Ela pegou a bolsa de cima do piano. Sobre o instrumento estavam todas as fotografias autografadas que eu conhecia: a do almirante Horthy tinha um pedacinho de tecido preto num dos cantos. Estava ali como símbolo de luto desde a morte de seu filho, István Horthy, em 1942, no front russo.

Ela me estendeu uma nota de dez francos.

— Tome, pegue isso, meu jovem, e obrigado.

— Senhora, o cachorro está muito doente, passei no veterinário, que prescreveu um tratamento, preciso passá-lo à senhora, é urgente...

— Bom, está na hora de voltar ao escritório — disse a filha, nervosamente.

Madame Julie acompanhou-a até a porta. Lançou um olhar para fora, sem dúvida para se assegurar de que eu não fora "acompanhado", fechou a porta, girou a chave na fechadura e voltou.

Ela me fez um sinal para segui-la.

Fomos até seu quarto. Ela deixou a porta escancarada, atenta ao menor ruído. Mais uma vez, pensei comigo mesmo que se a França do pré-guerra tivesse se preocupado tanto com sua sobrevivência quanto aquela velha cafetina, não teríamos chegado àquele ponto.

— Seja breve. O que houve?

— Von Tiele se suicidou e...

— Só isso? Claro que ele se suicidou. Quando se age com tanta imperícia...

— Ele me passou o endereço e o número de telefone de Lila. Parece que é um lugar totalmente seguro...

— Deixe-me ver.

Ela arrancou o papel das minhas mãos e leu o endereço.

— Lugar seguro, que nada! É seu ninho de amor.

Devo ter empalidecido, porque ela mudou de tom.

— Não era usado com a pequena. Von Tiele gostava muito de mulheres. Tinha uma garçonnière em Paris. A última era uma puta do Chez Fabienne, o bordel da Rue de Miromesnil, mas, como ela fora criada no convento Des Oiseaux, tinha boas maneiras, ele não percebeu. Pode ter certeza de que a Gestapo conhece o lugar. Eles têm fichas com a vida privada de todos os generais. Sempre espionaram Von Tiele, sei do que estou falando. Se a garota estiver realmente lá...

— Está perdida — murmurei.

Madame Julie não disse nada.

— Não podemos avisá-la? Tenho um número de telefone...

— É uma piada? Acha mesmo que vou deixar que telefone daqui? Na central, as telefonistas registram todos os números solicitados, a hora e o número que está chamando...

— Ajude-me, Madame Julie!

Ela se curvou, pegou Tchong no colo e apertou-o nos braços, olhando para mim com hostilidade.

— Não é possível, devo ter um fraco por você. Na minha idade!

Estava refletindo.

— O único lugar de onde você pode telefonar a salvo é da Gestapo — ela disse. — Espere. Há outro lugar. A casa de Arnoldt, o auxiliar de Grüber.

— Mas...

— Ele mora com o amigo... Aquele de que falei. Fica na Rue des Champs, número 14, em Cléry, segundo andar à direita. Eles têm uma linha própria, que não deixa rastros. Vá. A hora é boa. Eu tinha me esquecido de enviar seu remédio... Enfim, quando digo que esqueci... O pequeno Francis esqueceu um pouco de mim nos últimos tempos...

— Francis?

— Francis Dupré. É o nome mais distante possível de Isidore Lefkowitz. Espere...

Ela foi vasculhar a gaveta de uma cômoda e voltou com duas ampolas.

— Faz oito dias. O infeliz deve estar subindo pelas paredes. Mas precisava aprender uma lição.

Peguei as ampolas.

— Ele é diabético. É insulina.

— Morfina, a senhora quer dizer.

— O que queria? Vai fazer quatro anos que ele morre de medo. Nunca se sentiu à vontade na própria pele, aliás. Diga que não me esquecerei mais dele, a não ser que volte a se esquecer de mim. E que deixe você telefonar.

Ela se sentou numa poltrona, as coxas afastadas, Tchong sobre os joelhos.

— E me dê o que tem no bolso, Ludo.

— O quê?

— A cápsula de cianeto. Se você for revistado e ela for encontrada, será o mesmo que uma confissão. E você não vai engolir a cápsula só por causa de uma revista. Há sempre uma chance de se safar.

Coloquei a cápsula de cianeto em cima da mesa de cabeceira. Madame Julie pareceu subitamente sonhadora.

— Não vai demorar muito, agora — ela disse. — Não durmo mais à noite, de impaciência. Seria muita idiotice ser apanhada na última hora.

Ela acariciava o lagarto de ouro.

— Se a coisa começar a ficar muito feia para o meu lado, sumo daqui, coloco uma estrela amarela onde for preciso e me apresento aos alemães, em Nice ou Cannes. Serei deportada na hora, claro, mas consigo aguentar por alguns meses e, até lá, os americanos terão desembarcado. Sabe, como nos filmes com os peles-vermelhas, a cavalaria sempre chega no final.

Ela gargalhou.

— *Yankee-doodle-doodle-dandy...* — cantarolou. — Ou algo do gênero. Até os alemães pensam como eu. Parece que será por Pas-de-Calais. Eu bem que gostaria de estar lá para ver. Então, se for apanhado...

— Fique tranquila, Madame Julie. Serei torturado até a morte antes de...

— Todos dizem isso. Enfim, veremos. Vá.

Levei quarenta e cinco minutos para chegar ao número 14 da Rue des Champs. Deixei a bicicleta a uma centena de metros do endereço e subi ao segundo andar. Eu estava tão agitado que, pela primeira vez na vida, tive um branco: não lembrava se era para a esquerda ou para a direita. Precisei repassar toda a conversa com Madame Julie para encontrar as palavras "segundo andar à direita". Toquei a campainha.

Um jovem franzino, bastante bonito para o tipo dançarino de tango, mas que tinha a pele pálida e grandes olheiras sob olhos ansiosos, abriu a porta. Ele estava de pijama e usava uma corrente com uma pequena cruz no pescoço.

— Sr. Francis Dupré?

— Sou eu. O que quer?

— Venho da parte da condessa Esterhazy. Eu trouxe seus remédios.

Ele se animou.

— Finalmente... Faz no mínimo uma semana... Ela esqueceu de mim, aquela vadia. Dê aqui...

— Madame... quero dizer, a condessa Esterhazy me pediu para telefonar para Paris de sua casa.

— Entre, entre... O telefone fica no quarto... Dê aqui...

— Não falo alemão, senhor. Precisa pedir o número para mim...

Ele correu ao telefone, pediu o número e me passou o aparelho. Entreguei-lhe as duas ampolas de morfina e ele foi correndo se trancar no banheiro.

Um minuto depois, ouvi a voz de Lila do outro lado da linha.

— Alô?

— Sou eu...

— Ludo! Mas como...

— Não fique mais aí. Saia imediatamente.

— Por quê? O que houve? Georg me disse...

Eu mal conseguia falar.

— Saia imediatamente... O lugar é vigiado... Eles vão chegar a qualquer momento...

— Mas para onde posso ir? Para casa de meus pais?

— Ah, não, isso é que não... Espere...

Dezenas de nomes e endereços de camaradas passaram por minha cabeça. Mas eu sabia que nenhum deles aceitaria hospedar uma desconhecida sem uma senha previamente combinada. E Lila talvez já estivesse sendo seguida. Escolhi a solução menos perigosa.

— Está com dinheiro?

— Sim, Georg me deu um pouco.

— Saia daí imediatamente, deixe tudo para trás, sem esperar um segundo sequer, alugue um quarto no Hôtel de l'Europe, na Rue Rollin, número 14, ao lado da Place de la Contrescarpe. Enviarei alguém hoje à noite, ele perguntará por Albertine e você dirá o nome dele, Rodrigue. Repita.

— Albertine. Rodrigue. Mas não posso sair assim, todos os meus livros de arte...

Gritei:

— Deixe tudo e saia daí! Repita.

— Rodrigue. Albertine. Ludo...

— Saia daí!

— Eu quase consegui...

— Saia daí!

— Eu te amo.

Desliguei.

Eu estava esgotado, física e emocionalmente, e me deixei cair na cama desfeita. Tinha acabado de me deitar quando Francis Dupré saiu do banheiro. Eu não teria acreditado que um homem pudesse mudar tanto em poucos minutos. Ele emanava alegria e serenidade. Todos os sinais de terror tinham desaparecido de seus olhos de cílios langorosos. Ele se sentou na cama a meus pés, sorridente e amigável.

— Então, meu jovem, tudo bem?

— Tudo bem.

— Essa Esterhazy é uma mulher e tanto.

— Verdade. Uma mulher e tanto.

— Sempre foi como uma verdadeira mãe para mim. Sabe, sou diabético, e sem insulina...

— Sei.

— Além disso, há insulinas e insulinas. A que ela me consegue sempre é de excelente qualidade. Aceita uma taça de champanhe?

Levantei-me.

— Desculpe, estou com pressa.

— Que pena — ele disse. — O senhor é muito simpático. Um prazer conhecê-lo. Até logo.

— Até logo.

— Acima de tudo, diga a ela para não esquecer de mim. Preciso de doses regulares, a cada três dias.

— Direi. Mas pensei ter entendido que o senhor se esquecia dela um pouco também...

Ele soltou uma risadinha.

— É verdade, é verdade. Não farei isso de novo. Darei notícias com mais frequência.

Cheguei à escada.

Levei várias horas para conseguir fazer contato com "Rodrigue" em Paris e pedir que fosse ao Hôtel de l'Europe, na Rue Rollin, número 14, para perguntar por Albertine.

A resposta chegou na noite seguinte. Não havia nenhuma Albertine no Hôtel de l'Europe. Durante todo o sábado e todo o domingo, nosso camarada Lalande telefonou ao número que Von Tiele me passara. Ninguém jamais atendeu.

Lila havia desaparecido.

42

Não pude ir à Velha Fonte por vários dias. Toda a região estava de cabeça para baixo: milhares de soldados percorriam os campos em busca do oficial traidor. Também perdi bastante tempo numa agitação febril e vã para encontrar o rastro de Lila; camaradas correram o risco de ir à Rue de Chazelle interrogar os vizinhos. Batiam-lhes a porta na cara. Somente o dono do bistrô da esquina se lembrava de ter visto a chegada de uma viatura ao número 67, mas os policiais pareciam não ter encontrado ninguém e tinham ido embora. Encontrei nos papéis de Duprat o endereço dos Bronicki em Paris, que devia ter sido fornecido por Lila: eles também tinham desaparecido.

Consegui me convencer de que toda a família tivera tempo de se refugiar no interior, com amigos de confiança. Os Bronicki, afinal, tinham muitas relações na nobreza francesa e, naquele momento, apesar das garantias dadas pela rádio de Vichy de que, "se ousassem tentar um desembarque, os anglo-saxões seriam imediatamente devolvidos ao mar", os resistentes de última hora começavam a se manifestar, mesmo entre os que até então se mantinham prudentemente à parte.

Acalmei-me um pouco, portanto. Se alguma coisa tivesse acontecido a Lila, a Gestapo de Cléry teria sido a primeira a saber e "Francis Dupré" não teria deixado de avisar aquela que "sempre foi como uma mãe para mim", como ele me explicara. Ora, eu vira a Esterhazy entrar no Clos Joli, altiva, vestida de cinza, e passar por mim sem um único olhar e sem o pequinês. Ela não tinha nada a me dizer; não havia nada de novo.

A cada dia que passava, eu tinha mais certeza de que Lila estava segura. Se minha convicção era completamente sincera ou não, não faço ideia; o que contava era que me salvava do desespero. Eu agora precisava cuidar de Hans, encontrar-lhe um esconderijo melhor e tentar arranjar sua ida para a Espanha num próximo comboio. Fui à casa de Soubabère. Encontrei "Hércules" de extremo mau humor.

— Os chucrutes nunca se obstinaram tanto em colocar seus narizes por toda parte. Não podemos fazer nada enquanto eles não tiverem encontrado esse sujeito. Corremos o risco de uma verdadeira catástrofe, se as coisas continuarem assim. Já encontraram dois esconderijos de armas em Verrières e prenderam um dos irmãos Solié e a irmã deles. Então só há uma coisa a fazer: encontrar esse chucrute e entregá-lo.

Fiquei sem ar.

— Você não pode fazer isso, Souba.

— E por que não?

— Ele também é um resistente. Tentou matar Hitler...

Ele arregalou os olhos:

— Sim, depois de Stalingrado. E pode ter certeza de que eles vão tentar de novo. Os generais entenderam que está tudo perdido e tentam tirar o corpo fora. Vou dizer uma coisa, Fleury: ainda bem que falharam. Porque se tivessem conseguido, ou se conseguirem da próxima vez, os americanos negociariam com eles para recuperar o Exército alemão contra os russos, acredite...

— Mas não é por isso que vai ajudar a Gestapo, ou vai?

— Escute, garoto. Tenho quatro esconderijos de armas a proteger. Uma prensa. Cinco rádios. E nenhum paraquedas pode ser recebido enquanto os alemães continuarem a percorrer os campos dia e noite. O sujeito estragou tudo. Então somos nós ou ele. Já repassei as ordens. Ele precisa ser encontrado. Você também deveria trabalhar nisso. Ninguém conhece a região melhor que você.

Não respondi e fui embora. Tentei trabalhar um pouco e comecei a construir uma pipa, mas não consegui nem mesmo encontrar uma forma para ela. Fiquei parado, com um papel azul na mão. Souba tinha razão. Enquanto a Gestapo não colocasse as mãos em Hans, todas as atividades da Resistência seriam interrompidas. E era igualmente óbvio que eu não podia traí-lo. Às onze horas da manhã, ouvi batidas na porta, e Souba entrou com Machaud e Rodier.

— Estão vasculhando tudo. Não podemos mais nos mexer. Onde escondeu seu amigo de infância? Porque ele passava as férias aqui, esse Hans von Schwede, e vocês eram amigos, ao que parece. Vamos, fale.

— A banheira está lá nos fundos, Souba. Não sei se vou falar ou não, sempre me perguntei o que faria sob tortura.

— Você não pode estragar tudo por causa de um oficial alemão, pelo amor de Deus!

— Não. Dê-me doze horas.

— Nem uma a mais.

Não esperei pela noite, preferi visitar a Velha Fonte em pleno dia, para ter certeza de que nenhum de meus camaradas me seguiria. Eu preparara roupas civis para Hans, mas elas não eram mais necessárias. Encontrei-o sentado numa pedra, em mangas de camisa, lendo. Eu não sabia de onde ele havia tirado aquele livro, mas depois lembrei que sempre levava um no bolso e sempre o mesmo: Heine.

Sentei-me a seu lado. Minha cara devia estar horrível, porque ele sorriu, virou uma página e leu:

Ich weiss nicht, was soll es bedeuten,
Dass ich so traurig bin;

Ein Märchen aus alten Zeiten,
Das kommt mir nicht aus dem Sinn...

E depois ele acrescentou, rindo:

— Não importa a tradução, mas Verlaine tem algo equivalente:

Je me souviens
Des jours anciens
*Et je pleure...**

Ele pousou o livro ao seu lado.

— Bom, e então?

Ele me ouviu com atenção, às vezes fazendo um pequeno sinal de aprovação.

— Eles têm razão. Diga-lhes que entendo perfeitamente.

Levantou-se. Eu sabia que o via pela última vez. E que nunca mais esqueceria aquela luz de verão em torno do rosto de meu "inimigo". Maldita memória. Foi um dos mais lindos dias da primavera, de uma serenidade e uma suavidade que faziam da natureza uma potência estrangeira.

— Peça a seus amigos que venham me buscar aqui antes do anoitecer, se possível. Por uma questão... de higiene. Há muitos insetos.

Ele se calou e esperou; pela primeira vez, li em seus olhos uma sombra de ansiedade. Ele não ousava nem mesmo formular a pergunta.

Não sei se mentia para ele ou para mim mesmo quando lhe respondi:

— Ela já deve estar na Espanha a essa hora. Fique tranquilo.

Seu rosto se iluminou.

* "Lembro-me/ dos dias de outrora/ e choro..." [N. T.]

— Ah — ele arquejou. — Finalmente, menos uma coisa com que se preocupar.

Deixei-o. Até o fim, permanecemos fiéis à nossa infância: não trocamos um aperto de mão.

No dia seguinte, Souba me trouxe o livro de Heine e o medalhão com a foto de Lila. Eles entregaram o corpo à polícia, disseram que o filho dos Maheu o encontrara numa ravina, num lugar chamado Velha Fonte, ao fazer a colheita de lírios-do-vale.

43

Pouco depois, Souba também me trouxe notícias de meu tio. Veio me ver num domingo, vestido de um jeito que ele mesmo chamava de imprudente: sonhava usar um uniforme, um verdadeiro uniforme francês "a céu aberto", pois era oficial da reserva, como nos lembrava o tempo todo, embora nunca dissesse em que posto, sem dúvida a fim de se reservar no futuro os galões que quisesse. Boina, botas, calças de montaria e jaqueta cáqui, gordo e carrancudo como sempre — a fúria que sentira durante a capitulação parecia ter marcado para sempre seus traços com uma expressão de cólera —, Souba se sentou pesadamente num banquinho e, sem nenhum preâmbulo, declarou num tom ríspido:

— Ele está em Buchenwald.

Eu sabia muito pouco, à época, sobre os campos da morte. A palavra "deportação" ainda não adquirira em minha mente todo o peso de seu horror. Mas eu imaginava meu tio vivendo tranquilamente nas Cevenas, e o choque foi tão grande que Souba me lançou um olhar, veio até mim e eu logo me vi com uma garrafa de calvados e um copo nas mãos.

— Vamos, recomponha-se.

— Mas o que foi que ele fez?

— Algo com judeus — grunhiu Souba, sombriamente. — Crianças judias, pelo que entendi. Parece que um vilarejo inteiro das Cevenas se dedicou a isso. Não lembro o nome. Um vilarejo huguenote. Uma gente que foi muito perseguida no passado e que por isso se envolveu completamente e, pelo que ouvi falar, continua envolvida. Então é claro que, com crianças envolvidas, judias ou não, Ambroise Fleury logo se tocou para lá, com pipas e tudo o mais.

— E tudo o mais.

— Sim, tudo o mais.

Ele tocou a têmpora.

— Bom, todos andamos com um parafuso a menos, ultimamente. É preciso ser louco para arriscar a própria vida pela dos outros, porque talvez não estejamos aqui para ver a França liberta. Só que, para mim, não é na cabeça...

Ele tocou a barriga.

— É nas entranhas. Então não posso evitar. Se fosse na cabeça, eu faria como Duprat. Seja como for, seu tio foi deportado. Foi apanhado entre Lyon e a fronteira suíça.

— Com crianças?

— Não faço ideia. Para os detalhes, tenho alguém que veio de lá. Vamos, levante-se.

Segui-o de bicicleta, chorando pelo nariz. As lágrimas sempre encontram um caminho, não adianta tentar contê-las.

No Normand, em Clos, ele me apresentou ao sr. Terrier, que estava à nossa espera. Ele havia escapado durante um bombardeio, depois de vestir o uniforme de um soldado alemão morto e, informou-me ele, graças "a meu perfeito conhecimento da língua de Goethe, que eu ensinava no liceu Henri IV". Tendo descrito o que estranhamente chamou de "a vida do campo", ele me disse que, mesmo durante as piores provações, meu tio nunca se deixava levar ao desespero.

— É verdade que, no início, ele teve sorte...

— Que sorte, senhor? — protestei.

O sr. Terrier me explicou em que consistiu a sorte de meu tio. Um dos guardas do campo passara um ano com as tropas da Ocupação na região de Cléry e se lembrava das pipas de Ambroise Fleury que os alemães admiravam e compravam para enviar às famílias. O comandante do campo teve a ideia de utilizar o trabalho do detento e forneceu-lhe os materiais necessários. Ordenaram que meu tio trabalhasse. No início, os SS levavam as pipas para seus filhos ou para os filhos de seus amigos, depois tiveram a ideia de comercializá-las. Meu tio acabou tendo toda uma equipe de assistentes. Foi assim que, acima do campo da vergonha, viam-se flutuar pipas de cores alegres que pareciam proclamar a esperança e a confiança imperecíveis de Ambroise Fleury. O sr. Terrier me disse que meu tio trabalhava de memória, mas que conseguira dar a algumas de suas obras os traços de Rabelais e de Montaigne, que tantas vezes construíra. Mas as peças mais solicitadas eram as que tinham as formas simples das ilustrações dos livros infantis, e os nazistas inclusive forneceram a meu tio toda uma coleção de livros infantis e de contos de fada para ajudar sua imaginação.

— Gostávamos muito do velho Ambroise — disse-me o sr. Terrier. — Claro, ele era um pouco original, para não dizer um pouco louco, pois de outro modo não poderia, em sua idade e subalimentado como todos nós, dar a suas criaturas formas, cores e traços tão despreocupados e tão alegres. Era um homem que não sabia perder a esperança, e aqueles de nós que não esperavam outra salvação além da morte se sentiam humilhados e quase desafiados pela força de sua alma. Acho que levarei para sempre comigo a imagem daquele homem indomável, na roupa listrada do campo de concentração, cercado por náufragos que só se apegavam à vida por aquilo que não tinha substância, guiando com sua linha um navio de vinte velas brancas que ondulavam acima dos fornos crematórios e acima da cabeça de nossos algozes. Às vezes uma pipa escapava, partia para o horizonte, e nós a seguíamos com os olhos cheios de esperança. Ao longo daqueles meses, seu tio deve ter montado umas trezentas pipas, inspirando-se principalmente, como já disse, nos contos infantis que o comandante do campo lhe fornecia e que eram os mais populares. Até que as coisas começaram a dar errado. O senhor ainda não ouviu falar do caso dos abajures de pele humana. Mas vai ouvir. Enfim, uma monstra, Ilse Koch, guarda do campo das mulheres, mandava fazer abajures com a pele dos prisioneiros mortos. Não faça essa cara: isso não prova *nada*. E nunca provará nada, mesmo que haja abundância de provas. Mas sempre teremos um Jean Moulin ou um D'Estienne d'Orves para que a resistência recupere o direito à palavra. Ilse Koch teve, então, uma ideia: pediu a Ambroise Fleury que ele criasse uma pipa de pele humana. Pois é. Ela tinha encontrado uma com belas tatuagens. Ambroise Fleury disse que não, obviamente. Ilse Koch encarou-o por um instante e disse: "*Denke doch*. Pense bem". Ela se afastou, com seu famoso chicote, e seu tio a seguiu com os olhos. Acho que a inimiga havia entendido o que as pipas significavam e decidiu abalar o espírito daquele francês que não sabia perder a esperança. Passamos a noite inteira tentando convencer Ambroise: era só um pedaço de pele. De todo modo, não haveria ninguém dentro dela. Mas nada adiantou. "Não posso fazer isso com elas", ele repetia. Não nos disse ao certo com quem "não podia fazer isso", mas entendemos. Não sei o que suas pipas representavam para ele. Talvez alguma esperança invencível.

O sr. Terrier se calou, um pouco constrangido. Souba se levantou bruscamente e foi falar alguma coisa com o proprietário no balcão. Compreendi.

— Eles o mataram.

— Ah, não, não, posso tranquilizá-lo quanto a isso — apressou-se em dizer o sr. Terrier. — Eles apenas o transferiram para outro campo.

— Qual?

— Oświęcim, na Polônia.

Eu ignorava, à época, que Oświęcim mais tarde se tornaria conhecido por seu nome alemão, Auschwitz.

44

Faz mais de dois meses que Lila voltou a compartilhar minha vida clandestina. Durmo tão pouco — e de propósito, pois esse estado de esgotamento nervoso é propício à sua presença — que consigo vê-la quase todas as noites.

— Você me avisou bem a tempo, Ludo. Ainda bem que Georg nos conseguiu documentos. Graças a isso pudemos nos refugiar, meus pais e eu, primeiro na Espanha, depois em Portugal...

Vou de duas a três vezes por semana à biblioteca municipal de Cléry para ficar ainda mais perto dela, debruçado sobre um atlas, um dedo no mapa, fazendo-lhe companhia em Estoril e na província de Algarve, famosa por suas florestas de sobreiros.

— Você deveria vir para cá, Ludo. É um país muito bonito.

— Escreva-me. Você fala comigo, me tranquiliza, mas quando me deixa, não dá sinal de vida. Ao menos, não está fazendo nenhuma besteira?

— Que besteira? Já fiz tantas!

— Sabe... *Eu precisava sobreviver, salvar os meus...*

Sua voz se torna severa.

— Viu só? Você pensa nisso o tempo todo. No fundo, nunca me perdoou...

— Não é verdade. Se não quero que isso se repita é porque...

A voz se torna zombeteira.

— ... é porque você tem medo de que se torne um hábito...

— Não um hábito. Um desespero...

— Você teria vergonha de mim.

— Ah, não! Às vezes tenho vergonha de ser um homem, de ter as mesmas mãos, a mesma cabeça que eles...

— Eles quem? Os alemães?

— Eles. Nós. É preciso muita confiança nas pipas de meu tio Ambroise para poder olhar qualquer homem nos olhos e pensar: ele é inocente. Ele não torturou Jombey até a morte, ele não comandou o pelotão de fuzilamento na semana passada, quando seis reféns "comunistas" foram executados...

A voz se faz distante.

— O que queria? A primeira coisa é sobreviver, salvar os seus... Você entende, Ludo? Entende?

Levanto, pego a lanterna, atravesso o pátio e entro no ateliê. Elas continuam ali, sempre as mesmas, e no entanto sempre é preciso recomeçar. Devo ter consertado umas vinte vezes Jean-Jacques Rousseau, Montaigne e mesmo Dom Quixote, esse grande realista incompreendido, que estava certo de ver ao seu redor, num mundo aparentemente familiar e pacato, dragões terríveis e monstros que tinham aprendido muito bem a enganar e a dissimular sob a aparência de homens "incapazes de fazer mal a uma mosca". Desde a aurora da humanidade, o número de "moscas" que precisaram pagar com as próprias asas arrancadas esse clichê tranquilizador devia chegar às centenas de milhões.

Faz muito tempo que não sinto mais nenhum vestígio de ódio pelos alemães. E se o nazismo não fosse uma monstruosidade desumana? E se ele fosse *humano*? E se ele fosse uma confissão, uma verdade oculta, reprimida, camuflada, negada, enterrada no fundo de nós mesmos, que sempre acaba vindo à tona? Os alemães, claro, sim, os alemães... Era a vez deles na história, só isso. Veremos, depois da guerra, vencida a Alemanha e desaparecido ou enterrado o nazismo, se outros povos da Europa, da Ásia, da África e da América não virão substituí-los.

Um camarada vindo de Londres nos trouxera uma brochura com poemas de um diplomata francês, Louis Roché. Ele falava do pós-guerra. Dois versos ficarão para sempre em minha memória:

Haverá grandes massacres
É tua mãe quem o diz.

Acendo a lanterna. As pipas continuam ali, mas a proibição de fazê-las voar permanece. À altura de um homem, não mais, diz o regulamento. As autoridades temem símbolos no céu, temem códigos, mensagens trocadas, pontos de referência ou sinais à Resistência. As crianças só podem puxá-las por um barbante. Não podem elevá-las. É doloroso ver nosso Jean-Jacques ou nosso Montaigne sendo arrastados no chão, é difícil vê-los rastejar. Um dia, estarão livres para voar alto e partir em busca do céu azul. Mais uma vez, poderão nos tranquilizar a respeito de nós mesmos, poderão voltar a mudar as coisas. Talvez as pipas não tenham outra verdadeira razão de ser além desta: criar beleza.

Eu sempre me recompunha. Era uma simples questão de instinto de conservação: que a loucura dos Fleury fosse apenas isso, ou que fosse realmente uma loucura sagrada, pouco importava. O que contava era o ato de fé. Não há outra chave para a sobrevivência. "*Você entende, Ludo? Entende?*" Eu enxugava os olhos e seguia em frente.

Algumas crianças ainda vinham me ajudar, sem que os pais soubessem, pois La Motte ficava a cinco quilômetros de Cléry e era preciso poupar os sapatos. Construíamos nossas pipas e as reservávamos para o futuro.

E então, certa manhã, recebi um recado da Esterhazy. Ela continuava frequentando regularmente o Clos Joli, apesar da perda cruel que amargava: Tchong morrera. Ela me trouxera a notícia pessoalmente, os olhos ainda vermelhos.

— Vou comprar um dachshund — concluíra, soluçando no lenço. Não podemos nos deixar abalar.

Estávamos no dia 12 de maio de 1944. Na hora do almoço, a porta de meu escritório se abriu e vi surgir a cabeça de Francis Dupré. Com suas ombreiras largas, seus cabelos engomados, cílios mais longos que o normal e grandes olhos sensíveis, ele parecia ter saído direto de um filme com Tino Rossi, e sem dúvida tinha tomado uma boa dose de seu "remédio" nas veias, porque estava em ótima forma. Madame Julie devia estar cuidando para não se "esquecer" dele naqueles tempos cada vez mais perigosos, em que a Gestapo estava visivelmente com os nervos à flor da pele; a *Gräfin* precisava, mais do que nunca, de seu amigo "cem por cento ariano", e este também não podia se dar ao luxo de esquecê-la. Era difícil imaginar uma dependência recíproca mais absoluta — e mais trágica.

— Tudo bem, meu jovem?

Ele veio se sentar sobre minha mesa.

— Tome cuidado, meu amigo. Outro dia, vi uma pequena lista com alguns nomes. Alguns estavam marcados com uma cruz, mas no seu havia apenas um ponto de interrogação. Portanto, prudência.

Eu não disse nada. Ele balançava uma perna.

— Eu mesmo estou bastante preocupado. Meu amigo, o comandante Arnoldt, está esperando sua transferência para a Alemanha a qualquer momento. Sem ele, não sei o que será de mim.

— Bom, você pode ir com ele para a Alemanha.

— Não vejo como.

— Ele dará um jeito.

Eu não deveria ter me deixado levar a essa pequena maldade, porque Isidore Lefkowitz empalideceu.

— Desculpe-me, sr. Dupré.

— Não foi nada. Eu não sabia que ela o colocara a par de tudo.

— Não estou a par de nada. Quanto ao ponto de interrogação ao lado de meu nome... Não fiz nada de que pudesse me arrepender.

— Tudo depende do ponto de vista a partir do qual consideramos a ideia que fazemos das coisas...

Completei a frase:

— ... pois o homem mais perspicaz e circunspecto não está menos submetido a uma soma de exigências que não deixam de ser importantes porque não são essenciais.

Começamos a rir. Era uma máxima retórica que todos os estudantes conheciam.

— Janson de Sailly, nono ano — ele murmurou. — Tudo isso parece tão distante, meu Deus!

Ele abaixou a voz.

— Ela quer vê-lo. Hoje, às três da tarde, na frente do Solar dos Jars.

— Por que no solar? Por que não na casa dela?

— Ela precisa fazer compras e é caminho. Além disso...

Ele olhou para as unhas bem cuidadas.

— Não sei o que deu nele, mas Grüber anda completamente enlouquecido. Imagine que ele, anteontem, ousou vasculhar a casa da condessa.

— Ah? — gaguejei, o coração na boca.

Pensei na "arrumadeira" Odette Lanier e em nosso transmissor-receptor.

— Inacreditável, não? Simples rotina, é claro. Eu a havia prevenido, aliás. Os tempos estão mudando, visivelmente. Fala-se em desembarque iminente... Meu amigo Franz... O comandante Arnoldt está muito preocupado. Se os ingleses e americanos ousarem algo do gênero, serão devolvidos ao mar, obviamente. Enfim, é o que se espera.

— Estamos vivendo de esperança.

Trocamos um olhar demorado e ele se foi.

Era uma e meia da tarde. Não me aguentei e fui para o solar com uma hora de antecedência. As ruínas do que havia sido a "turqueria" normanda dos Bronicki tinham sido invadidas pelo mato e tinham adquirido um curioso aspecto premeditado, como se dispostas ali num abandono estudado por alguma atenta vontade artística.

Eu sabia que, privados de gasolina, tínhamos voltado ao tempo das carruagens, mas, mesmo assim, fiquei estupefato quando vi Julie Espinoza num faetonte amarelo, sentada atrás de um cocheiro de libré azul e cartola. Ela desceu da carruagem majestosamente, sob os vários andares de uma peruca ruiva, o peito para a frente e a bunda arrebitada, num vestido cintura de vespa que só se via em cartões-postais da belle époque. Seus traços viris tinham uma expressão ainda mais decidida que o habitual e, com um maço de Gauloises na mão, um cigarro nos lábios, era uma mistura desconcertante da Goulue de Toulouse-Lautrec com uma dama distinta e um bombeiro. Encarei-a com óbvio estupor, e ela se explicou num tom colérico, o que nela era sempre sinal de nervosismo.

— Organizei uma garden party ao estilo 1900. Acho que aquela imundície do Grüber começou a desconfiar de mim, e nesse caso é preciso ser previdente. Não sei o que está acontecendo, um *Kriegspiel*, segundo os despachos, mas todos os grandões da Wehrmacht num raio de mil léguas vieram parar aqui. Estão reunidos na Mansão dos Cervos desde ontem. Apareci lá com a cara e a coragem, convidei todo mundo. Von Kluge veio, Rommel também. Von Kluge foi adido militar em Budapeste na juventude e conheceu muito bem meu marido...

— Mas então...

— Mas então o quê? Ou ainda não estávamos casados, ou não era o mesmo Esterhazy, era seu primo-irmão, e pronto.

Dependerá do rumo da conversa. Você acha que ele vai fazer alguma investigação? Ele me enviou flores. A garden party é em sua homenagem. Ah, a Budapeste dos anos 1920, os bons velhos tempos, o almirante Horthy... Fui assistente de madame num dos melhores bordéis de Buda, em 1929, conheço todos os nomes.

Ela esmagou o cigarro com o salto.

— Com Grüber, foi por pouco, mas Francis me avisou a tempo. Se eles tivessem encontrado Odette e o transmissor-receptor... Tsss!

Ela passou o dedo pelo pescoço, como uma faca.

— Para onde os mandou?

— Fiquei com Odette, ela é minha arrumadeira, tem todos os documentos necessários, mas o transmissor...

— A senhora não o jogou fora?

— Está com Lavigne, o auxiliar do prefeito.

— Lavigne? Mas a senhora está completamente louca! É um notório colaboracionista!

— Justamente, agora ele poderá provar que foi um autêntico membro da Resistência.

Ela esboçou um pequeno sorriso de piedade.

— Você ainda não conhece o mundo, Ludo. Não o conhecerá, aliás. Ainda bem. Precisamos de gente assim. Se não houvesse homens como seu tio Ambroise, com suas pipas, e você...

— Sabe, para quem tem um olhar de fuzilado, como a senhora tantas vezes me disse... Estamos em 1944 e até que não me saí mal.

Minha voz tremia um pouco. Pensei naquele que não sabia perder a esperança.

— Ele está em Buchenwald, fiquei sabendo — disse, suavemente, Madame Julie.

Fiquei quieto.

— Não se preocupe. Ele voltará.

— Talvez seu amigo Von Kluge o tire de lá?

— Ele vai voltar. Sinto isso. *Quero* que ele volte.

— Sei que a senhora é um pouco bruxa, Madame Julie, mas daí a fada madrinha...

— Ele vai voltar. Eu sinto essas coisas. Você vai ver.

— Não tenho certeza de que eu e a senhora estaremos aqui para ver.

— Estaremos aqui. Eu estava dizendo que Grüber não encontrou nada e que até pediu desculpas. Parece que é por causa de todas aquelas autoridades na Mansão dos Cervos. Eles são obrigados a tomar precauções excepcionais. E é verdade que... Uma bomba lá dentro e... consegue imaginar?

— Consigo. Avisaremos Londres, mas por enquanto não podemos fazer nada. A Mansão dos Cervos é muito bem vigiada. É impossível. Foi para me dizer isso que me pediu para vir? Não estamos preparados.

— Estão certos de se fingirem de mortos por algum tempo. Confesso que eu mesma pensei em me retirar. Consegui uma posição de recuo no Loiret. Mas decidi ficar. Aguentarei. A única coisa que me deixa puta da vida...

Ela devia estar ansiosa, apesar de tudo, para voltar daquele jeito a seu vocabulário original.

— ... a única coisa que me deixa puta da vida, agora, é aquele lá...

Ela fez um gesto com a cabeça na direção do cocheiro de libré, que se mantinha na carruagem, rédeas e chicote na mão, piscando com cara de tonto.

— Esse inútil não fala uma palavra de francês.

— É inglês?

— Nem isso. Canadense, mas o filho da puta não é francófilo...

— Francófono.

— Seus amiguinhos, ontem, o empurraram para mim, de uniforme alemão, mas eu disse que só por uma noite e nada mais. Faz três semanas que passa de mão em mão... Foi fácil tirá-lo de casa com o faetonte e o librê para a garden party, mas não sei o que fazer com ele.

Ela lançou um olhar meditativo ao canadense.

— Pena que ainda esteja um pouco cedo. Não sabemos se vai ser no verão ou em setembro. Se soubéssemos, eu o leiloaria. Em breve, muitas pessoas, você sabe quais, vão querer pagar caro para ter um aviador aliado escondido em casa.

— O que quer que eu faça com ele, nessa roupa?

— Dê um jeito.

— Escute, Madame Julie...

— Eu já disse mil vezes que não existe nenhuma Madame Julie, diabos! — ela gritou de repente, com uma voz de soldado. — É "senhora condessa"!

Ela estava tão irritada que seu pequeno buço tremia. É curioso como os hormônios às vezes enlouquecem, pensei. Mas foi naquele momento, sem nenhum motivo aparente, talvez porque Madame Julie se zangara, e isso nela era sinal de incômodo ou preocupação, que entendi: havia outra razão para aquele encontro e tinha a ver com Lila.

— Por que mandou me chamar, Madame Julie? O que tem a me dizer?

Ela acendeu um Gauloise, o fogo entre as mãos, evitando olhar para mim.

— Tenho uma boa notícia para você, garoto. A polonesa está... enfim, está sã e salva.

Fiquei imóvel, à espera do golpe. Eu a conhecia. Ela estava tentando não me fazer sofrer demais.

— Depois do suicídio de Von Tiele, eles a prenderam. Ela passou por maus bocados. Deve ter ficado um pouco perturbada. Eles queriam saber se ela estava a par da conspiração. Achavam que era amante de Von Tiele... As pessoas dizem qualquer coisa.

— Tudo bem, Madame Julie, tudo bem.

— Eles acabaram deixando-a ir.

— E depois?

— Bom, depois, não sei o que ela fez. Nem ideia. Havia sua mãe, seu maldito pai, que sujeito!, e eles não tinham de que viver. Bom, enfim, resumindo...
Ela parecia realmente incomodada, sempre evitando meu olhar. Madame Julie gostava de mim.

— ... a pequena acabou com uma amiga minha, Fabienne.

— Na Rue de Miromesnil — eu disse.

— Sim, e daí, Rue de Miromesnil? Fabienne a encontrou na rua...

— Batendo o ponto.
Você entende, Ludo? Entende? Eu precisava sobreviver, salvar os meus...

— Nada disso! O que está querendo insinuar? A única coisa foi que, em vez de deixá-la na rua, Fabienne levou-a para casa.

— Obviamente, um bordel de luxo é muito melhor que a rua.

— Escute, meu pequeno Ludo, os nazistas estão fazendo sabão com os ossos dos judeus, então se preocupar com isso numa hora dessas... Conhece Martini, o cantor? Numa sala cheia de alemães, ele subiu no palco e levantou o braço, como se fosse fazer a saudação nazista. Os alemães aplaudiram. E então Martini levantou o braço ainda mais alto e disse: "Até aqui na merda!". Não é pelos centímetros que se mede a categoria, entendeu? E se Fabienne me ligou é porque entendeu muito bem que a pequena não está no lugar certo. Puta é um ofício e mesmo uma vocação. Nas melhores, não é algo que se improvisa. Ela me perguntou o que fazer. Então você vai buscá-la e levá-la para sua casa. Tome, eu trouxe um pouco de dinheiro. Vá buscá-la, leve-a para casa, seja gentil com ela. Vai passar. Estamos cansados do preto e branco. O cinza é que é humano. Bom, agora vou para a minha garden party. Chamei todas as melhores putas. Vou tentar salvar a minha pele. E livre-se desse estrupício. Para a próxima guerra, os canadenses que aprendam francês ou não contarão comigo.

Ela fez o sujeito descer da carruagem, puxou o vestido para cima e ocupou seu lugar. Pegou as rédeas e o chicote, e o faetonte partiu a trote, levando a velha cafetina indomável Julie Espinoza para a garden party da condessa Esterhazy. Deixei o piloto canadense nos escombros do que outrora havia sido o pequeno salão do Solar, pedi a Soubabère que se encarregasse dele e me dediquei a obter o mais rápido possível os documentos necessários para a ida a Paris.

45

Fui poupado da viagem à *Féeria* de Madame Fabienne, na Rue de Miromesnil. Lamentei um pouco, pois tinha pensado naquela prova de "insignificância" com certo orgulho. No dia 14 de maio, enquanto estava no ateliê com algumas crianças que ainda vinham trabalhar comigo e faziam provisões para o futuro, para o dia em que, vencidos os nazistas, pudéssemos de novo soltar nossas pipas ao céu, a porta se abriu e vi Lila. Levantei-me e fui a seu encontro, de braços abertos.

— Ora essa, mas que surpresa!

Sem luz, sem vida, os cabelos desbotados, somente a boina, que ela parecia preservar zelosamente através de todas as vicissitudes, era como um sorriso do passado. Os olhos, em sua fixidez esbugalhada, as maçãs do rosto altas despontando sob uma tez terrosa acima de faces encovadas, tudo gritava por socorro, mas não foi aquela miséria que me deixou transtornado, foi a interrogação ansiosa com que Lila me encarava. Ela estava com medo. Devia perguntar-se se eu não a colocaria na rua. Ela tentou falar, seus lábios tremeram, e foi tudo. Quando a apertei contra mim, ela permaneceu tensa, sem ousar se mexer, como se não acreditasse. Mandei as crianças embora e acendi o fogo; ela ficou sentada num banco, as mãos juntas, olhando para os pés. Também não falei nada. Deixei o calor agir. Tudo o que poderíamos nos dizer seria dito sozinho, o silêncio se preenchia, fazia o melhor que podia, como um verdadeiro e fiel amigo. Em certo momento, a porta se abriu, e Jeannot Cailleux entrou, sem dúvida com alguma mensagem urgente, alguma missão a cumprir. Ele pareceu chocado, não disse nada e saiu. As primeiras palavras que ela pronunciou foram:

— Meus livros. Preciso buscá-los.

— Que livros? Onde?

— Em minha mala. Estava pesada demais. Deixei na estação, abandonada, não havia depósito de bagagens.

— Irei amanhã, fique tranquila.

— Ludo, por favor, preciso de meus livros agora mesmo. É muito importante.

Corri para a rua e alcancei Jeannot.

— Fique com ela. Não saia daqui.

Subi na bicicleta. Levei uma hora para pedalar até a estação de Cléry, onde encontrei a grande mala em um canto. Quando a levantei, o fecho se abriu e eu me deparei com as grandes obras da pintura alemã, com a pinacoteca de Munique, a herança grega, o Renascimento, a pintura veneziana, impressionista e com todos os óleos de Velázquez, Goya, Giotto e El Greco, que se espalharam pelo chão. Guardei tudo de volta do jeito que pude e tive que voltar a pé, com a mala apoiada no quadro da bicicleta.

Encontrei Lila sentada no banco do mesmo jeito que eu a deixara, com a *canadienne* e a boina; Jeannot segurava sua mão. Ele me apertou afetuosamente o braço e nos deixou. Coloquei a mala na frente do banco e a abri.

— Muito bem, aqui está — eu disse. — Como vê, não falta nada. Está tudo aqui. Confira você mesma, mas acho que não perdi nada.

— Preciso de tudo isso para minha prova. Vou entrar na Sorbonne em setembro. Estou estudando história da arte, sabe.

— Eu sei.

Ela se inclinou, pegou o Velázquez.

— É muito difícil. Mas vou conseguir.

— Tenho certeza.

Ela deixou o Velázquez em cima do El Greco e sorriu de prazer.

— Estão todos aqui — ela disse. — Menos os expressionistas. Foram queimados pelos nazistas.

— Sim, eles cometeram atrocidades.

Ela ficou em silêncio por um momento, depois me perguntou, numa voz muito fraca:

— Ludo, como tudo isso pôde acontecer comigo?

— Bom, em primeiro lugar, a Linha Maginot deveria ter sido prolongada até o mar, em vez de deixar nosso flanco esquerdo desprotegido. Depois, deveríamos ter agido desde o início da ocupação da Renânia. Além disso, nossos generais eram uns molengões, e De Gaulle foi descoberto tarde demais...

Uma sombra de sorriso surgiu em seus lábios e eu me senti um bom Fleury.

— Não estou falando disso... Como foi que eu pude...

— Sim, justamente. Depois de uma explosão, sempre há algum tipo de reverberação. Parece até que o universo se formou assim. Houve uma explosão e reverberações: nas galáxias, no sistema solar, na Terra, em você, em mim e num caldo de galinha com legumes que deve estar pronto. Venha. Vamos comer.

Ela ficou de *canadienne* à mesa. Precisava de uma carapaça.

— Tenho aqui uma torta maravilhosa de ruibarbo. Veio direto do Clos Joli.

Seu rosto se iluminou um pouco.

— O Clos Joli... — ela murmurou. — Como está Marcellin?

— Muito bem — respondi. — Outro dia, ele disse uma frase magnífica. Legendre, o confeiteiro, se lamentava porque tudo estava perdido e, mesmo se os americanos ganhassem, o país nunca mais recuperaria seu verdadeiro rosto. Marcellin ficou fulo e gritou: "Não admito que deixem de acreditar na França dentro de minha cozinha!".

Seu olhar continuou vazio. Ela se mantinha muito ereta, as mãos juntas sobre os joelhos. Na lareira, o fogo ronronava.

— Precisamos de um gato, aqui — eu disse. — Grimaud morreu de velho. Vamos pegar um novo.

— Posso mesmo ficar aqui?

— Você nunca saiu daqui, mocinha. Ficou aqui o tempo todo. Nunca me deixou.

— Não fique zangado comigo. Eu já não sabia o que estava fazendo.

— Não vamos falar de nada disso. É como a França. Depois da guerra, vão dizer que ela esteve com esse, que esteve com aquele. Que fez isso, fez aquilo. Palavras vazias. Você não estava com *eles*, Lila. Você estava comigo.

— Vou começar a acreditar em você.

— Esqueci de perguntar sobre sua família.

— Meu pai melhorou um pouco.

— Ah? Ele decidiu voltar a si?

— Depois que Georg morreu e que nos vimos sem recursos, ele encontrou um emprego numa livraria.

— Ele sempre foi um bibliófilo.

— Obviamente, não ganhava o suficiente para viver.

Ela abaixou a cabeça.

— Não sei como cheguei a isso, Ludo.

— Já expliquei, minha querida. O general Von Rundstedt e seus blindados. A blitzkrieg. Você não tem nada a ver com isso. Não foi você, foi Gamelin e a Terceira República. Sei que, se tivessem perguntado sua opinião, você teria declarado guerra a Hitler já na ocupação da Renânia. Enquanto isso, Albert Sarraut exclamava na tribuna da Assembleia Nacional: "Nunca deixaremos a catedral de Estrasburgo ser ameaçada pelos canhões alemães".

— Você sempre zomba de tudo, Ludo. Mas ninguém tem o coração menos zombeteiro que você.

— Fica mais fácil aguentar quando fingimos rir.

Ela esperou um pouco, depois murmurou:

— E... Hans?

Abri minha camisa, e ela viu o medalhão.

Lá fora, ouviam-se os pássaros, com suas eternas tendências idílicas. Às vezes é preciso um pouco de ironia.

— E agora vou fazer um café de verdade para você, Lila. Parece que só se vive uma vez.

Ela sofria de insônia e passava as noites num canto com seus livros de arte, tomando notas, compenetrada. Durante o dia, esforçava-se, como ela mesma dizia, para "se fazer útil". Ajudava-me a limpar a casa, ficava com as crianças, que vinham todas as quintas-feiras, mas muitas vezes depois das aulas também. As pipas se acumulavam por toda parte, à espera do dia de voar de novo. Essas sessões eram jocosamente chamadas de "trabalhos práticos" pelo diretor da escola de Cléry, e a prefeitura até nos concedia uma pequena subvenção, prevendo o futuro. Murmurava-se que este chegaria em agosto ou setembro.

Ela dormia em meus braços, mas depois de algumas tímidas tentativas, não ousei mais tocá-la; ela aceitava minhas carícias, porém não reagia. Não era apenas sua sensualidade que parecia apagada, era alguma coisa mais profunda, em sua própria sensibilidade. Só fui entender a que ponto ela era torturada pela culpa quando notei que suas mãos estavam cheias de queimaduras.

— O que foi isso?

— Queimei na água fervente.

Não era convincente: as queimaduras eram espaçadas, regularmente espaçadas. Na noite seguinte, acordei ao sentir que seu lugar na cama estava vazio. Lila não estava no quarto. Caminhei até a porta e me debrucei na escada.

Lila estava de pé, com uma vela na mão direita, queimando deliberadamente a outra mão na chama.

— Não!

Ela deixou a vela cair e ergueu os olhos.

— Eu me odeio, Ludo, eu me odeio!

Acho que nunca fiquei tão chocado. Permaneci na escada, incapaz de pensar, de agir. Aquela terrível e infantil maneira de tentar se punir, se redimir, me pareceu tão injusta, tão infame — enquanto tantos de nossos camaradas lutavam e morriam para devolver-lhe a honra —, que me senti subitamente sem chão e perdi os sentidos. Quando abri os olhos, Lila estava debruçada sobre mim, o rosto em lágrimas.

— Desculpe, não farei isso de novo... Eu queria me punir...

— Por quê, Lila? De quê? Punir-se de quê? A culpa não é sua. A responsabilidade não é sua. Nada disso restará. Não peço que esqueça, não: peço que pense às vezes e dê de ombros. Ah, meu Deus, meu Deus, como pode alguém ter tão pouca... insignificância? Como pode alguém ter tão pouca humanidade, tão pouca tolerância consigo mesmo?

Naquela noite, ela dormiu. E no dia seguinte havia luminosidade e alegria em seu rosto. Senti que ela estava bem melhor e logo tive a prova disso.

Todas as manhãs, Lila pegava sua bicicleta e ia fazer compras em Cléry. Eu sempre a acompanhava até a porta e a seguia com os olhos: nada me fazia sorrir mais do que aquela saia, aquele joelho e aquela cabeleira ao vento. Um dia ela voltou, guardou a bicicleta; eu estava na frente de casa.

— Ai, ai — ela suspirou.

— O que foi?

— Eu estava voltando da mercearia com minha cesta e havia uma mulher à minha espera. Eu disse "bom-dia", não lembrava o nome dela, mas conheço muita gente por aqui. Coloquei a cesta na bicicleta e estava me preparando para pedalar quando ela se aproximou de mim e me chamou de *bochesse*.

Olhei para ela com cuidado. Ela sorria *de verdade*. Não era um desses sorrisos que fazemos por desafio ou para não chorar. Ela fez uma pequena careta e passou a mão nos cabelos.

— Ai, ai. Ai, ai — ela repetiu. — *Bochesse.* Quem diria.

— As pessoas estão sentindo a proximidade da vitória, Lila, então todos se preparam, à sua maneira. Não pense mais nisso.

— Ao contrário, preciso pensar nisso.

— Mas por quê?

— Porque é melhor se sentir vítima de uma injustiça do que se sentir culpada.

46

Era 2 de junho. Quatro dias depois, estávamos deitados de barriga para baixo, dois quilômetros a leste de La Motte, sob os bombardeios, e até hoje estou convencido de que o primeiro alvo atingido pelos milhares de barcos e aviões aliados da operação Overlord foi minha bicicleta: encontrei-a quebrada e retorcida na frente de casa. "Eles estão vindo", "eles estão chegando", "eles estão aqui", acho que ouvi isso o dia inteiro. Quando passamos correndo pela fazenda dos Cailleux, o velho Gaston Cailleux estava na rua e, depois de nos dizer "eles estão vindo", acrescentou uma frase que não podia ter ouvido na rádio de Londres, pois De Gaulle só a pronunciaria algumas horas depois:

— Meu pequeno Ludo, é a batalha na França e é a batalha da França!

Mas talvez as frases históricas sejam como tudo na vida: o impossível às vezes acontece.

Nós o deixamos lá, saltitando de alegria com sua única perna e sua muleta.

Não havia nenhum soldado alemão à vista, mas todos os campos e todos os bosques ao redor estavam bloqueados por uma barragem de fogos de artilharia que, sem dúvida, visava impedir que reforços inimigos se aproximassem das praias.

Eu ainda não aprendera a distinguir o assobio das bombas dos aviões do assobio dos obuses e levei algum tempo para entender que o inferno vinha do céu, como deve ser. Mais de dez mil investidas foram efetuadas naquele dia pela aviação aliada sobre a Normandia.

Tínhamos percorrido apenas algumas centenas de metros quando avistei no meio da estrada um corpo estendido, inanimado, os braços em cruz. Reconheci-o de longe, tão familiar era-me sua figura: Jeannot Cailleux. Os olhos fechados, a cabeça ensanguentada, estava morto. Tive certeza disso: eu o amava demais para me enganar.

Virei-me para Lila.

— Mas o que está esperando? Examine-o, por Deus!

Ela pareceu surpresa, mas se ajoelhou ao lado de Jeannot e encostou a orelha em seu peito.

Acho que comecei a rir. Eu a imaginara tantas vezes, durante seus anos de ausência, cuidando dos feridos na Resistência polonesa que esperara que ela cumprisse seu dever de enfermeira. E era exatamente assim que eu a via naquele momento, debruçada sobre o corpo de meu camarada, em busca de um sinal de vida. Ela se virou para mim:

— Acho que...

Foi nesse momento que Jeannot se mexeu, ficou sentado e, depois de sacudir três ou quatro vezes a cabeça, soltando o ar com força, o olhar ainda perdido, gritou:

— Eles estão chegando!

— Maldito filho da mãe! — bradei, aliviado.

— Eles estão aqui! Eles chegaram!

Peguei a mão de Lila e começamos a correr.

Eu queria deixar Lila num lugar protegido e ir ao encontro de meus camaradas. Nossa tarefa, de acordo com o "plano verde", era conhecida havia muito tempo: sabotagem das vias férreas, dos fios de alta-tensão, ataques a comboios. Devíamos nos reunir no Orne. Mas nada aconteceu conforme o previsto. Quando consegui chegar a Souba, no dia seguinte, encontrei nosso querido chefe numa fúria cega. Vestido num uniforme magnífico — autointitulara-se coronel —, com os punhos ele ameaçava o céu, por onde passavam os aviões aliados.

— Esses idiotas estragaram tudo — ele berrava. — Destruíram todas as nossas comunicações. Nossos homens estão perdidos no mato. Ah, é uma desgraça ver isso!

Ele estava quase amaldiçoando o desembarque. Muitos anos depois, ainda fazia cara feia quando alguém mencionava a chegada dos Aliados. Acho que gostaria de ter resistido por mais vinte anos.

Toda vez que uma bomba nos cobria de terra, Lila me acariciava o rosto:

— Você tem medo de morrer, Ludo?

— Não tenho medo, mas não tenho muita vontade.

Saímos de La Motte às seis horas da manhã, e às seis da tarde só tínhamos conseguido avançar três quilômetros depois do limite de Clos. Foi ali que, deitados de bruços atrás de um talude, o nariz para cima para tentar adivinhar de onde viria a próxima onda de assalto, presenciamos um espetáculo que até hoje não sei se foi ridículo, heroico, ou os dois a um só tempo. Quatro cavalos Percheron, o primeiro atrelado a uma caçamba, os outros a carroças, desfilaram um atrás do outro na nossa frente, marchando, com uma indiferença, provavelmente herdada de seus donos, a tudo o que acontecia ao redor. Era a família Magnard se mudando. Apertados na caçamba, as duas filhas sentadas sobre caixas de provisões, o pai e o irmão de pé, na frente, eram seguidos pelas carroças que levavam móveis, camas, cadeiras, colchões, malas, armários, trouxas de roupa e tonéis. Três vacas completavam o cortejo. Eles avançavam aos solavancos, os rostos fechados como sempre, sem um olhar para o céu ou para a terra. Nunca saberei se os Magnard eram bovinos ou super-humanos. Talvez tivessem suas próprias pipas, no fim das contas.

Aquela procissão dos invulneráveis me deixou confuso e um pouco envergonhado, pois eu suava de medo, mas Lila ria. Creio que, depois de todas as provações morais e psíquicas que sofrera, o perigo puramente físico devia ser um alívio para ela.

— Vocês, poloneses, são todos iguais — resmunguei. — Quanto pior as coisas, melhor vocês ficam.

— Me dê um cigarro.

— Não tenho mais nenhum.

Um incidente me devolveu então toda a minha esperança. Tiros isolados ecoaram às nossas costas, seguidos de uma rajada de metralhadora. Virei-me assustado. Um soldado americano saiu lentamente do mato, recuando, a metralhadora na mão. Ele esperou um pouco e, parecendo mais tranquilo, tocou a lateral do corpo e olhou para a mão. Tinha acabado de ser ferido. Não pareceu preocupado com isso, sentou-se no chão, atrás de um arbusto, pegou um maço de cigarros do bolso — e explodiu.

Ele literalmente explodiu, de uma só vez, sem nenhum motivo aparente, desaparecendo numa chuva de terra que logo começou a cair — sem ele. Acredito que a bala que o havia ferido de leve tocara o pino de segurança de uma das granadas penduradas em seu cinto, e quando ele se sentou, o pino caiu de vez. Ele desapareceu.

— Que pena — disse Lila. — Não deve ter sobrado nenhum.

— Nenhum o quê?

— Ele estava com um maço inteiro na mão. Faz anos que não fumo um cigarro americano.

De início, fiquei indignado. Quase disse: "Querida, isso já não é ter sangue-frio, é ser sanguinário", quando subitamente me senti feliz. Eu tinha acabado de encontrar a Lila de nossa infância, a dos morangos silvestres e das pequenas provocações.

Ficamos deitados atrás do talude por cerca de uma hora. Eu não entendia aquela obstinação das bombas e dos obuses sobre bosques e campos onde não havia nem sinal de alemães.

— Parece até que estão atrás da gente!

Ela tirava torrões de terra dos cabelos, tranquilamente.

— Sabe, Ludo, já fui morta várias vezes em minha vida.

As razões daquele bombardeio quase ininterrupto sobre algumas dezenas de quilômetros quadrados de campo normando tão longe das praias de desembarque me foram explicadas por Souba alguns dias depois. Uma divisão aérea americana fora deixada e dispersada por engano longe demais terra adentro, e uma unidade alemã se retirara das regiões costeiras para enfrentar o que acreditava ser uma manobra premeditada. Ficamos presos entre seus tiros e os das baterias inglesas que protegiam as duas pontes sobre o Orne, enquanto a aviação aliada bombardeava todas as estradas e vias férreas da região.

Aproveitamos um momento de calmaria para avançar um pouco na direção do Orne, quando uma fila de tanques alemães apareceu cem metros à nossa frente. Era a divisão blindada que finalmente recebera de Hitler, às quatro da tarde, a ordem de repelir a vanguarda aliada.

Meu único pensamento foi "eles atiram em tudo que se mexer", surgido de não sei que relato de não sei que massacre. Peguei a mão de Lila. Ficamos imóveis no meio do campo. Nenhum de meus camaradas mortos tinha tido a sorte de ter sua mão junto a outra. De certo modo, foi a última coisa em que pensei. E na claridade, no brilho do sol entre as nuvens cor de chumbo e pesadas, no pedacinho azul do céu, que sempre sabe dar, na hora certa, o melhor de si. E no perfil de Lila, na cabeleira loira em sua nuca e em seus ombros, no rosto onde o medo havia escolhido sorrir.

Um oficial alemão estava na torre de tiro do primeiro tanque. Ao passar por nós, ele levantou a mão num pequeno aceno de amizade. Nunca saberei quem ele era ou por que tinha salvado nossa vida. Não sei se foi por desdém, por humanidade ou apenas para manter as aparências. Talvez, ao ver aquele casal de namorados de mãos dadas, ele tenha cedido por um momento a alguma fidelidade superior. Mas, no fundo, não sei: talvez apenas tivesse senso de humor. Ele se virou, rindo, depois de passar por nós, e acenou mais uma vez.

— Ufa — fez Lila.

Estávamos exaustos e famintos; naquele caos, não havia motivo algum para ir a um lugar mais do que a outro. Não estávamos longe do Clos Joli, que ficava a cerca de três quilômetros para o sul; mas era naquela direção que os bombardeios me pareciam mais intensos, sem dúvida por causa da ponte de Orcq e da estrada nacional; no entanto, se ainda restasse alguma coisa do restaurante, com certeza lá encontraríamos o que comer, mesmo sob os escombros. Chegando à estrada de Ligny, nos deparamos com um blindado derrubado e incendiado, ainda fumegando; havia dois soldados alemães perto do veículo; um terceiro estava sentado, encostado a uma árvore, segurando o ventre, os olhos revirados e emitindo uma espécie de estertor-assobio de sifão vazio. Seu rosto me pareceu familiar e pensei conhecê-lo, mas logo entendi que o que me era familiar era a expressão de sofrimento. Eu já a vira no rosto de Duverrier, quando nosso camarada se arrastara até a fazenda dos Buis depois de fugir da Gestapo de Cléry, para morrer. Ser alemão ou francês, naquelas horas, dava na mesma. Mais tarde, quando ouvia a expressão "banco de sangue", eu sempre me lembrava daquilo. Seu olhar era suplicante. Tentei odiá-lo para não ter que acabar com seu sofrimento. Não consegui. É preciso ter isso dentro de si. Eu não tinha. Peguei sua Mauser, engatilhei-a na frente dele e esperei, para ter certeza absoluta. Ele esboçou uma espécie de sorriso.

— *Ja, gut...*

Deixei duas balas em seu coração. Uma para ele, outra para todo o resto.

Foi meu primeiro gesto de fraternidade franco-alemã.

Lila tapara os ouvidos, fechara os olhos e virara a cabeça, num gesto feminino ou infantil, ou os dois. Senti, bastante estupidamente, que tinha feito um amigo naquele alemão morto. Seis aviões americanos passaram acima de nós e soltaram suas bombas no lugar onde devia estar a divisão blindada. Lila seguiu-os com o olhar.

— Espero que não o tenham matado — ela disse.

Acho que falava do comandante dos tanques, que nos poupara. Eu estava com os nervos tão esgotados que fui invadido por minha fraqueza — o cálculo mental, um mecanismo de defesa de minha razão quando ela se sentia ameaçada. Eu disse a Lila que tínhamos percorrido no mínimo vinte quilômetros, quando tínhamos feito na verdade cinco ou seis, e avaliei nossa chance de sobreviver em uma sobre dez. Calculei em mil o número de obuses e bombas dos quais tínhamos escapado e em trinta mil o número de aviões que tínhamos visto no céu. Não sei se eu buscava dar a Lila provas de minha calma olímpica ou se começava a perder a cabeça. Estávamos sentados na beira da estrada, exaustos, encharcados de suor, sangrando aqui e ali de alguns arranhões, reduzidos a uma presença simplesmente física do corpo. Fomos arrancados de nosso torpor por um bombardeio tão violento que no espaço de alguns segundos todo o bosque a duzentos metros de nós foi pulverizado diante de nossos olhos. Começamos a correr pelos campos na direção de Ligny e nos vimos na frente do Clos Joli meia hora depois. Fiquei impressionado com a imutabilidade do lugar. O Clos Joli não exibia nenhum sinal de dano. A chaminé fumegava tranquilamente. As flores do jardim, o pomar e as velhas castanheiras tinham uma serenidade que me parecia atestar uma segurança profunda. Eu não estava, naquele momento, com a mente propensa à meditação, mas lembro-me de ter sentido, pela primeira vez desde o nascer do dia, a sensação ao mesmo tempo estranha e apaziguadora de que tudo estava salvo.

Na rotunda, intacta com suas cortinas vermelhas, não havia ninguém. As mesas estavam postas, prontas para o serviço. Os cristais retiniam a cada explosão. O retrato de Brillat-Savarin estava no lugar, um pouco torto, é verdade.

Encontramos Marcellin Duprat na cozinha. Ele estava muito pálido e suas mãos tremiam. Acabava de tirar do forno uma *panade* de três carnes, que exige várias horas de cozimento. Devia estar trabalhando nela desde o início dos confrontos. Não sei se tentava encontrar em gestos familiares um remédio para o medo ou se tentava proclamar altivamente a permanência. Em seu rosto desfeito, e como que gasto, os olhos emitiam um brilho em que reconheci a loucura que me era tão cara. Pensei em meu tio Ambroise. Aproximei-me dele e, com lágrimas nos olhos, beijei-o. Ele não pareceu surpreso, talvez nem mesmo consciente de meu gesto.

— Todos me abandonaram — ele disse, com voz rouca. — Estou sozinho. Ninguém para garantir o serviço. Se os americanos chegarem, vou passar vergonha.

— Acho que os americanos só chegarão daqui a vários dias — eu disse.

— Eu deveria ter sido avisado.

— Do... do desembarque, sr. Duprat? — gaguejei.

Ele refletia.

— Não acha interessante que tenham escolhido a Normandia?

Olhei para ele com espanto. Mas não, ele não estava zombando de mim. Estava louco, maravilhosamente louco. Lila disse:

— Eles devem ter estudado o guia Michelin e escolhido o que havia de melhor.

Encarei-a, furioso. Quase acreditei ter ouvido a voz sarcástica de Tad. Para mim, um fogo sagrado tão intenso merecia um pouco mais de respeito, quando não de piedade.

Duprat fez um gesto na direção da grande sala dos fundos.

— Sentem-se.

Ele nos serviu a *panade* pessoalmente.

— Experimentem, experimentem. Precisei usar alguns restos. Que tal? Não parece ruim, dadas as circunstâncias. Nenhuma entrega hoje. Enfim, o que vocês queriam?

Ele foi tirar a torta do forno. Quando estava voltando, ouvimos um assobio que eu tinha aprendido a reconhecer e mal tive tempo de agarrar Lila, empurrá-la para o chão e me deitar sobre ela. As explosões se sucederam por vários minutos, mas vinham dos lados de Orcq, e apenas um vidro se quebrou.

Levantei-me. Duprat mantivera-se de pé, o prato com a torta nas mãos.

— Não corremos nenhum risco, aqui — ele disse.

Não reconheci sua voz. Uma voz surda, mecânica: vinha das profundezas daquela cegueira, enfatizada pela fixidez de seu olhar.

— *Eles não ousariam* — ele disse.

Ajudei Lila a se levantar e voltamos à mesa. Nunca, sem dúvida, a torta normanda de Duprat foi menos apreciada. O Clos Joli tremia de alto a baixo. As taças cantavam. Era o momento tardio em que, depois de um dia de hesitação, Hitler lançara duas divisões da reserva estratégica em apoio ao 8º Exército.

Duprat não se movera. Ele sorria, e com que desprezo, com que superioridade!

— Viram só? — ele disse — Passou reto. E sempre vai passar.

Tentei explicar-lhe que queria chegar a Neuvet antes do anoitecer e continuar pelo Orne, para me juntar a meu grupo de combate.

— A srta. Bronicka pode ficar aqui — ele disse. — Estará segura.

— Mas, sr. Duprat, não consegue ver? Vai ser atingido a qualquer momento.

— Ora, ora. Vocês acham que os americanos vão destruir o Clos Joli? Eles não podem fazer isso. Os alemães não tocaram nele.

Fiquei quieto. Diante daquela confiança insana nas três estrelas do restaurante, senti um respeito quase religioso. Era evidente que, para ele, as tropas aliadas haviam recebido ordens, talvez do próprio general Eisenhower, para que aquele monumento da França fosse mantido intacto.

Tentei convencê-lo: o Clos Joli se veria no fogo cruzado de um combate mortífero. Ele precisava sair dali. A única resposta que obtive foi:

— Nem pensar. Vocês me encheram o saco com essa coisa de clandestinidade e Resistência. Pois bem, agora é a minha vez de mostrar a vocês quem é, sempre foi e sempre será o primeiro resistente da França!

Eu não podia simplesmente deixá-lo daquele jeito, em pleno delírio; estava convencido de que ele havia perdido a cabeça e que morreria sob os escombros do Clos Joli. Eu conhecia bem as estradas, pontes e vias férreas da região, e sabia que, se os Aliados não fossem devolvidos ao mar, seria ali que os confrontos mais intensos ocorreriam. Mas Lila estava no fim de suas forças, e bastou-me olhar para seu rosto para entender que não estava em condições de me acompanhar. Eu sabia que, se houvesse um Deus, como se diz, ela tinha as mesmas chances de sobreviver ali como em qualquer outro lugar: era um daqueles momentos em que se pensa em Deus, que é um antigo mestre na arte de esperar ser chamado. Eu também sentia que embora hesitasse em deixar Lila com Duprat, não era tanto porque os riscos me parecessem grandes demais, mas porque não queria me separar dela. No entanto, eu queria muito me juntar a meus camaradas. Tínhamos aguardado com tanta esperança e por tanto tempo aquele momento; eu não podia hesitar. Foi Duprat quem me fez tomar uma decisão.

Ele pareceu sair de seu transe, colocou o braço em meus ombros e disse:

— Meu caro Ludo, fique tranquilo, a srta. Bronicka estará sã e salva aqui comigo. Tenho a melhor adega da França. Vou deixá-la no canto mais seguro, o de minhas melhores safras, onde nada jamais acontecerá com ela. Não sei quem disse "Feliz como Deus na França", mas tenho certeza de que Ele zelará por ela.

Dessa vez, pude ver um leve brilho zombeteiro nos olhos de nossa velha raposa. Talvez algum dia eu precise voltar a pensar seriamente em Duprat para determinar o grau de astúcia normanda em sua "loucura". Beijei Lila. Eu me conhecia: sabia que nada poderia acontecer com ela. Sentia vontade de chorar, mas de cansaço.

Consegui alcançar meu grupo sem muita dificuldade. À uma da manhã, atravessando um pântano, caí num grupo de paraquedistas americanos de rostos negros que tinham errado o ponto de queda e não sabiam onde estavam. Levei-os a Neuvet, que era nosso local de reunião, onde encontrei Souba e mais uns vinte camaradas. Nossas ordens eram, como já disse, realizar sabotagens, mas a tentação de pegar em armas era grande demais para vários de nós. Quase todos foram mortos. De 8 a 16 de junho, dispúnhamos de uma única metralhadora para dez homens, com cem cartuchos, e de duas espingardas automáticas com cento e cinquenta cartuchos, aos quais se somaram, para os sobreviventes, as armas recuperadas do inimigo. De minha parte, limitei-me a explodir vias férreas, pontes e linhas telefônicas. Eu não queria matar homens, e quando se consegue diferenciar um ss de um homem, já é tarde demais, ele está morto. Creio que a lembrança do comandante dos tanques, que poupara Lila e a mim, também me paralisava um pouco. Mas fiz um bom trabalho, na retaguarda, enquanto a Wehrmacht recuava.

47

Fiquei sem notícias de Lila por três semanas. Mais tarde, ela me disse que Duprat se mostrou muito gentil com ela, embora uma vez tenha feito algo que a deixou bastante espantada: beliscou sua bunda. Ele ficou tão envergonhado que, apesar de sua idade, foi preciso contemporizar. Ela ficou quinze dias no Clos Joli, ajudando Duprat a receber os americanos e tentando traduzir o "mapa da França" para o inglês, o que, para Duprat, era impensável. Depois ela voltou para La Motte, onde a reencontrei no dia 10 de julho. Na manhã seguinte, fomos juntos a Cléry. Os confrontos continuavam, mas ecoavam na Normandia como uma tempestade distante. Colei na porta da prefeitura o aviso de que o ateliê retomaria seus trabalhos no dia seguinte em La Motte e que todas as crianças da região interessadas no que Ambroise Fleury chamava de "gentil arte da pipa" eram bem-vindas. Lila estava com a bicicleta com a cesta e tentava conseguir chocolate para as crianças junto aos americanos. Queria celebrar a retomada das "aulas" em La Motte com um verdadeiro lanche de gala.

Quanto a mim, um caminhão militar que ia para a Mansão dos Cervos, onde os americanos haviam estabelecido seu quartel-general, deixou-me na entrada do parque. Eu queria me despedir de Madame Julie, que voltava para Paris.

Encontrei-a aos prantos, estatelada numa poltrona, ao lado do piano onde as fotografias de De Gaulle e Eisenhower tinham substituído as dos antigos "amigos" da *Gräfin* Esterhazy.

— O que houve, Madame Julie?

Ela mal conseguia falar.

— Eles... o... fuzilaram!

— Quem?

— Francis... enfim, o pequeno Isidore Lefkowitz. Eu tinha tomado minhas precauções... Lembra-se do certificado de "grande resistente", com o nome em branco, que ganhei de Soubabère?

— Sim, claro.

— Era para ele. Eu mesma lhe entreguei. Ele o levava no bolso quando o fuzilaram. Foi colocado num caminhão, junto com dois outros colaboracionistas verdadeiros da Gestapo, e o mataram. Encontraram o certificado depois. Izzy não mostrou a eles! Tomou uma dose tão grande de morfina, apavorado, que deve ter esquecido!

— Talvez não seja isso, Madame Julie. Talvez ele estivesse cansado.

Ela me encarou com estupor.

— Cansado do quê? Da vida? Ficou maluco?

— Talvez estivesse cansado de si mesmo, da morfina e de tudo.

Ela estava inconsolável.

— Bastardos. Depois de tudo o que ele fez por vocês...

— Não fomos nós que o fuzilamos, Madame Julie. Foram os novos. Os que se tornaram resistentes depois da saída dos alemães.

Eu quis abraçá-la, mas ela me repeliu.

— Dê o fora. Não o quero mais aqui.

— Madame Julie...

Não havia o que fazer. Pela primeira vez desde que eu a conhecia, aquela mulher indomável se entregava ao desespero. Deixei-a ali, uma velha senhora em lágrimas que, como o pobre Isidore, também devia estar com uma falha de memória: não lembrava mais que fim levara sua "dureza".

Um jipe me levou de volta a Cléry e me deixou na Rue Vieille-de-l'Église. Eu devia me encontrar com Lila na Place du Jour, que havia pouco se tornara a Place de la Victoire. Chegando à praça, vi-me atrás de uma multidão de pessoas que se comprimia em torno da fonte. Havia gritos e gargalhadas, crianças que corriam e duas ou três pessoas que se afastavam, a maioria idosas, entre as quais o sr. Lemaine, amigo de meu tio, um antigo combatente da Grande Guerra, que tinha um joelho duro desde Verdun. Ele passou a meu lado, claudicando, parou, balançou a cabeça e se afastou resmungando alguma coisa. Eu não via o que estava acontecendo na fonte. Não teria me interessado se não tivesse visto os olhares estranhos dirigidos a mim. Leleu, o novo dono do Petit Gris, Charviaut, o dono da mercearia da Rue Baudouin, Colin, da papelaria, e outros ainda me encaravam com uma mistura de constrangimento e pena.

— O que está acontecendo?

Eles se viraram sem abrir a boca.

Avancei pela multidão.

Lila estava sentada numa cadeira ao lado da fonte, a cabeça raspada. O cabeleireiro Chinot, máquina na mão, sorriso nos lábios, se afastara um pouco e admirava sua obra. Lila se mantinha comportadamente na cadeira, em seu vestido de verão, as mãos unidas sobre os joelhos. Por alguns segundos, não consegui me mexer. Depois, minha garganta se rasgou num urro feroz. Atirei-me sobre Chinot, acertei-lhe um soco na cara, agarrei Lila pelo braço e arrastei-a no meio da multidão. As pessoas se afastavam: estava feito, consumado, a "pequena" pagara por ter dormido com o ocupante. Mais tarde, quando consegui pensar no ocorrido, o que ficou, para além do horror, foi a lembrança de todos aqueles rostos familiares que eu conhecia desde a infância: eles não eram monstros. E isso era monstruoso.

As memórias sobrevivem, inapagáveis. Corro pelas ruas de Cléry, puxando Lila pelo braço. Parece-me que nunca pararei de correr. Eu não corria para o fim do mundo: estávamos nele. Eu não sabia para onde estava indo e, além disso, não havia para onde ir. Eu urrava.

Ouvi passos atrás de mim, virei-me, pronto para bater. Reconheci o rosto do sr. Boyer, o padeiro, todo ofegante, com sua enorme barriga.

— Venha a minha casa, Fleury, fica aqui ao lado.

Ele nos fez entrar na padaria. Sua mulher lançou a Lila um olhar assustado e começou a chorar em seu avental. Boyer nos fez subir ao primeiro andar e nos deixou a sós. Antes de fechar a porta, ele me disse:

— Agora, sim, os nazistas ganharam a guerra.

Deitei Lila na cama. Ela estava inerte. Sentei-me a seu lado. Não sei quanto tempo ficamos daquele jeito. Eu às vezes passava a mão em sua cabeça. Cresceria de novo, é claro. Sempre cresce.

Seus olhos tinham uma fixidez que parecia guardar uma imagem indelével. Rostos zombeteiros. A máquina de raspar nas mãos do valente cabeleireiro do vilarejo.

— Não foi nada, minha querida. Foi só por causa dos nazistas. Eles ficaram quatro anos aqui e deixaram marcas.

À noite, a sra. Boyer nos serviu uma refeição, mas foi impossível alimentar Lila. Ela continuava prostrada, os olhos bem abertos, e eu pensei em seu pai, que se retirara da realidade "sem malas feitas", como dissera Lila. Aqueles aristocratas, minha nossa! No fim das contas, a cabeça raspada de uma jovem é quase uma ingenuidade, quando pensamos em tudo o que os outros fizeram, nos campos de extermínio, na tortura. Os outros, enfim — mas que outros, na verdade?

A fraternidade pode ser estranhamente terrível.

À noite, saí da cama e fui incendiar o Clos Joli. Enchi as velhas paredes de gasolina e, quando elas começaram a ceder, consegui por fim dormir em paz. Felizmente, foi apenas um pesadelo.

O sr. Boyer foi buscar o dr. Gardieu, que nos disse que Lila estava em estado de choque e lhe deu uma injeção para fazê-la dormir. Quando a porta se abria, eu ouvia o rádio dando notícias de nossas vitórias.

À tarde, ela acordou, sorriu para mim e fez o gesto de passar a mão nos cabelos.

— Meu Deus, o que foi que...

— Os nazistas — eu disse.

Ela escondeu o rosto nas mãos. Dizem que as lágrimas podem ser um alívio.

Ficamos na casa dos Boyer por uma semana. Todos os dias, eu saía com Lila e nós caminhávamos pelas ruas de Cléry, de mãos dadas. Caminhávamos devagar, por horas e horas, para que todos pudessem nos ver. Seguíamos em frente, uma jovem de cabeça raspada e eu, Ludovic Fleury, vinte e três anos, conhecido em toda a região por minha memória. Eu pensava comigo mesmo que os nazistas fariam muita falta, que seria difícil sem eles, porque não teríamos mais desculpas.

No quinto dia de nosso desfile, o sr. Boyer entrou todo comovido em nosso quarto, com o *France-Soir*: havia uma foto que nos mostrava de mãos dadas por Cléry. Eu não sabia que meu rosto era capaz de tanta dureza. No dia seguinte, nosso desfile foi interrompido por três homens com braçadeiras das Forças Francesas do Interior. Eu os conhecia: eles tinham se tornado "resistentes" oito dias depois do desembarque.

— Essa provocação vai acabar logo?

— Não fizeram isso para ser visto?

— Vai acabar com chumbo no traseiro, Fleury. Estamos de saco cheio. Está tentando provar o quê?

— Nada. Faz tempo que a prova foi dada.

Eles se contentaram em me chamar de imbecil. Continuei nossa "caminhada" por mais alguns dias. Foi o sr. Boyer quem me convenceu a interrompê-la.

— Eles se acostumaram a vê-los. Não sentem mais nada. Voltamos para La Motte, de onde só saímos no final de outubro para casar.

Jeannot Cailleux vinha nos abastecer todas as manhãs e nos ofereceu um cachorrinho de uma ninhada da fazenda; Lila lhe deu o nome de Querido, o que causou muita confusão na casa; toda vez que ela o chamava, nós dois acorríamos. Mas aqueles dias também tiveram suas infelicidades — na vida elas são necessárias, não se vive sem elas —, pois ficamos sabendo que Bruno fora dado como desaparecido num combate aéreo de novembro de 1943. Ele contava então com dezessete vitórias e era um dos aviadores mais condecorados da Royal Air Force. Em vão enviávamos carta atrás de carta à Polônia para tentar conseguir notícias de Tad.

Lila havia decidido adiar por um ano sua entrada na Sorbonne a fim de melhor se preparar. Ela estudava muito. *Tendências da arte contemporânea, Tesouros da pintura alemã, A obra completa de Vermeer, As obras-primas de todos os séculos, O Ocidente através de seus museus* — os livros se empilhavam em torno da pequena mesa que ela instalara perto da janela do ateliê.

Seus pais não vieram ao nosso casamento. As circunstâncias difíceis que eles tinham atravessado não os havia feito esquecer sua posição e eles desaprovavam aquela união desigual. Os valores sociais rapidamente voltavam ao antigo patamar, e Stas Bronicki se recuperava. Nossas testemunhas foram o próprio Duprat e a "condessa" Esterhazy, novamente Julie Espinoza com o retorno da democracia, que chegou à prefeitura com um carro do Exército americano dirigido por um GI, na companhia de duas jovens encantadoras.

— Estou reorganizando minha rede — ela nos explicou.

Ela estava magnífica, com seu imenso chapéu Christian Dior e seu pequeno lagarto de ouro, que nunca a deixava, aninhado na cavidade de seu ombro.

Madame Julie lamentou que não nos casássemos na igreja. Duprat vestira um fraque, com uma orquídea na lapela. A revista *Life* acabara de lhe dedicar um artigo que ainda hoje figura abaixo do retrato de Brillat-Savarin, com a famosa foto de Robert Capa na capa: o Clos Joli e, em frente à porta, seu proprietário e chef, em uniforme de trabalho, sob o título UMA CERTA IDEIA DA FRANÇA. O artigo causou indignação na imprensa parisiense. É verdade que, em 1945, a *haute cuisine* não ocupava no país a posição que ocupa hoje. Não sei quais eram, à época, as ideias dos americanos quanto ao lugar que deixariam para a França no mundo, mas eles demonstraram pelo Clos Joli e por seu ilustre proprietário no mínimo a mesma consideração dispensada pelos alemães.

Na manhã da cerimônia, Lila se olhou demoradamente no espelho e fez uma careta.

— Preciso ir ao cabeleireiro...

Seus cabelos não tinham crescido mais que dois centímetros. Não entendi, a princípio. Só havia um cabeleireiro em Cléry: Chinot. Olhei para ela, que sorriu para mim. Compreendi.

Duprat nos emprestara um de seus dois furgões para aquele dia, e às onze e meia estacionamos em frente ao salão. Chinot estava sozinho lá dentro. Ao nos ver, ele deu um passo para trás.

— Gostaria que o senhor cortasse meus cabelos na última moda — disse Lila. — Veja. Eles cresceram. Não dá para ver.

Ela se dirigiu a uma das cadeiras e se sentou, sorridente.

— Como da última vez — ela disse.

Chinot não se mexia. Estava pálido.

— Vamos, sr. Chinot — eu disse. — Nós vamos nos casar logo mais e estamos com pressa. Minha noiva quer que o senhor raspe sua cabeça, como há seis semanas. Não diga que perdeu a inspiração em tão pouco tempo.

Ele lançou um olhar para a porta, mas eu fiz que não com a cabeça.

— Vamos, vamos — eu disse. — Sei que a alegria dos primeiros dias passou e que a coragem também, mas é preciso saber alimentar a chama sagrada.

Peguei a máquina e estendi-a para ele. Ele recuou.

— Já disse que estamos com pressa, Chinot. Minha noiva viveu um dia inesquecível e quer, justamente, ser vista em sua mais bela forma.

— Me deixem em paz!

— Não tenho a intenção de quebrar sua cara, Chinot, mas se continuar insistindo...

— A ideia não foi minha, juro! Eles vieram me buscar e...

— Não queremos discutir quem foi, se "eles", "eu", "os nossos" ou "os outros", meu velho. É sempre *nós*. Vamos.

Ele se aproximou da cadeira. Lila ria. Intacto, pensei. Continua intacto.

Chinot começou a trabalhar. Em poucos minutos, a cabeça de Lila ficou tão raspada quanto no primeiro dia. Ela se inclinou e se admirou no espelho.

— Realmente, me cai muito bem.

Ela se levantou. Virei-me para Chinot.

— Quanto lhe devo?

Ele se manteve em silêncio, a boca aberta.

— Quanto? Não gosto de ficar devendo.

— Três francos e cinquenta.

— Tome cinco, com a gorjeta.

Ele largou a máquina e fugiu para os fundos.

Quando chegamos à prefeitura, todos estavam à nossa espera. Houve um grande silêncio quando viram a cabeça raspada de Lila. O bigode de Duprat tremeu nervosamente algumas vezes. A expressão de meus camaradas da rede Espoir parecia indicar que os nazistas estavam de volta e que precisaríamos começar tudo de novo. Julie Espinoza foi a única que se portou à altura. Ela se aproximou de Lila e a abraçou.

— Minha querida, que ótima ideia! Ficou maravilhoso em você!

Lila estava muito feliz, e o leve mal-estar que se apoderara dos presentes se dissipou na mesma hora. Depois da cerimônia, fomos ao Clos Joli e no final do almoço Marcellin Duprat fez um discurso em que falou com emoção daqueles "que garantiram a permanência", mas sem qualquer alusão a si mesmo. Ele apenas lembrou as provações "que todos, cada um em seu posto de combate, enfrentamos", e em seguida disse uma frase que não ouvi direito; não sei se falou de sua alegria de ter devolvido o Clos Joli à França ou a França ao Clos Joli. No fim, virou-se para os oficiais americanos convidados e mirou-os por um instante em silêncio, o olhar sombrio...

— Quanto ao futuro, não podemos nos impedir de sentir certa inquietação. Já nos chegam de seu grande e belo país, senhores, rumores que me fazem temer o pior. Nossa França, que conheceu tantas desgraças, será submetida a novas provações. Ouvi falar do frango engordado com hormônios e até, Deus me perdoe, de pratos congelados e mesmo pré-prontos. Nunca, amigos americanos, Marcellin Duprat se curvará diante da cozinha do *prêt-à-manger*. Os que quiserem transformar nossa França num "comedouro" terão que se ver comigo! *Eu persistirei.*

Ouvimos gritos de "bravo". Os americanos foram os primeiros a aplaudir. Duprat ergueu a mão.

— Não há como negar: depois dos anos que acabamos de viver, haverá um vazio. Não pudemos formar os jovens. No entanto, continuo convencido de que aquilo que defendi com todas as minhas forças se afirmará a cada dia e acabará se impondo e triunfando de uma maneira que não podemos sequer imaginar. Quanto a você, Ludovic Fleury, que tanto lutou por esse futuro, e a você, senhora, que conheci menininha, vocês são jovens o suficiente para terem a certeza de um dia ver essa

França com que o velho que sou pode apenas sonhar, e então vocês se lembrarão de mim com amizade e dirão: "Marcellin Duprat tinha razão".

Dessa vez, os aplausos duraram um minuto inteiro. A sra. Espinoza enxugava as lágrimas.

— Uma última coisa. Nesta mesa está faltando alguém. Um amigo, um grande coração, um homem que não sabia perder a esperança. Vocês adivinharam: falo de Ambroise Fleury. Ele faz muita falta, e eu conheço, Ludo, seu sofrimento. Mas não percamos a coragem. Talvez ele nos seja devolvido. Talvez voltemos a ver entre nós o homem que soube expressar, com tanta constância, por meio da gentil arte da pipa, tudo o que permanece eternamente puro e inalterável neste mundo. Ergo minha taça a você, Ambroise Fleury. Onde quer que esteja, saiba que seu filho espiritual continua sua obra e que, graças a ela, o céu francês nunca ficará vazio!

Era verdade que eu voltara ao trabalho e que nunca, desde a partida de meu tio, nosso ateliê estivera tão ativo. O país precisava recuperar o moral, e as encomendas afluíam de toda parte. Nosso estoque havia sofrido bastante e foi preciso, por assim dizer, recomeçar do zero. A maioria das peças havia sido queimada, mas as que meu tio conseguira proteger na casa dos vizinhos, mais ou menos cinquenta, nos serviam de modelos, ainda que, malconservadas, tivessem se deteriorado e perdido forma e cor. Eu conhecia o ofício e trabalhava rápido. A única questão era saber se, depois de tudo que eu tinha visto e vivido, não perderia a inspiração. A pipa exige muita inocência. Havia também o problema dos materiais, e não tínhamos um tostão. Duprat nos ajudou um pouco — era preciso a qualquer custo, ele dizia, preservar aquela atração local —, mas foi a sra. Julie Espinoza quem realmente nos colocou no prumo. Na Paris da Libertação, Madame Julie dava início à mais bela página da sua carreira, aquela que lhe garantiria, ao longo dos trinta anos que se seguiram, a celebridade que conhecemos. Eu havia hesitado um pouco, perguntando-me o que meu tio pensaria se soubesse que nossas pipas eram financiadas, de certo modo, pela primeira cafetina de Paris, mas o mecenato sempre existiu, e além disso me parecia que se eu recusasse aquela ajuda por causa de sua origem, eu me colocaria ao lado daqueles que sacralizam o sexo e o transformam tanto na fonte do bem quanto do mal. Fomos então visitar Madame Julie em Paris. Ela estava instalada num belo apartamento mobiliado ao estilo Luís XV, que conseguira requisitar. Madame Julie nos serviu um chá e nos falou das dificuldades que enfrentava com a concorrência, principalmente com o Chabanais e com o número 122 da Rue de Provence. Ficava indignada de ver que as casas que haviam recebido os alemães permaneciam abertas e recebiam os americanos.

— Algumas dessas mulheres têm coragem — ela resmungou.

Concordei com ela, ainda mais porque, na véspera, tinha assistido a uma cena admirável entre Duprat e Madame Fabienne, a proprietária da Rue de Miromesnil. Ela viera almoçar no Clos Joli na companhia do adido militar americano e tivera a audácia de informar a Duprat que ele não fora o único a "garantir a permanência", como ele dizia.

Duprat ficou furioso.

— Senhora — ele gritou —, se não é capaz de ver a diferença entre um monumento da civilização e um bordel, peço que se retire!

Madame Fabienne não se moveu. Era uma mulher pequena e míope, de sorriso fino.

— E fique sabendo — continuou Duprat — que recebi aqui, nas barbas dos alemães, membros da Resistência e aviadores aliados!

— Pois bem, sr. Duprat, também tenho meus méritos. Foram eles que me permitiram manter a cabeça erguida quando passei pelo Comitê de Depuração. Sabe quantas judias salvei durante a Ocupação? Duas dezenas. De 1941 a 1945, tive vinte pensionistas judias em meu estabelecimento. Quando me levaram ao Comitê de Depuração, essas jovens testemunharam a meu favor. Durante a terrível batida do Velódromo de Inverno, acolhi quatro pensionistas judias. Meu estabelecimento é um bordel, sem dúvida, mas quantos funcionários judeus empregou sob os alemães, sr. Duprat? Diga-me: o que teria me acontecido se os oficiais nazistas descobrissem que estavam dormindo com judias? Não digo que tenho uma bela profissão e não tenho grandes pretensões, mas onde mais essas jovens teriam sido acolhidas, onde teriam encontrado ajuda?

Duprat — por uma vez — ficou de queixo caído. Após um momento de silêncio, a única coisa que conseguiu foi murmurar um "puta merda" e se retirar. Contei o incidente para Madame Julie, que pareceu bastante desconcertada.

— Eu não sabia que Fabienne tinha salvado judias — disse.

Anunciou-me que nada lhe daria mais prazer do que me ajudar a continuar a obra de Ambroise Fleury.

— Que esse dinheiro ao menos sirva para alguma coisa decente — concluiu.

Madame Julie também manifestou muita compreensão e bondade com os pais de Lila.

— Não há nada mais difícil do que a sina da aristocracia no exílio — ela nos explicou. — Não posso tolerar a ideia de que pessoas habituadas a certo estilo de vida se tornem vítimas dos tempos difíceis. Sempre tive horror à decadência.

Ela confiou a Genitchka Bronicka a gerência de uma propriedade na Rue des Marronniers, que com o passar dos anos adquiriu renome mundial. Stas, portanto, pôde retomar seus hábitos nos círculos de jogo e nas pistas de corrida. Ele sucumbiu a uma crise cardíaca em 1957, diante da roleta de Deauville, quando o crupiê empurrou em sua direção os mais de três milhões em fichas que ele acabara de ganhar. Podemos dizer que morreu feliz.

A embaixada da nova Polônia popular não pôde nos dar nenhuma notícia de Tad. Nunca descobrimos nada. Para nós, ele continua vivo e lutando na Resistência.

Pegamos o trem para Cléry, aonde chegamos no início da tarde depois de inúmeras paradas na via férrea ainda danificada e voltamos para La Motte pelos campos. O dia estava bonito, depois de uma chuva que fizera a limpeza matinal do céu. A terra normanda ainda carregava todas as suas feridas, mas a paz do outono se dedicava a suavizá-las. O céu, acima dos tanques tombados e das casas desmoronadas, recuperara seu belo ar indiferente.

— Ludo!

Eu o tinha visto. Ele flutuava nos ares, os braços erguidos no V da vitória. A pipa do general De Gaulle elevava-se acima de La Motte; havia um pouco de vento, para ajudá-lo a subir, e ele puxava com força a linha, que não devia ser de seu agrado. Pairava majestosamente, um pouco pesado, oblíquo, banhado de luz crepuscular.

Lila corria na direção da casa. Fiquei onde estava. Estava com medo. Não ousava. Em Paris, tinha acabado de bater em todas as portas: Ministério dos Prisioneiros e Deportados, Cruz Vermelha e embaixada da Polônia, onde me confirmaram que o nome de Ambroise Fleury de fato constava da lista de prisioneiros de Auschwitz.

A esperança é um grande susto. Meu corpo ficou completamente gelado e comecei a chorar de decepção e desespero. Não era ele, era outra pessoa, ou crianças que queriam nos fazer uma surpresa. Finalmente, incapaz de encarar a verdade, sentei-me no chão, o rosto escondido nas mãos.

— É ele, Ludo! Ele voltou!

Lila me puxava pelo braço. O resto foi uma espécie de delírio feliz. Meu tio Ambroise, que não podia me abraçar para não soltar seu De Gaulle, lançou-me um olhar em que a ternura e a alegria finalmente se sentiam em casa.

— Então, Ludo, o que acha? Ficou bom? Não perdi a mão. Vamos precisar de centenas, o país inteiro vai querer.

Ele não havia mudado. Não havia envelhecido. Seu bigode continuava tão comprido e espesso quanto antes, e o olhar alegre e sombrio era o mesmo de sempre. Eles não podem fazer nada contra isso. Não sei o que pensei com esse "eles". Os nazistas, talvez, ou apenas qualquer um.

— Fiquei muito preocupado com você — ele disse. — E com você também, Lila. Às vezes não conseguia nem dormir. Pensem bem, vinte meses sem notícias...

Merda, pensei. Ele ficou vinte meses em Buchenwald e em Auschwitz e se preocupava conosco.

— Voltei pela Rússia — ele disse —, onde trabalhei alguns meses. Depois de tudo o que viveram, as crianças de lá realmente precisavam de pipas. Vi que você trabalhou bastante, mas temos muito o que fazer.

Passamos a noite fazendo um inventário do que ainda tínhamos.

— Podemos remendar algumas — disse meu tio —, mas toda a série histórica precisa ser revista. Olhe para isso!

Pascal e Montaigne, Jean-Jacques Rousseau e Diderot, que tínhamos recuperado na casa dos vizinhos, pendiam do teto, comidos pelas traças, cobertos de manchas, em mau estado, corroídos pelas intempéries.

— Bom, arrumaremos tudo e pronto...

Ele pensou por um momento.

— Mas me pergunto se vale a pena refazer o passado. Enfim, sim, é claro, pela memória. Mas precisamos de coisas novas. Por enquanto, faremos De Gaulle, teremos trabalho por um bom tempo. Depois precisaremos encontrar outra coisa, olhar para a frente, para o futuro...

Pensei em lhe contar do Clos Joli e de Marcellin Duprat, alguma coisa me dizia que o futuro estava naquela direção, mas ninguém é profeta em sua própria terra e ainda tínhamos muito pela frente.

O retorno de Ambroise Fleury foi celebrado como uma festa nacional, e para cada um de nós foi como se a França tivesse recuperado seu verdadeiro rosto. As crianças nos ajudaram a fazer em segredo uma pipa com sua efígie, e ela flutuou um domingo inteiro acima da praça que hoje carrega seu nome, perto do museu das pipas de Cléry, que, lamento constatar, é mais conhecido no exterior do que na França e cujo renome está longe de se igualar ao do Clos Joli. Dentro dele ninguém encontrará, porém, a pipa Ambroise Fleury, pois meu tio se recusou energicamente a virar uma peça de museu, o que, no entanto, segundo a expressão um tanto maldosa de Marcellin Duprat, "corria o risco de acontecer". A relação dos dois homens não é mais como antigamente. Não sei se um sente um pouco de ciúme do outro, mas às vezes eles parecem disputar o futuro. "Veremos quem terá a palavra final" é uma frase que já ouvi os dois resmungarem. Encerro esta história escrevendo mais uma vez o nome do pastor André Trocmé e o de Le Chambon-sur-Lignon, pois não haveria nada melhor a dizer.

Les Cerfs-volants © Éditions Gallimard, 1980

Todos os direitos desta edição reservados à Todavia.

Grafia atualizada segundo o Acordo Ortográfico da Língua
Portuguesa de 1990, que entrou em vigor no Brasil em 2009.

capa e ilustração de capa
Laurindo Feliciano
composição
Jussara Fino
preparação
Rita Palmeira
revisão
Ana Maria Barbosa
Jane Pessoa

1ª reimpressão, 2021

Dados Internacionais de Catalogação na Publicação (CIP)
— —
Gary, Romain (1914-1980)
As pipas: Romain Gary
Título original: *Les Cerfs-volants*
Tradução: Julia da Rosa Simões
São Paulo: Todavia, 1ª ed., 2021
336 páginas

ISBN 978-65-5692-117-4

1. Literatura francesa 2. Romance 3. Romain Gary
I. Simões, Julia da Rosa II. Título

CDD 843
— —
Índice para catálogo sistemático:
1. Literatura francesa: Romance 843

todavia
Rua Luís Anhaia, 44
05433.020 São Paulo SP
T. 55 11. 3094 0500
www.todavialivros.com.br

fonte
Register*
papel
Pólen soft 80 g/m²
impressão
Geográfica